ANIKA BEER

Niemand soll uns trennen

Foto: © Anette Klein

DIE AUTORIN

Anika Beer wuchs in der Nähe von Bielefeld auf. Die Welt der Geschichten begleitet sie seit frühester Kindheit: Sie lernte mit drei lesen, im Alter von acht Jahren bekam sie eine Schreibmaschine und fing an, erste Geschichten zu schreiben. Inzwischen hat sie mehrere Bücher für Jugendliche und Erwachsene veröffentlicht und lebt mit ihrer Familie in Bielefeld.

Von Anika Beer ist bei cbj außerdem erschienen:

Kieselsommer (15773)
Wenn die Nacht in Scherben fällt (08731)
Als die schwarzen Feen kamen (06873)

Mehr über cbj auf Instagram unter
@hey_reader

Anika Beer

NIEMAND SOLL UNS TRENNEN

cbt

Dieses Buch ist auch als E-Book erhältlich.

MIX
Papier aus verantwortungsvollen Quellen
FSC® C083411

Verlagsgruppe Random House FSC® N001967

1. Auflage 2019
Erstmals als cbt Taschenbuch Juli 2019

Dieses Werk wurde vermittelt durch die
Literarische Agentur Thomas Schlück GmbH,
30161 Hannover.
Umschlaggestaltung: Carolin Liepins, München
Umschlagmotive © Shutterstock
(Subottina Anna, Pola36, Pawaris Pattano09)
kk · Herstellung: UK
Satz: KompetenzCenter, Mönchengladbach
Druck und Bindung: CPI books GmbH, Leck
ISBN 978-3-570-31267-4
Printed in Germany

www.cbj-verlag.de

Für Joh

»Sieh mich an, nur mich.
So wie ich nur dich ansehe und niemanden sonst.
Wir, das ist ein Kreis, der uns umschließt. Ein Raum, in dem für niemand sonst Platz ist. Eine Linie, die niemand übertreten darf.
Wer es versucht, ist verloren.«

Prolog

»Tun Sie das nicht! Er ist Ihr Sohn!«

»Er ist ein Monster. Das ist sein wahres Gesicht.«

Sie schleppten ihn weg.

Der Junge wehrte sich nicht. Er zappelte nicht, schrie nicht. Nur seine Augen brannten noch. Immer noch. Ein goldenes Flackern in dem Schacht, in den der schwarze Mann ihn hinabzerrte.

Sein Bruder aber kämpfte. Er wehrte sich, zappelte und schrie für sie beide, warf sich gegen die Hände, die seine schmächtigen Jungenarme festhielten.

»Ruhig. Bitte sei ruhig, Kind.« Ein raues, tränenersticktes Flüstern. Arme, die ihn tröstend wiegen wollten.

Aber er kämpfte weiter. Brüllte. Wand sich. Versuchte mit aller Kraft, dem schwachen Glimmen nachzujagen, das sein Bruder war.

Bis tief unter ihm die Tür zuschlug.

Und das Licht verlosch.

Kapitel 1
Ein lichter Moment

Der Vogel starrte Clara aus einem kohlschwarzen Knopfauge unverwandt an.

Clara starrte zurück, wartete darauf, dass er blinzelte. Stattdessen fingen ihre Augen an zu tränen. Es brannte und juckte, aber sie konnte einfach nicht wegsehen.

Unter ihren Fingern schabte der Kohlestift über das Papier. Ließ Federn wachsen – ein sehr feines, fast flauschiges Gefieder. Ein kugeliger Bauch, winziger Kopf, schmaler Schwanz.

Ausgestopfte Kohlmeisen konnten nicht blinzeln.

Zeichnungen übrigens auch nicht. Clara wusste nicht, warum sie trotzdem immer noch darauf wartete. Mit immer stärker tränenden Augen, denn wenn sie selbst blinzelte, würde sie den Moment ganz sicher verpassen.

Wie konnte ein totes Glasauge bloß so ausdrucksstark sein?

»*Alors, mes amis!* Zeit zum Aufräumen.«

Jacques' Stimme riss sie aus ihrer Versunkenheit. Er stand vorn neben seinem Pult, die Daumen lässig in die Gürtelschlaufen seiner Jeans gehakt, als hätte er sich während der gesamten Doppelstunde nicht einen Fußbreit bewegt. Dabei wusste Clara, dass er während des Kurses ständig durch den Raum schlich, um seinen Schülern über die Schultern zu sehen.

Jacques Dubois war jung für einen Lehrer und bestand darauf, dass Kollegen wie Schüler ihn beim Vornamen nannten. Er war gebürtiger Kanadier – das volle Klischee mit Strubbellocken, Wochenbart und Flanellhemd – und eigentlich auch gar kein Lehrer, sondern studierter Fotograf. Bevor er herkam, an dieses, wie Clara fand, schlichtweg triste Loch von einem Gymnasium, war er mehrere Jahre kreuz und quer durch die Welt gereist, hatte an den abgefahrensten Locations fotografiert und ganz nebenbei einen Haufen Preise mit seinen Aufnahmen gewonnen. Warum er schließlich ausgerechnet hier gelandet war, obwohl er doch so ein krasses Leben in *Fame and Fortune* hätte führen können – das war eine der ersten Fragen gewesen, die die Teilnehmer des Kunstleistungskurses der 11. Jahrgangsstufe ihm gestellt hatten. »*Ah, l'amour!*«, hatte Jacques darauf nur gesagt und auf seine ganz eigene Art gezwinkert. Danach war das Thema vom Tisch. Keiner fragte je wieder nach, weil die meisten von ihnen es lieber gar nicht genauer wissen wollten. Jacques hatte diesen unglaublich charmanten französischen Akzent. Und dieses Lächeln, das alle umhaute. Clara wusste von mindestens zehn Mädels und Jungs, dass sie am liebsten seinen Namen auf die Wände vom Schulklo geschrieben hätten, nur dass sie schlicht zu cool oder zu schick dafür waren.

Vermutlich hätten sie sich noch eher den Kopf rasiert oder peinliche Tattoos stechen lassen, wenn dabei ein Selfie mit Jacques rausgesprungen wäre. Für den Instagram-Account, versteht sich. Clara war von solchem albernen Unsinn weit entfernt, aber zugegeben: Sogar sie bewunderte Jacques mehr als jeden anderen Menschen, den sie kannte. Allerdings aus anderen Gründen. Clara bewunderte seine Arbeit. Seine Kunst. Sie bewunderte die *Schule*, an der er studiert hatte – eine unglaublich anspruchsvolle Elite-Hochschule in der Schweiz. Seit sie ihren neuen Lehrer im Internet gestalkt und in seiner Vita den Hinweis auf diese Hochschule entdeckt hatte, träumte sie jede Nacht davon, selbst einmal dort aufgenommen zu werden. Und genau dabei brauchte sie heute seine Hilfe. Heute würde sie sich trauen, ihn zu fragen.

Beim Einräumen der Stifte, Spitzer und Papierbogen ließ sie sich extra viel Zeit, um sicherzugehen, dass auch wirklich kein Lästermaul mehr auf dem Flur vor dem Kursraum herumhing, lauschen oder heimliche Fotos mit der Handycam schießen konnte. Erst dann schlenderte sie betont gelassen nach vorn.

Jacques saß an seinem Pult und blätterte konzentriert durch den Stapel von Zeichnungen. Als Clara vor ihm stehen blieb, sah er auf.

»Ah, Clara.« Er lächelte. Es wäre zum Dahinschmelzen gewesen, wenn ihre Knie nicht so geschlottert hätten. »Ich habe gar nicht gemerkt, dass du noch hier bist.«

Clara lächelte zurück und merkte, wie ihre Ohren heiß wurden.

»Ja, ähm …« Mist. Da stand sie nun wie der letzte Idiot Dabei war sie doch sonst nicht so. Frau Köhler jedenfalls hatte beim letzten Elternsprechtag zu ihrer Mutter gesagt, Clara sei bisweilen »in ungesundem Maße forsch«. Aber gerade jetzt merkte sie davon nicht viel. Gerade jetzt hing ihr die Courage ziemlich tief in den Kniekehlen.

»Hey Jacques, ich habe eine Bitte«, begann sie ihren sorgfältig einstudierten Text und legte rasch ihr Bild auf das Pult, ehe sie die Kohle mit ihren schwitzigen Fingern verschmieren konnte.

Jacques streifte die Kohlmeise mit einem Blick und musterte Clara interessiert. »So? Ich helfe natürlich gern, wenn ich kann. Worum geht es?«

»Ich … ich …« Clara räusperte sich verzweifelt. Ihr ganzer selbstbewusster, lässiger Text – alles weg, bis auf blödsinniges Gestammel. Wie peinlich! Egal. Raus damit. »Ich will mich für das Foundation Year an der Écal bewerben. In Fotografie. Kannst du mir helfen, die Bilder für meine Mappe auszusuchen?«

Die Worte purzelten jetzt so schnell aus ihr heraus, dass sie schon fürchtete, Jacques hätte sie vielleicht gar nicht verstanden. Aber das hatte er. Ganz genau sogar.

»Die Écal? Soso.« Er hob eine Braue und musterte Clara einen endlos langen Moment. Sehr ernst und sehr aufmerksam. Als würde sie jetzt schon vor dem Auswahlgremium stehen … Vergeblich versuchte Clara, das Flattern in ihrer Brust wegzuatmen.

»Zeig mir deine Bilder«, sagte er schließlich, während

Clara in seinen Mundwinkeln vergeblich nach dem Anflug eines Lächelns suchte. »Du hast sie doch dabei, oder?«

Jetzt brachte sie endgültig keinen Ton mehr heraus. Hastig kramte sie in ihrem Rucksack nach der abgegriffenen Mappe, in der sie ihre besten Fotos aufbewahrte. Oder die, die sie für die besten hielt. Zumindest waren sie ziemlich gut, davon immerhin war sie überzeugt.

Jacques schnippte das ausgeleierte Verschlussgummi beiseite und blätterte durch die Fotografien, wie er es vorher mit den Zeichnungen getan hatte. Langsam. Bedächtig. Besah sich die verlassenen Orte, die überwucherten Ruinen, Graffitis, Schmetterlinge auf Mauerbruch – all die eingefrorene Zeit, die Clara seit nun mehr als zwei Jahren mit so viel Leidenschaft portraitierte. Unendlich viel Mühe und Herzblut steckte in diesen Bildern. Nun betrachtete Jacques jedes einzelne, als wolle er es sezieren.

Und noch bevor er Clara wieder ansah, bereute sie schon, ihn jemals angesprochen zu haben.

»Für die Écal, sagst du? *Désolé,* meine Liebe ... Keines davon. « Jacques sah ihr direkt in die Augen, als er sie mit einem einzigen Kommentar niederschlug. »Ich weiß, es schmerzt, was ich sage, aber ich kann dich nicht belügen. Natürlich kannst du tun, was du willst, und ich bin nicht der, der es entscheiden wird. Aber wenn du mich fragst, kommt keines hiervon infrage.«

In Claras Ohren rauschte es. Sie sah seine Lippen die Worte formen, aber verstehen konnte sie nichts.

»Keines?«, hörte sie sich selbst wie von ferne sagen.

Jacques schüttelte den Kopf. »Nein. Keines.«

Vor ihrem inneren Auge sah Clara den Aufnahmeantrag für die Écal. Zwanzig Fotos brauchte sie für die Bewerbung. Zwanzig. Klar lagen die nicht alle schon fix und fertig hier in der Mappe, das wusste sie natürlich, so selbstherrlich war sie nun auch wieder nicht. Aber sie hatte wirklich gehofft, Jacques würde ihr zwei oder vielleicht sogar drei Aufnahmen zeigen, die in die richtige Richtung gingen. Mit denen sie arbeiten konnte. Wenigstens eine. Und nun?

Keines. Heißt das, ich bin nicht gut genug? Das klang ebenso simpel wie brutal – nicht gut genug.

Clara wartete. Starrte ihm ins Gesicht und bettelte stumm, er möge noch etwas sagen, irgendwas. Aber Jacques musterte sie nur mitfühlend.

Auch Clara sagte nichts. Stattdessen rutschte ihr nach endlosen Momenten des Schweigens ein geflüstertes »Oh. Okay« heraus.

Nicht heulen. Bloß nicht heulen.

Am liebsten hätte sie Jacques die Mappe aus der Hand gerissen und wäre aus dem Raum gestürzt. Aber das kam gar nicht infrage.

Nicht. Heulen.

»Danke für deine Einschätzung«, murmelte sie deshalb bloß und stopfte die Mappe zurück in ihren Rucksack, der in diesem Moment genauso gut ein Mülleimer hätte sein können. »Bis nächste Woche dann.«

»Bis nächste Woche, Clara.« Immer noch kein Lächeln, immer noch dieser grässlich verständnisvolle Blick.

Clara wandte sich ab. Die Tränen, die sie so mühsam unterdrückte, suchten sich ihren Weg nun seitlich aus den Augenwinkeln. *Shit. Shitshit.* Clara ging ein bisschen schneller.

Stopp.

Sie war schon fast an der Tür, als es ihr einfiel. Wie angewurzelt blieb sie stehen.

Hast du nicht was vergessen? Aufgeben ist nicht drin.

Wie oft hatte sie sich das selbst gesagt? Immer und immer wieder. Vor ihrem Lehrer die Fassung zu verlieren, war megapeinlich. Aber Aufgeben kam nicht infrage. Nie. Niemals.

Ruckartig drehte sie sich zu Jacques um, der sich bereits wieder über die Vogelzeichnungen gebeugt hatte.

»Hast du nicht wenigstens einen Tipp für mich?« Eigentlich war es doch auch ganz egal, ob er ihre Tränen sah, oder? Sollte er ruhig wissen, wie wichtig es ihr war. Denn verdammt, das war es! Lebenswichtig! »Irgendeinen Hinweis, was ich *tun* kann?!«

Jacques sah noch einmal auf. Einen Moment lang musterte er sie nur, eindringlich und auf seine ganz eigene Art nachdenklich. Aber, und darüber war Clara froh, wenigstens war in seinem Blick nun kein Mitleid mehr zu sehen. Dann faltete er bedächtig die Hände auf dem Stapel mit den Vogelzeichnungen. »Warum hast du heute die Kohlmeise gewählt?«, fragte er und musterte sie scharf. »Warum so ein kleines, unscheinbares Vögelchen, wenn es Falken und Krähen, Eulen und Eisvögel zur Auswahl gab? Denk darüber einmal nach.«

Er nickte ihr zu, und zu Claras Erstaunen war da plötzlich doch ein Lächeln, ganz klein nur, versteckt in den feinen Fältchen um seine Augenwinkel.

»*Au revoir*, Clara.«

* * *

Sie trafen sich außerhalb des Ortes, auf der Brücke über den Buhlbach, wie jeden Donnerstagnachmittag. Das klare Wasser glitzerte in der Sommersonne, und die Tannen und Buchen des nahen Schwarzwalds warfen schwankende Wipfelschatten auf das verwitterte Holz.

Zach und Tobi hockten bereits auf dem Brückengeländer. Mina hatte sich zwischen den beiden Jungs auf die Bohlen des Brückenbodens gesetzt, die Beine zwischen den Geländerstreben hindurchgesteckt, und ließ die nackten Füße ins Wasser baumeln. Dabei sah sie nach oben, schnitt Grimassen und posierte abwechselnd kokett in die Linse von Zachs Kamera, der sie ununterbrochen knipste. Ein vertrautes Bild, über das Clara sich sonst vor Lachen kugeln konnte. Normalerweise liebte sie die wöchentlichen Treffen mit ihrem Urban-Explorers-Team wie nichts anderes. Nirgends fühlte sie sich wohler, nirgends besser verstanden.

Aber nicht heute. Heute war alles grau. Ätzend. Trostlos.

Clara fühlte sich wie unter einer Regenwolke, die hartnäckig über ihrem Kopf trieb, während sie auf ihre Freunde zutrottete. So ein albernes Herumgehampel mit dem teuren Equipment, dachte sie finster. Nahmen diese Knallköpfe die Fotografie eigentlich auch nur ein bisschen ernst?

Achtlos ließ sie ihren Rucksack gegen das Brückengeländer poltern. Die Abstände zwischen den Streben waren groß genug, dass er mit ein bisschen Pech ins Wasser hätte fallen können. Clara war fast enttäuscht, dass es nicht passierte.

»Hey, du bist aber spät!« Mina lachte sie an, ihre dunklen Augen blitzten unter den schwarzen Stirnfransen. Beim Blick in Claras Miene verging ihr allerdings das Lachen. »Uh. Was ist denn mit dir los?«

»Nichts«, murmelte Clara, lehnte sich mit verschränkten Armen neben Tobis baumelnde Füße und gab ihrem Rucksack noch mal einen kleinen Extratritt. Aber er weigerte sich standhaft, in den Bach zu plumpsen.

Minas Augen wurden groß. »Nein! War heute das Gespräch mit Jacques? Sag mir nicht, dass er …«

»Ach, lass«, schnaubte Clara unwirsch. »Ich will nicht drüber reden.«

Auch Zach und Tobi waren jetzt aufmerksam geworden, ihr Plaudern verstummt. Etliche Sekunden herrschte betroffenes Schweigen.

»Was hat er denn gesagt?«, fragte Mina schließlich vorsichtig.

»Dass keins meiner Bilder gut genug ist. Kein einziges. Das hat er gesagt.«

Noch mehr Schweigen.

»So eine Scheiße«, sagte Mina, stand auf und nahm Clara in den Arm, um sie fest zu drücken.

Clara zuckte stumm die Schultern und musste schon wieder die Tränen zurückdrängen.

»Also mal ehrlich, Clara … so leid es mir tut, aber jetzt, wo du es sozusagen schwarz auf weiß hast – wär's da nicht Zeit, sich noch mal zu fragen, ob es wirklich unbedingt die Écal sein muss?«, meldete sich in diesem Moment Zach zu Wort und zupfte an einem der Zöpfe, die er sich in den blonden Kinnbart geflochten hatte. Zach hatte seit dem Frühjahr das Abitur in der Tasche und würde im Herbst ein Studium an der Designhochschule in Freiburg beginnen. Genau das hatte Clara auch lange vorgehabt – bis sie Jacques begegnet war.

Tobi nickte zustimmend. Er war ebenfalls mit der Schule fertig und würde nach Stuttgart gehen, um sich bei einem Profifotografen ausbilden zu lassen. Nicht High-Class, aber doch ein Leben mit der Fotografie, für die sie alle so brannten. Und das war schön für die beiden, natürlich war es das. Aber es reichte Clara nicht mehr. Es reichte ihr einfach nicht. Sie würde auf die Écal gehen oder nirgendwohin.

»Nun lasst sie doch«, protestierte Mina, ungeachtet der Tatsache, dass sie mit dem Nachbohren überhaupt erst angefangen hatte. »Sie sagt doch, sie will nicht darüber reden.«

Zach schüttelte genervt den Kopf. »Aber irgendwann muss man auch mal realistisch sein, oder? Ich meine, Jacques wird's wohl wissen. Wenn es nicht reicht, reicht's eben nicht, und fertig. Sollen wir tatenlos zusehen, wie sie alle anderen Chancen wegschmeißt und sich weiter in dieses Elite-Ding verrennt?«

»Ach, halt die Klappe, du gefühlsamputierter Klotz!«, fauchte Mina. »Du verstehst das einfach nicht. Ihr Traum wurde gerade mit Füßen getreten und du kommst ihr mit Realistischsein!«

Ihr inbrünstiger Tonfall entlockte Clara immerhin ein schiefes Lächeln. Mina selbst hatte von ihnen allen die geringsten Ambitionen, was die Fotografie betraf. Sie mochte das Fotografieren, wie sie alle, aber weniger aus künstlerischem Anspruch heraus, sondern weil sie gern verrückte Selfies auf Instagram postete – je wilder und abgefahrener, desto besser. Abgesehen davon war sie recht pragmatisch und wollte nach der Schule BWL studieren, während sie sich zur Sozialversicherungsfachangestellten ausbilden ließ – in Freiburg, weil sie dann in Zachs Nähe sein konnte. Aber sie hätte alles getan, was in ihrer Macht stand, um Claras Traum zu unterstützen. Weil sie besser als jeder andere wusste, was die Fotografie wirklich für ihre beste Freundin bedeutete.

»Du hast es in dir«, sagte sie jetzt und starrte Clara eindringlich in die Augen. »Wenn du nur fest an dich glaubst, wirst du ganz bestimmt die Motive finden, die du für die Bewerbung brauchst. Hör einfach nicht auf die Doofköpfe da drüben. Die haben keine Ahnung.«

Clara zuckte mit gequältem Grinsen die Schultern. »Ich werd's mir merken. Schätze, ich muss einfach noch ein bisschen nachdenken.«

»Nachdenken ist gut.« Mina tätschelte ihr zufrieden die Schulter. »Sehr gut. Nur nicht stehen bleiben, hörst du? Und jetzt aber Schluss mit dem Thema! Keine Widerrede.«

Damit wandte sie sich ab und nahm das Geplauder wieder

auf, das sie eingestellt hatten, als Clara so missgelaunt zur Gruppe gestoßen war – als wäre nichts gewesen. Sie planten eine Tour zur verlassenen Ziegelei, die etwa eine Stunde Autofahrt entfernt lag. Normalerweise wäre Clara Feuer und Flamme gewesen. Aber heute … heute konnte sie nicht mal zuhören. Was hatte das denn auch für einen Sinn? Lost Places zu fotografieren, war offenbar nicht besonders genug, das machte ja anscheinend gerade jeder. Wahrscheinlich gab es von jedem einzelnen von Claras Lieblingsbildern schon tausend bessere Versionen. Wenn sie bloß ein Motiv gehabt hätte, das noch niemand fotografiert hatte. Eine Geschichte, die noch niemand erzählt hatte; ein Bild, das anders war als alle anderen …

Sie blieb mit verschränkten Armen am Geländer stehen und starrte in die rauschenden smaragdgrünen Wipfel des nahen Waldes.

Warum hast du heute die Kohlmeise gewählt?

Jacques Frage und sein Blick gingen ihr einfach nicht aus dem Kopf. Ja, warum? Das war schwer zu erklären. Wie beschrieb man dieses Gefühl von … *Unwirklichkeit,* das sie manchmal überkam? So lang sie sich erinnern konnte, hatte Clara immer wieder diese Momente gehabt. Dieses Gefühl, nicht zu wissen, ob das, was sie sah, zur Realität gehörte, gepaart mit dem Drang, es festzuhalten – es abzubilden und sich so zu vergewissern, dass es echt war. Dass *sie selbst* echt war. Derealisation, hatte die Therapeutin es genannt, zu der Mama und Paps sie vor ein paar Jahren geschickt hatten, als es während ihrer Trennung besonders schlimm wurde. Clara konnte mit diesem Begriff nicht viel anfangen. Aber damals hatte sie herausgefunden, dass Fotografieren, oder im Notfall Zeichnen, gegen das Gefühl half. So wie heute bei der Kohlmeise. Und im Unterricht bei Jacques hatte sie schließlich geglaubt, begriffen zu haben, dass dies die »lichten Momente« waren, von denen er so oft sprach – der Künstlerinstinkt; und dass sie wohl einfach zur Fotografin bestimmt war.

Heute zweifelte sie zum ersten Mal daran.

Vielleicht war sie ja doch bloß verrückt und darüber hinaus einfach nicht gut genug.

Aber warum dann dieser Kommentar?

Und dieses Augenfältchen-Lächeln?

Wie um alles in der Welt sollte ihr das helfen?

Sie wusste nicht, wie lange sie dort stand und grübelte, ohne wirklich irgendetwas zu denken. Erst als Mina sich wieder neben sie stellte, die Arme ebenfalls verschränkt und den Blick auf die Bäume gerichtet, deren Schatten allmählich länger und tiefer wurden, kehrten ihre Gedanken zurück auf die Brücke. Und erst jetzt wurde ihr auch bewusst, dass das Gespräch neben ihr verstummt war. Ja, mehr noch – dass Mina und sie jetzt die Einzigen auf der Brücke waren.

»Hey«, sagte Mina. Ihr Grinsen wirkte etwas zögerlich. »Die Jungs sind schon gegangen. Zach war … na ja. Ich glaube, er war ein bisschen beleidigt.«

Clara zuckte die Schultern. »Tut mir leid. Ich wollte nicht, dass ihr meinetwegen Stress habt.«

»Ach Quatsch.« Mina winkte ab. »Den klopf ich nachher schon wieder weich. Mach dir darüber keinen Kopf.« Wieder dieses zögerliche Lächeln. Clara konnte förmlich sehen, wie ihre Freundin auf etwas herumkaute. »Hör mal, Clari. Ich wollte …«, begann sie schließlich. »Also, ich wollte das nicht sagen, solange die anderen dabei waren. Und eigentlich sollte ich wohl besser ganz die Klappe halten. Aber ich kann es einfach nicht ertragen, wenn du so verflixt traurig guckst, und na ja … vielleicht hab ich was für dich.«

Clara runzelte verblüfft die Stirn. »Für mich?«

Mina nickte und wickelte sich eine ihrer rabenschwarzen Haarsträhnen um den Finger. »Weißt du, es ist so, eigentlich ist es ein Geheimnis zwischen Zach und mir … Puh. Das ist wirklich nicht einfach. Egal. Also. Du hast doch bestimmt mal von der Albers-Villa gehört?«

Ruckartig wandte Clara sich zu ihr um. »Die Albers-Villa?« Was für eine Frage! Natürlich hatte sie davon gehört. Die Villa war eine Legende. Ein verlassenes Herrenhaus, das angeblich gar nicht weit entfernt von hier im Wald liegen sollte. Die Familie eines reichen und mächtigen Industriellen hatte dort gelebt, bis vor etwa zehn Jahren vage Berichte über eine Familientragödie durch die Presse gingen, aufgrund derer die Albers ihren Familiensitz angeblich aufgegeben hatten. Das Merkwürdige an der Geschichte aber war: Seither war die Familie nie wieder in der Presse aufgetaucht und niemand konnte mit Sicherheit sagen, wo sich das Grundstück eigentlich befand – aber auf zahllosen Urbexer-Blogs berichteten Fotografen von ihren vergeblichen Versuchen, die Villa zu finden. Ob sie abgerissen worden war oder vielleicht niemals existiert oder auch in Wahrheit an einem ganz anderen Ort gestanden hatte, das wusste niemand. Es war eine Legende. Derzeit vielleicht sogar eine der größten Urbexer-Legenden in ganz Europa. Trotz der frühsommerlichen Wärme lief Clara ein Schauder über den Rücken. Ein Schauder, von dem sie nicht sicher war, ob er aus Grusel oder Begeisterung geboren war.

»Was ist damit?«, fragte sie und konnte nicht verhindern, dass ihre Stimme vor Aufregung ein wenig wackelte.

»Na ja, also ...« Minas Stimme war zu einem Flüstern herabgesunken. »Es ist so. Du erinnerst dich doch an Meryem, meine Tante, die so irre reich ist? Zach und ich haben sie letztens mal gefragt, wo sie eigentlich die ganze Kohle herhat. Und du wirst es nicht glauben, aber sie hat uns erzählt, sie hätte in der Villa – also in *der Villa* – als Putze gearbeitet. Vor vielen Jahren schon, bis sie mit fast allen anderen Angestellten rausgeschmissen wurde, Hals über Kopf, einfach so. Angeblich soll jemand gezündelt haben und sie konnten nicht rausfinden, wer, aber meine Tante hält das für 'ne echt lahme Ausrede. Und dann haben sie nie mehr etwas von der Familie gehört. Eine fette Abfindung bekommen, damit sie kein Wort mehr über die Albers verlieren, deshalb ist sie so reich. Wir haben ihr erst kein Wort geglaubt, klar, aber dann, als sie abends schon ein paar Gläser Wein intus hatte, hat sie ein paar Andeutungen gemacht. Und Zach und ich, also ...« Mina atmete tief durch. »Na ja, also wir haben es gefunden.«

Clara rang nach Luft. Die Aufregung zerriss sie nun fast. Das konnte doch nicht wahr sein! Und wenn doch, dann war es ihre Rettung. Sie musste dieses Haus sehen. Sie *musste* dort fotografieren. Ein ganzes *Haus,* das sich der Realität entzog! Wenn sie ihr Motiv, *das Motiv,* dort nicht fand, wo dann?

»Nicht dein Ernst.« Am liebsten hätte sie Mina geschüttelt. »Wart ihr drin? Wo ist es? Wie komme ich hin? Und warum rückst du erst jetzt damit raus?«

Mina zuckte die Schultern und grinste schief. »Das Beste kommt immer zum Schluss, weißt du doch.« Ihr Grinsen verblasste und sie seufzte. »Tut mir leid. Um ehrlich zu sein, ich fühl mich ein bisschen schlecht. An dem Tag war es schon zu spät, um noch was zu machen, aber Zach hat … Na ja, du kennst ihn ja. Er wollte, dass wir an einem anderen Tag erst mal allein reingehen, nur wir zwei, so als Pärchen-Ding, und erst danach noch mal mit euch. Ich musste ihm versprechen, niemandem was davon zu erzählen. Aber … ach, ich stehe auf so was eigentlich gar nicht, und ich glaube … Also, nach dem Tag heute glaube ich, du solltest die Erste sein.«

Clara war wie vom Donner gerührt. Sie konnte nichts sagen, nicht mal den Mund öffnen, so überwältigt war sie.

»Freust du dich gar nicht?« Mina holte tief Luft. »Hey, ich habe gerade meinen Freund verraten, deinetwegen.«

Clara schüttelte nur den Kopf. Ihre Gedanken rasten so schnell, dass sie sie nicht einfangen und in Worte fassen konnte. »Der Wahnsinn«, hauchte sie. »Ehrlich, das ist total krass. Du nimmst mich nicht gerade hopps, oder?«

Mina seufzte, jetzt ein wenig ungeduldig. »Natürlich

nicht. Hier ist der Beweis.« Sie hielt Clara eine abgegriffene Wanderkarte entgegen. »Wir haben's eingezeichnet.«

Clara griff mit bebenden Fingern nach der Karte. »Du bist meine Rettung, Mina«, wisperte sie. »Das wird der Wahnsinn.«

Mina grinste selbstbewusst, ein »Hab-ich-doch-gesagt!«-Grinsen. Ihre Augen aber waren ernst und sie ließ die Karte nicht sofort los. »Versprich mir aber, dass du nicht allein hingehst. Wir machen das zusammen. Um Zach kümmere ich mich, aber du gehst da nicht allein hin, nicht ohne mich. Klar?«

»Klar. Superklar«, versicherte Clara. Das war eine der wichtigsten Regeln für Urbexer: Treib dich niemals allein an Lost Places herum. Nimm immer mindestens eine vertraute Person mit, die dir im Notfall helfen kann.

»Wir machen das zusammen«, bestätigte sie. »Gleich morgen nach der Schule?«

Mina gab nach. Sie ließ die Karte los, umarmte Clara und drückte sie noch einmal fest. »Na klar, so schnell wie möglich. Ich bring mein Zelt mit. Uh, das wird großartig, Clari. Dieses Funkeln in den Augen, so gefällst du mir. Das ist jeden Streit mit Zach wert. Ganz im Ernst.«

Auch Clara drückte ihre Freundin und spürte, wie die Regenwolke über ihrem Gemüt endlich davontrieb. Jetzt würde doch noch alles gut werden. Dieses Wochenende, dieses Haus, würde *alles* ändern.

Sie würde Jacques schon zeigen, dass sie es draufhatte.

Sie würde ihren lichten Moment finden.

Kapitel 2

Das Haus im Wald

Aber es sollte anders kommen. Noch am gleichen Abend, während sie vor dem Laptop saß, alte Fotos der Albers-Villa im Internet recherchierte und die Berichte von anderen Urbexer-Teams las, klingelte Claras Handy. Am anderen Ende der Leitung war eine aufgelöste und völlig zerknirschte Mina.

»Clari, es tut mir so leid! Ich hab total verpennt, dass dieses Wochenende meine Kusine heiratet. Morgen ist der Polterabend und Anne ist völlig in Aufruhr wegen der Vorbereitungen. Ich habe bis Sonntagmittag Ausgangssperre. Wenn ich mich jetzt wegschleiche, darf ich mich zu Hause nie wieder sehen lassen … Das verstehst du doch, oder?« Ihre Stimme klang flehend.

Clara schwieg. Sie wusste einfach nicht, was sie sagen sollte. Mina und ihre Familie, das war … einfach verrückt, zumindest aus Claras Welt heraus betrachtet. Clara wohnte abwechselnd wochenweise bei ihrem Vater und dann wieder bei ihrer Mutter. Sie hatte keine Geschwister, und keine Großeltern mehr, bloß eine läppische Tante und zwei Kusinen, die beide eine ganze Ecke älter waren als sie. Deshalb konnte sie die Verpflichtungen in einer Großfamilie wie der von Mina, die neben ihren Eltern aus zwei Brüdern und einer Schwester, ihren Großeltern, Urgroßeltern, bestimmt zwanzig Tanten und Onkels und schier unzähligen Neffen, Nichten, Vettern und Kusinen bestand, nur schwer begreifen. Sie konnte sie bestenfalls hinnehmen. Aber selbst das war nicht immer leicht. Heute schon gar nicht. Und überhaupt: Wie konnte man so was wie eine Hochzeit einfach *vergessen?*

»Ich mach's wieder gut, okay? Wir gehen Sonntag noch hin, sobald die mich weglassen, auf jeden Fall!«

Sonntag... Clara schloss die Augen und atmete tief durch. Zwischen jetzt und Sonntag schien ein ganzes Leben zu liegen. Niemals würde sie es aushalten, so lange zu warten. Das wusste sie ganz genau – und Mina auch.

»Bitte, Clari ...« Ihre Stimme klang drängend. »Du wirst doch keine Dummheiten machen, oder? Du hast es mir versprochen, weißt du noch? Nicht allein gehen. Auf gar keinen Fall. Okay?«

Clara seufzte tief. »Nein, Quatsch, ich weiß doch. Ich bin ja nicht blöd.«

Aber verzweifelt.

Einen Moment schwiegen sie beide. Wussten, auch ohne es zu sagen, dass Clara am nächsten Tag so oder so losziehen würde, ob mit Mina oder ohne. Und dass Mina es gerade in diesem Moment sehr bereute, ihr die Karte mit der Wegbeschreibung überlassen zu haben.

»Geh wenigstens nicht rein«, bat Mina schließlich etwas kläglich. »Ich meine, du könntest ja … hmm … die Umgebung auskundschaften oder so. Vielleicht findest du raus, wie wir gut aufs Gelände kommen. Das ist nämlich gar nicht so einfach, glaub ich.«

Clara seufzte noch einmal. Wahrscheinlich hatte Mina recht. Sehr wahrscheinlich sogar war das die beste Idee. Alles auskundschaften, wieder heimgehen und sich dann später zusammen mit Mina reinwagen, wie es abgemacht war. Allein in ein verlassenes, vielleicht sogar einsturzgefährdetes Gebäude zu gehen, das war schon ziemlich idiotisch. Kam in der Szene immer wieder vor, klar, aber bisher hatte Clara nie verstanden, wie man überhaupt auf so eine bescheuerte Idee kommen konnte. Jetzt allerdings …

Nein. Besser nicht. So verlockend, so drängend der Gedanke auch war, er war vor allem eines: dumm.

»Ja, du hast recht«, sagte sie und hörte Mina tief und befreit ausatmen. »So machen wir's. Ich geh nicht rein, ich versprech's – hoch und heilig. Ich kann nur nicht das ganze Wochenende hierbleiben und nichts tun. Verstehst du?«

»Ja.« Mina klang jetzt sehr erleichtert. »Das verstehe ich total. Dann sehen wir uns morgen in der Schule, ja? Und … tut mir wirklich leid.«

»Schon gut.« Clara lächelte. »Du kannst ja nichts dafür. Und wir haben doch jetzt einen echt guten Plan. Mach dir keinen Kopf.«

Am nächsten Morgen war der Himmel immer noch wolkenlos und strahlend blau. Ein leichter Wind wehte den Duft von Sommertannen und moosigen Steinen vom Wald herüber. Claras Wetter-App hatte für den späten Nachmittag gewittrige Schauer vorausgesagt, aber daran war nur schwer zu glauben, wenn die Luft so klar, frisch und leicht war. Wissen konnte man es freilich nie. Und so beschloss Clara, auf Nummer sicher zu gehen und an diesem Tag einfach mal die Schule ausfallen zu lassen. Dabei kam es ihr gerade recht, dass diese Woche eine Paps-Woche war. Der schob derzeit oft Nachtschichten im Krankenhaus und musste dann morgens erst mal schlafen. Auch heute lag er noch im Bett, den Kopf unter dem Kissen vergraben, als Clara leise ihr Frühstücksgeschirr wegräumte und ein Schmierblatt aus dem Zettelkasten kramte. Sie dachte einen Moment nach, dann schrieb sie:

Bin das Wochenende mit Mina Wandern. Kuss! Clara

Dann wuchtete sie ihren großen Wanderrucksack auf den Rücken und verließ auf Zehenspitzen das Haus.

Trotz Minas Karte war der Weg zur Albers-Villa nicht so leicht zu finden, wie Clara gehofft hatte. Zuerst war sie noch guter Dinge. Die Luft war klar, ein leichter Wind wehte, und das tanzende Licht zwischen Blättern und Nadeln, das Zwitschern der Vögel und das Knistern alten Laubs unter ihren Füßen ließen Clara das Herz leicht werden. Doch nachdem sie mehr als drei Stunden bergauf, bergab durch den Wald gestiefelt war, begann sie allmählich zu glauben, dass Mina sie am Ende doch nur auf den Arm genommen hatte. Inzwischen war der Vormittag weit fortgeschritten, und obwohl die Sommerhitze im Schatten der Bäume noch halbwegs erträglich blieb, war Clara ziemlich durchgeschwitzt, und der Wanderrucksack drückte bleischwer auf ihre Schultern. Doch als sie schon kurz davor war, frustriert wieder umzukehren und der sicherlich feixenden Mina ihre blöde Karte rechts und links um die Ohren zu hauen, stieß sie endlich auf den alten Fahrweg zur Villa, den Zach dick und rot in dem Plan eingezeichnet hatte. Clara hätte vor Freude fast geschrien. Es gab sie also doch! Und es konnte jetzt nicht mehr weit sein! Mit neuem Schwung wanderte sie den halb überwucherten Weg hinauf.

Und dann, nach einer sanften Biegung, sah sie es.

Zuerst war es nicht viel mehr als eine hohe, von Ranken überwucherte Mauer. Doch als Clara atemlos die letzten Meter der Steigung hinaufgehastet war, verbreiterte sich die Straße und endete vor einem riesigen zweiflügligen Tor.

Clara rang nach Luft.

Das Tor war aus Schmiedeeisen. Schwarz, elegant geschwungen und voller Rostflecken. Dahinter erstreckte sich eine lange, von verwittertem Kies bedeckte Auffahrt, gesäumt von einer verwilderten Fläche, die einmal ein riesiger Garten gewesen sein musste – und an deren Ende sich das massige Gebäude erhob, das über das verlassene Grundstück wachte.

Früher war die Villa sicher wunderschön gewesen. Die sanft geschwungenen Linien des Giebels und die hohen Bogenfenster mussten ihr ein freundliches Gesicht gegeben haben. Jetzt aber kletterte Efeu die rissigen Fassaden hinauf, die dringend einen neuen Anstrich nötig gehabt hätten, und die Fenster waren dunkel. Das Sonnenlicht drang nur mühsam durch die Zweige einer riesigen Salweide auf das moosbedeckte Dach.

Ein Traum. Ein düsterromantischer, unerreichbarer Traum.

Mit unwillkürlich zittrigen Händen ließ Clara ihren Rucksack vom Rücken rutschen und packte ihre Kamera aus.

Allerdings musste sie schon ziemlich bald feststellen, dass das Haus sich ausgesprochen hartnäckig hinter seinem schmiedeeisernen Zugang verbarg.

Ein Traumhaus hinter Gittern. Clara seufzte gereizt und legte ihre Kamera in den Rucksack zurück. Nichts zu machen. Egal, wie sie sich drehte und wendete und riskierte, ihr Objektiv zu verkratzen, indem sie es durch die Zwischenräume schob – die Stäbe mit ihren hässlichen braunen Flecken versauten ihr einfach jedes Bild. Überhaupt war alles da drin einfach viel zu weit weg. Das war nicht, was sie wollte. Das war nicht, was sie *brauchte.* Frustriert hockte sie sich auf den halb überwucherten Vorplatz und starrte missmutig zu dem Haus hinauf, das unbeteiligt schweigend über ihr aufragte. Langsam kam es ihr so vor, als würde das

Gebäude über sie lachen. Oder sie mit erhobenem Zeigefinger an ihr Versprechen erinnern.

Allmählich verging Clara die Lust. Dieser alte Kasten war einfach zu widerspenstig. Und ein Weg hinein? Clara seufzte und strich sich durch die Haare, die ihr als feuchte, fransige Strähnen in der Stirn klebten. Mina hatte recht gehabt – einfach würde das nicht werden. Das Tor war wirklich sehr gut verschlossen, sie hatte es inzwischen mehrmals probiert. Alles Rütteln hatte nichts geholfen. Und im Klettern war sie noch nie gut gewesen. Vermutlich würde sie sich bei dem Versuch den Hals brechen, selbst wenn Mina ihr half.

Clara legte den Kopf in den Nacken und starrte in den Himmel, der durch das Netz aus Buchenzweigen und Nadelgeäst hindurchblinzelte. Vielleicht sollte sie einfach wieder gehen und es am Sonntag mit Mina noch mal versuchen. Die Lichtflecken zwischen den Zweigen hatten das grelle Weiß der Mittagshitze gegen ein eigenartig rauchiges Gelb eingetauscht. Der Wind war auch stärker geworden. Ob das Vorboten der angedrohten Gewitterschauer waren? Besser, sie war nicht mehr hier, wenn es losging. Der Rückweg würde immerhin fast ebenso lang dauern wie der Hinweg …

Ach verdammt, nein! So leicht würde sie sich nicht geschlagen geben! Sie wollte wenigstens noch versuchen, auf die Rückseite des Grundstücks zu kommen. Die Mauer schien ziemlich lückenlos von einem Gestrüpp aus stacheligen Himbeer- und Brombeersträuchern umwuchert zu sein, und das mehrere Armlängen dick. Aber vielleicht schaffte sie es ja doch irgendwie hindurch. Wenigstens versuchen musste sie es.

Clara griff nach dem langen Stock, den sie auf dem Weg hierher als Wanderstab benutzt hatte, und lief ein Stück an der Hecke entlang. War das Gestrüpp hier nicht etwas weniger dicht? Sie reckte den Hals. Fast sah es sogar so aus, als würde es nicht mal ganz bis zur Mauer reichen. Vielleicht fand sie so wenigstens eine gute Stelle für einen Klettersuch …?

Entschlossen hob sie den Stab und schlug probehalber auf den ersten Busch vor ihr ein. Eine kleine Schneise teilte die Zweige. Na gut, das konnte funktionieren. Mehr oder weniger zumindest. Clara schlug noch einmal in die Schneise – dann biss sie die Zähne zusammen und schob sich mit eingezogenem Bauch zwischen die Dornen. Es dauerte nicht lange, bis sich blutige Kratzer über ihre nackten Arme und Beine zogen. Mehrmals verfing sie sich in den Dornen und riss Löcher in ihr T-Shirt. Aber umkehren würde sie jetzt auch nicht mehr, dachte Clara und presste die Lippen zusammen. Jetzt musste sich die Quälerei zumindest lohnen. Nur noch ein Stück.

Und dann, gerade als sie es am wenigsten erwartete, stolperte sie unvermittelt auf eine winzige freie Fläche vor der Mauer hinaus.

Verblüfft blieb sie stehen. Direkt vor ihr war ein kleiner, fast geduckt wirkender Durchgang in der Mauer, der von einer offenbar ziemlich maroden Holztür versperrt wurde.

Clara bekam den Mund nicht mehr zu. War sie eingeschlafen? Träumte sie jetzt? Nein, die Schrammen auf ihren Armen und Beinen waren definitiv echt. Und das da war wirklich eine Tür. Oder das, was davon übrig war. Die alten Planken sahen aus, als würden sie schon unter einem leichten Tritt einfach zerbrechen. Wenn sie nun nur mal vorsichtig daran rüttelte …?

Aber warum sollte sie überhaupt vorsichtig sein? Hier war doch niemand. Entschlossen machte sie einen Schritt zurück, hob das Bein und trat mit aller Kraft gegen die Tür. Das morsche Holz ächzte unter dem Aufprall ihres Wanderstiefels. Ermutigt trat Clara noch einmal zu, und dann noch einmal.

Unter dem vierten Tritt schließlich knackte und splitterte es – die Tür sprang auf und krachte mit Getöse gegen die Innenseite der Mauer. Schwer atmend blieb Clara stehen.

Stille schlug ihr entgegen. Und erst jetzt bemerkte sie, dass die Vögel schon vor einer ganzen Weile zu singen aufgehört haben mussten. Der ganze Wald mit seinem lebendigen Zirpen, Knacken, Zwitschern und Rascheln war verstummt. Nur der Wind hatte weiter aufgefrischt und strich mit leisem Rauschen durch die Baumkronen. Der Himmel hatte sich mit diesig grauen Wolken bezogen. In der Ferne grollte es leise. Und vor Clara erstreckte sich ein verwahrlostes Paradies, über dem schattenschwer und schweigend die Villa thronte.

Vorsichtig trat sie über die Schwelle und sah sich staunend um. Der Wind erfasste ihre Haare und zupfte an den Strähnen, die die Dornen aus ihrem lockeren Haarknoten gezogen hatten.

Eine kleine Bewegung im Augenwinkel erregte Claras Aufmerksamkeit. Auf dem Dach eines fast völlig von Efeu überwucherten Gewächshauses saß eine einsame Kohlmeise und blinzelte sie an.

Eine Kohlmeise!

Clara hielt den Atem an. Langsam, ganz langsam ließ sie den Rucksack von ihrem Rücken gleiten, um die Kamera herauszuholen. Wie in Zeitlupe hob sie die Linse, stellte scharf …

Klick.

Der Vogel flatterte davon. Clara folgte ihm mit dem Blick hinauf zu den dunklen Fenstern im zweiten Stock des Hauses – und fuhr erschreckt zusammen.

Hinter den Reflektionen der immer düsterer werdenden Wolken auf dem Fensterglas glaubte sie für den Bruchteil einer Sekunde ein Gesicht zu sehen. Dann war es wieder verschwunden.

Clara fröstelte trotz der noch immer drückend warmen Luft. Sah sie jetzt Gespenster? Langsam war es wohl doch Zeit, nach Hause zu gehen. Und mit Mina wiederzukommen, wie es abgemacht war. Rasch knipste sie noch ein paar schnelle Aufnahmen von der Villa unter dem schweren Himmel, ehe sie die Kamera wieder im Rucksack verschwinden ließ. Für heute war es genug.

Mina würde Augen machen.

Kapitel 3

Sturm

Samtiges Dämmerlicht kroch zwischen den Gardinen hindurch ins Zimmer. Beliar starrte hinunter auf das Loch, das hinter der zerstörten Tür in der Mauer zurückgeblieben war. Er hatte sich nicht gerührt, seit das Mädchen mit den staksigen Beinen den Garten verlassen hatte. Nur ein flüchtiges Lächeln berührte seine Mundwinkel.

Keren stand hinter ihm, so dicht, dass seine Brust den Rücken seines Bruders berührte. Gemeinsam hatten sie das Mädchen kommen und gehen sehen. Gemeinsam spürten sie die winzige und gleichzeitig so heiß brennende Flamme, die der Anblick eines fremden Menschen in ihnen entzündete. Und obwohl sie selbst nicht mehr da war, schien ihr Schatten noch immer durch den Garten zu streifen, der sich unter den auftürmenden Gewitterwolken immer weiter verdunkelte.

Am anderen Ende der Zimmerflucht öffnete sich lautlos eine Tür. Mit behutsamen Schritten betrat die Haushälterin den Raum. »Das Abendessen ist bereit.« Ihre Stimme war ebenso leise wie ihre Bewegungen.

Lange Zeit blieben die Brüder stumm. Regten sich nicht einmal.

»Alicja«, sagte Beliar endlich, den Blick immer noch auf den Garten gerichtet. »Warte bitte mit dem Auftragen. Wir bekommen heute noch Besuch.«

Die Haushälterin senkte den Kopf.

Keren wandte sich um und musterte die Frau aus ruhigen Augen. »Die Haustür soll heute Abend unverschlossen bleiben.« Er lächelte schmal. »Und ein Gästezimmer muss bereit sein.«

Jetzt nickte sie kaum merklich. »Ich verstehe«, sagte sie und verschwand so lautlos, wie sie gekommen war.

Schweigen füllte das Zimmer, das mehr und mehr in schwefelgelber Dunkelheit versank. Erste Blitze zuckten über den Himmel.

Keren griff an Beliar vorbei und zog mit einer ruhigen Bewegung die schweren Vorhänge vor die Scheiben. Sein Bruder erstarrte für Sekundenbruchteile. Dann schloss er Keren in die Arme, so fest, dass sie ihre Herzen im gleichen Takt schlagen spüren konnten. Sie brauchten keine Worte, um zu wissen, was der andere dachte.

Sie wird zurückkehren.

Das Spiel beginnt wieder.

* * *

Clara war noch nicht weit gekommen, als das Gewitter losbrach. Die Villa war kaum hinter dem bewaldeten Hang verschwunden, als die ersten dicken Tropfen auf die staubige Erde der alten Fahrstraße klatschten. Innerhalb weniger Minuten schwand das Licht, als wäre es schon spät am Abend, und der Wind schwoll zu einem regelrechten Sturm an. Clara fluchte. Sie war viel zu weit weg von allen Schutzhütten, die sie kannte. Aber hier draußen konnte sie unmöglich bleiben. Der Weg hatte sich schon nach kürzester Zeit in eine morastige Schneise verwandelt, in der Claras Stiefel beinahe bis zu den Knöcheln einsanken. Im dichten Wald zu beiden Seiten toste der Wind durch die Baumkronen, Äste brachen krachend, Blätter und kleinere Zweige wurden abgerissen und durch die Luft geschleudert.

Die Villa, dachte Clara. Sie musste zurück, wenn sie nicht erschlagen werden wollte, Urbexer-Regeln hin oder her. Mit zusammengebissenen Zähnen und hochgezogenen Schultern wandte sie sich um und stapfte los. Schon bald war sie bis auf die Knochen durchnässt und der Wind riss sie fast von den Füßen. Clara fluchte wieder, lauter diesmal. Von wegen kleinere Gewitterschauer. Von einem Sturm war im Wetterbericht nicht die Rede gewesen!

Ein Blitz zerriss die Wolkendecke und tauchte den Wald für Augenblicke in kaltes Licht. Sekunden später rollte lauter Donner über die Baumwipfel. Clara beschleunigte ihren Schritt, so gut sie konnte. Mehrmals verlor sie auf dem rutschigen Untergrund fast den Halt, und sie fürchtete schon, die letzten Meter bis zur Villa auf allen vieren durch den Schlamm kriechen zu müssen. Endlich ragte die Bruchsteinmauer vor ihr auf. Die Schneise, durch die Clara sich ins Unterholz geprügelt hatte, war zum Glück noch deutlich zu erkennen. An die Dornen, die ihr einmal mehr die Haut zerkratzten, verschwendete sie diesmal keinen einzigen Gedanken. Sie wollte nur raus aus diesem Sturm, der von Sekunde zu Sekunde schlimmer wurde. Es schien eine Ewigkeit zu dauern, bis sie endlich durch den kleinen Durchgang in den Garten schlüpfte.

Innerhalb der Mauern hatte der Sturm ein wenig von seiner Gewalt eingebüßt, doch der Regen stürzte mit unveränderter Kraft aus den schwarzen Wolken. Der Wind jaulte um die Hausecken und rüttelte an den Dachpfannen. Clara holte tief Luft und sah sich hastig um. Die Veranda bot wenigstens etwas Schutz. Entschlossen rannte sie los. Das nasse Gras klatschte gegen ihre Waden, und mehrmals rutschte sie aus und wäre beinahe gestürzt. Aber schließlich stolperte sie die vor Nässe glitschigen Holzstufen der Veranda hinauf, gerade als ein weiterer ohrenbetäubender Donner die Luft erschütterte. Clara ließ den Rucksack zu Boden rutschen, hockte sich mit dem Rücken gegen die Tür und rang keuchend nach Luft.

Als sie wieder halbwegs zu Atem gekommen war, richtete sie sich auf, um sich umzusehen. Sie stand nun direkt vor der Eingangstür zur Villa, allerdings sah diese keineswegs so aus, als würde sie sich von Claras Stiefeln beeindrucken lassen. Zögernd legte Clara eine Hand auf den Türknauf und drehte ihn probehalber nach links. Im Schloss knackte es. Genau in diesem Augenblick fegte ein weiterer Windstoß an ihr vorbei, und als hätte die Tür ein Eigenleben entwickelt, schlug sie nach innen. Der Knauf glitt aus Claras Hand und die Tür krachte gegen die Innenwand des Hauses. Erschrocken sprang Clara zurück. Der Sturm pfiff an ihr vorbei ins Haus hinein, rüttelte an den Fensterscheiben und blähte die Vorhänge, die die Sicht ins Innere versperrt hatten. Clara atmete tief durch. Ihr Herz hämmerte wie wild.

Ganz ruhig. Alles gut. Nichts passiert. Verdammt, es ist offen, du Glückskäfer!

Jetzt klang ihre innere Stimme verdächtig nach Mina, dachte sie. Wenn die wüsste. Aber ihr Versprechen war unter diesen Umständen ja wohl definitiv hinfällig.

Vorsichtig näherte sie sich der Schwelle, die Arme vorgestreckt für den Fall, dass die Tür ihr wieder entgegenschlug. Drinnen war es düstergrau. Nur die Blitze, die in immer kürzeren Abständen über den schwarzen Himmel zuckten, warfen helle Schlaglichter auf ein geräumiges Foyer. Am anderen Ende konnte Clara schemenhaft eine geschwungene Treppe erkennen, die in die oberen Stockwerke führen musste. Eine schmiedeeiserne Gästegarderobe, ein Telefontischchen mit einem altmodischen Wählscheibenapparat …

So verlassen sieht es gar nicht aus, dachte Clara.

In diesem Moment stürzten zwei Dachpfannen auf die Stufen vor der Veranda und zersprangen mit einem Knall. Hastig ließ Clara sämtliche Gedanken fallen, griff nach ihrem Rucksack und zerrte ihn über die Schwelle. Dann packte sie die Tür, die vom Sturm immer wieder gegen die Wand des Foyers geschlagen wurde, und drückte sie zurück ins Schloss. Dunkelheit umhüllte sie, als die schweren Vorhänge zurück vor die Fenster fielen. Schwer atmend lehnte Clara sich gegen das nasse Holz und rieb sich über die Arme, um die Gänsehaut zu vertreiben. Dann tastete sie sich zum Fenster und zog die Vorhänge beiseite.

Schwefeliges Licht fiel in die Halle. Wider Willen fasziniert, beobachtete Clara durch die Scheibe, welcher Gewalt sie da gerade noch entkommen war. Im windgepeitschten Garten duckten sich die Büsche fast bis zum Boden. Blätter und Äste flogen durch die Luft und der Regen prasselte immer wieder in harten Böen gegen die Scheibe. Das Heulen des Sturms jagte Clara einen kalten Schauer über die Haut. Hoffentlich war das bald vorbei.

Und bis dahin ziehe ich mir besser was Trockenes an.

Sie riss sich vom Fenster los und ging zurück zu ihrem Rucksack, der immer noch neben der Tür lag. Da drin war auch ihre Taschenlampe. Die würde sie brauchen.

Ein weiterer Blitz warf sein flackerndes Licht für Sekunden in den Raum. Fast im gleichen Augenblick krachte ein Donnerschlag direkt über dem Haus, so laut, als wäre in diesem Moment das ganze Dach abgerissen und weggeweht worden. Clara, die sich gerade vor ihren Rucksack hatte hocken wollen, fuhr heftig zusammen und plumpste vor Schreck unsanft auf ihren Hosenboden. Nach dem lauten Donner wirkte selbst das Rauschen des Regens und des Windes nur wie ein schwaches Flüstern.

Und plötzlich hörte Clara noch etwas anderes. Ein Knarren, wie von Füßen, die über alte Holzdielen schritten. Wie erstarrt blieb sie sitzen und lauschte. War das auch der Wind? Nein, da war es wieder, kaum zu hören über dem Tosen des Sturms. Die Haare in ihrem Nacken stellten sich auf. War noch jemand hier? Aber das Haus war doch verlassen! Hatte vielleicht noch jemand hier Schutz gesucht?

»Ist da jemand?«

Niemand antwortete. Selbst die Schritte waren jetzt verstummt. Clara biss sich auf die Unterlippe. Da *war* doch jemand!

»Hallo?«

Da ertönten die Schritte wieder, näher diesmal. Am anderen Ende des Foyers, in der Nähe der Treppe, entdeckte sie im Licht eines besonders hellen Blitzes eine weitere Tür. Kamen die Schritte von dort? Ein Schaben wie von Metall auf Metall erklang und ging dann unter in einem erneuten Donnerknall. Langsam öffnete sich die Tür. Ein greller Lichtstrahl traf Claras Augen und blendete sie. Erschrocken riss sie den Arm vor ihr Gesicht und blinzelte unter der Ellbeuge hindurch, aber sie konnte nichts sehen.

»Wer sind Sie?« Eine barsche Männerstimme.

»Herrgott, Heinrich! Nimm die Lampe runter!« Eine Frauenstimme fiel ein, bevor Clara auch nur einen Ton hätte herausbringen können. »Du erschreckst sie ja zu Tode!«

Das Licht verschwand aus Claras Gesicht. Wieder erklangen Schritte, die sich näherten, und hielten direkt vor ihr inne.

»Keine Sorge, wir tun Ihnen nichts. Liebe Güte, Sie sind ja nass bis auf die Knochen!«

Clara blinzelte. Allmählich gewöhnten sich ihre Augen an die veränderten Lichtverhältnisse. Vor ihr standen ein Mann und eine Frau. Der Mann war groß und breitschultrig und hielt eine Taschenlampe in der Hand, deren Strahl er nun auf den Boden gerichtet hatte. Die Frau hingegen war zierlich und ihre Haare waren zu einem strengen Dutt aufgesteckt. Sie passte fast zu perfekt in das Bild, das beim Klang ihrer Stimme vor Claras innerem Auge entstanden war: Eine Frau mittleren Alters, mit schmalen, strengen Zügen. Dass sie Clara gesiezt hatte, passte auch dazu. Selbst die meisten ihrer Lehrer taten das nicht.

Clara atmete tief durch. Sie bekam das alles gerade nicht recht auf die Reihe. Wer waren diese Leute, und was taten sie hier? Hatte Mina sich getäuscht und das Haus hatte längst neue Besitzer?

»Entschuldigen Sie bitte.« Ihre Stimme schwankte noch ein bisschen von dem Schreck, aber immerhin stammelte sie nicht. »Ich heiße Clara Jensen. Das Gewitter hat mich überrascht, und ich dachte … na ja, ich dachte, das Haus wäre verlassen.«

Ein Lächeln erschien auf den schmalen Lippen der Frau. Sie schien über diese Erklärung nicht verwundert zu sein. »Sie brauchen sich nicht zu entschuldigen. Es tut mir leid, dass wir Sie so erschreckt haben. Dies hier ist Heinrich Nette, unser Gärtner, und ich bin Alicja Chlewynska, die Haushälterin. Durch den Sturm ist der Strom ausgefallen, wissen Sie, wir haben gerade kein Licht. Aber wir haben das Krachen gehört und wollten nachsehen, ob mit der Haustür alles in Ordnung ist.«

So sehr sie sich auch bemühte, es gelang Clara nicht, das Lächeln zu erwidern.

»Also, wollen Sie nicht bleiben, bis das Unwetter vorüber ist? Sie haben doch sicher eine heiße Dusche nötig. Danach können Sie uns erzählen, was Sie hierher verschlagen hat.«

Nun endlich gelang es Clara, sich ein wenig zu entspannen. Ja, das klang wirklich gut. So schräg diese ganze Situation auch war, eine heiße Dusche wäre jetzt wirklich genau das Richtige. Und über so alltägliche Dinge zu reden, war einfach irgendwie beruhigend. Sie nickte schnell. »Danke, ja. Das ist sehr nett von Ihnen.«

Der Mann, den die Frau Heinrich genannt hatte, runzelte die Stirn und sah sie zweifelnd an. Die Frau aber lächelte unbeirrt weiter. »Keine Sorge, das geht in Ordnung. Ich werde die Herrschaften persönlich informieren, dass Sie hier sind.«

Clara horchte auf. Herrschaften? Bedeutete das etwa, dass noch mehr Menschen hier waren? In diesem *verlassenen* Haus? Das Gesicht, das sie am Fenster zu sehen geglaubt hatte, kam ihr wieder in den Sinn.

Die Falten auf Heinrichs Stirn wurden tiefer und seine buschigen Brauen zogen sich zu einem dicken Strich zusammen. Aber er sagte nichts.

»Kommen Sie.« Die Frau zog eine zweite Taschenlampe hervor. »Ich zeige Ihnen das Gästezimmer.«

Clara nickte, schulterte ihren Rucksack und folgte ihr die

Treppe hinauf. Hinter ihrem Rücken glaubte sie zu spüren, dass Heinrich ihnen nachsah. Aber sie zwang sich, sich nicht umzudrehen. Kurz darauf hörte sie schwere Schritte und das Geräusch, mit dem die Vorhänge energisch wieder an ihren Platz gezogen wurden. Dunkelheit schluckte das Foyer bis auf die grellen Finger der Taschenlampen.

Frau Chlewynska führte sie schweigend in den ersten Stock hinauf. Auch hier waren alle Fenster mit dicken Gardinen verhängt. Doch die Haushälterin bewegte sich mit einer Sicherheit, die nur bedeuten konnte, dass sie diesen Gang sehr gut kannte. Schließlich öffnete sie die Tür zu einem Raum, der genauso dunkel war wie der Flur, und ging hinein. Clara hörte sie in der Finsternis hantieren – dann klickte ein Feuerzeug. Eine kleine Flamme leuchtete auf und dann wurde das Zimmer nach und nach vom Schein mehrerer Kerzen erhellt. Verblüfft blieb Clara auf der Schwelle stehen. Nein, dieses Haus war ganz sicher nicht verlassen und schon gar kein Lost Place, wie es von außen den Anschein hatte. Stattdessen wirkte der Raum modern, praktisch und geschmackvoll. Wie ein gutes Hotelzimmer, dachte Clara. Nur ohne Fernseher.

»So, da haben Sie wenigstens etwas Licht.« Frau Chlewynska drehte sich wieder zu ihr um. »Heinrich hat schon versucht, die Sicherung wieder einzuschalten, aber sie springt immer wieder raus. Er wird nachsehen, woran es liegt, wenn der Sturm vorbei ist.« Im Kerzenlicht sah Clara, dass sich tiefe Linien in die Haut ihres Gesichts eingegraben hatten, die ihr einen strengen und gleichzeitig etwas melancholischen Ausdruck verliehen. Ihre Augen aber waren sanft und freundlich.

»Na kommen Sie.« Sie winkte Clara heran. »Das Bad ist gleich hier drüben.« Sie deutete auf eine kleinere Tür. »Haben Sie Kleidung zum Wechseln dabei?«

Clara nickte. Im gleichen Augenblick wurde ihr bewusst, dass sie immer noch ihre schlammigen Stiefel trug und den Dreck wohl gerade im ganzen Haus verteilt hatte. Ihre Wangen wurden heiß, und sie streifte die Schuhe hastig ab, ehe sie das Zimmer betrat.

»Dann kommen Sie zurecht.« Frau Chlewynska nickte ihr freundlich zu, ohne sich anmerken zu lassen, wie sie über die Schmutzspuren im Flur und auf der Treppe dachte. »Wenn Sie Ihre Wäsche hier in den Korb legen, schicke ich später das Mädchen vorbei, um sie auf den Trockenboden zu bringen. Ich werde Sie derweil den jungen Herren melden.«

Clara hatte das Gefühl, dass ihr Gesicht von Sekunde zu Sekunde röter wurde. Das alles war nun nicht mehr bloß unwirklich, sondern auch noch peinlich. »Danke«, murmelte sie. »Ich meine, richten Sie bitte auch den … ähm … Herren meinen Dank aus.«

Wer auch immer die wohl waren, diese *jungen Herren*. Sagte man so was heutzutage überhaupt noch? Das klang ja wie aus einem dieser Historienschinken, die ihre Mutter so gern las. Irgendwie albern, oder?

Wieder erschien ein Lächeln auf Frau Chlewynskas Gesicht. »Sie werden sicher mit Ihnen zu Abend essen wollen.«

Claras Gesicht fühlte sich an, als wäre es schlichtweg völlig entgleist. Sie brachte keine sinnvolle Regung mehr zustande, nicht mal ein höfliches Lächeln. »Ja, äh, das … ist nett. Danke.«

Frau Chlewynska nickte ernst. »Dann lasse ich Sie jetzt allein. Bis später, Fräulein Jensen. Und willkommen in der Villa Albers.« Sie lächelte. Dann schloss sich lautlos die Tür hinter ihr, und Clara war allein.

Erschöpft wischte sie sich über die Stirn und trat ans Fenster, um die Vorhänge zurückzuziehen. Draußen fegte das Unwetter noch immer mit unverminderter Kraft durch den Wald, obwohl es inzwischen aufgehört hatte, zu blitzen und zu donnern. Sie konnte wirklich froh sein, dass sie hier drin war. Auch wenn ihr das alles gerade ein wenig über den Kopf wuchs. Sie war schmutzig und nass und ihr war kalt, sie saß in einem verlassenen Haus, das überhaupt nicht verlassen war, und sollte gleich mit zwei ominösen *jungen Herren* zu Abend zu essen.

Willkommen in der Villa Albers.

Hieß das also, die Familie lebte immer noch hier? Aber wieso sollten sie sich verstecken? Das ergab doch keinen Sinn …

Na ja, dachte Clara. Wenigstens konnte sie heiß duschen. Das war ja schon mal was Gutes, egal was sonst noch auf sie zukommen würde. Aber vorher sollte sie dringend noch eine Nachricht an Mina schreiben. Die würde sonst ausrasten vor Sorge. Clara wandte sich vom Fenster ab und kramte ihr Smartphone aus der Tasche. Rasch tippte sie ein paar Zeilen.

Hab im Wald Unterschlupf gefunden und sitze das Wetter aus. Mach dir keine Sorgen. Kuss!

Sie hatte kaum auf Senden gedrückt, als ihr die gähnende Leere am oberen Rand des Displays ins Auge sprang. Kein Netzbalken. Nicht einer. Und auch kein Internet.

Verdammt.

Das war schlecht. Das war sogar sehr schlecht. Wenn sie Pech hatte, würde Mina sich solche Sorgen machen, dass sie Claras Eltern steckte, wo sie war. So blieb ihr nur, darauf zu hoffen, dass ihre Freundin nicht nur Ausgangssperre, sondern auch Handyverbot hatte. Und Paps? Der würde sich hoffentlich denken, dass sie und Mina in einer Schutzhütte hockten und auf besseres Wetter warteten. Das wäre zum Glück nicht das erste Mal gewesen. Und morgen Nachmittag war sie ja spätestens wieder zu Hause.

Rasch zog sich Clara das nasse T-Shirt über den Kopf. Dann schlüpfte sie durch die Tür, hinter der das kleine Badezimmer lag. Eine Duschkabine, eine Toilette und ein Waschbecken, alles tadellos sauber, ohne ein noch so kleines Staubkorn. Sogar Seife und frische Handtücher lagen bereit. *Als hätten sie einen Gast erwartet,* dachte Clara. Ein vager Schauer prickelte auf ihrer Haut bei dem Gedanken. Und kein Spiegel über dem Waschbecken … Das war doch auch irgendwie merkwürdig.

Mach dich nicht verrückt. Dusch einfach.

Rasch kletterte sie in die Wanne und drehte den Warmwasserhahn bis zum Anschlag auf. Clara duschte lange und ausgiebig, bis auch der letzte Rest der Sturmkälte aus ihren Gliedern verschwunden war. Das rauschende Wasser sperrte die Geräusche des Sturms aus ihren Ohren aus und half ihr, sich etwas zu entspannen. Und als sie schließlich den Hahn wieder abdrehte, fühlte sie sich schon viel besser und sogar in der Lage, sich einem Abendessen mit den Herren einer angeblich verlassenen Spukvilla zu stellen.

Kapitel 4
Die jungen Herren

Es dauerte noch eine ganze Weile, bis es schließlich an der Tür klopfte. Clara sprang von dem Sessel am Fenster auf, von dem aus sie mit ungebrochener Faszination beobachtet hatte, wie der Wind durch den Garten wütete. »Ja?«

Eine junge Frau in einem schlichten Kleid mit einer hellen Schürze betrat das Zimmer. »Fräulein Jensen …?« Sie stockte und blieb wie angewurzelt stehen, die Augen weit aufgerissen. Dann stürzte sie regelrecht zum Fenster und zerrte mit einem Ruck die Vorhänge vor die Scheiben.

»Die Gardinen müssen vorgezogen sein, wenn es dunkel wird«, erklärte sie barsch. »Immer. Sonst bekommen wir richtig Ärger.«

Clara runzelte die Stirn. Das musste das »Mädchen« sein, von dem Frau Chlewynska gesprochen hatte. Ein Zimmermädchen also. Aber warum war es nötig, sie so anzufahren?

»Entschuldigung«, sagte sie extra freundlich. »Das hab ich nicht gewusst.«

Die Frau zog mit leisem Schnaufen die Luft ein. »Schon in Ordnung. Entschuldigen Sie meinen Tonfall, Fräulein Jensen.« Trotz der Entschuldigung klang sie immer noch irgendwie bissig. Clara gab es auf. Sie konnte sich beim besten Willen nicht vorstellen, was sie dieser Frau getan haben sollte, aber man musste ja auch nicht jeden mögen. An einem Ort wie diesem schon gar nicht.

»Na, jedenfalls soll ich Sie in den Speisesaal führen.«

Clara seufzte leise. Eins war sicher, Hunger hatte sie genug. Aber dieser schnippische Ton konnte einem schon auf die Nerven gehen.

Das Zimmermädchen schien ihr Schweigen als Zustimmung zu werten, denn sie war schon gleich wieder auf den Gang verschwunden. Rasch blies Clara die Kerzen aus. Für einen Augenblick konnte sie nichts mehr sehen. Dann leuchtete der inzwischen vertraute Strahl einer Taschenlampe auf.

Clara folgte dem Zimmermädchen auf den Gang und die Treppe hinunter in die Eingangshalle. Die Vorhänge auf dem Flur und in der Halle waren noch immer fest zugezogen. In der Dunkelheit konnte Clara das Gesicht des Dienstmädchens nicht erkennen, aber sie glaubte zu spüren, dass sie ihr immer wieder verstohlene Blicke zuwarf. Ihr Magen kribbelte nervös.

Schließlich blieben sie vor einer Tür stehen, die wieder aus dem Foyer hinausführte. Unter der Schwelle schimmerte sanftes orangefarbenes Licht und ein köstlicher Duft stieg Clara in die Nase. Trotz aller Unruhe begann ihr Magen vernehmlich zu knurren, als wolle er sie daran erinnern, dass sie seit dem Frühstück bloß ein paar Kekse und einen Apfel gegessen hatte. Lautlos schwang die Tür nach innen. Kerzenlicht fiel auf Claras Gesicht.

»Fräulein Jensen ist hier.« Das Zimmermädchen deutete einen Knicks an. Dann verschwand sie unverändert eilig in der Dunkelheit der Eingangshalle, als wäre sie nie da gewesen.

Etwas unschlüssig blieb Clara stehen, wo sie war. Sie befand sich in einem leicht überdimensionierten Esszimmer, das von einem massiven und bestimmt ziemlich alten Tisch beherrscht wurde. In der Mitte der langen Tischplatte waren drei Gedecke angeordnet – eines gegenüber von zwei anderen. Auch die Kerzen, die das Zimmer notdürftig erhellten, brannten dort in einem mehrarmigen Leuchter, sodass ihr Licht sich vom Zentrum des Raums ausbreitete und die Ecken im Schatten ließ. Drei hohe Fenster nahmen die Wand gegenüber der Tür ein. Sie mussten in den Garten führen, jetzt aber waren sie, wie alle anderen Fenster, mit dicken Gardinen verhängt. Der Sturm pfiff noch immer um die Hausecken und füllte das Zimmer mit seinem Heulen.

Clara strich sich ein wenig nervös die Ponyfransen aus der Stirn. Das Zimmermädchen hatte mit jemandem gesprochen, aber sie konnte niemanden sehen.

Da hörte sie auf der anderen Seite des Raumes ein Rascheln. Die Vorhänge des mittleren Fensters bewegten sich, und für einen Moment war hinter den nassen Scheiben der sturmzerzauste Garten zu sehen – und davor zwei Gestalten, die nun hinter dem dicken Stoff hervortraten.

»Willkommen in unserem Haus, Clara. Oh, Verzeihung. Ich darf doch Clara sagen?«

Die Stimme war weich und tief und klang freundlich. Trotzdem spürte Clara, wie ihr Herz einen Satz machte.

»Da hast du dir aber ein unbequemes Wetter für deinen Spaziergang ausgesucht.«

Die gleiche Stimme. Clara blinzelte verwirrt. *Und trotzdem so ganz anders.*

Die Vorhänge fielen zurück. Das Kerzenlicht löschte die harten Schatten, die die Gesichter von Claras Gastgebern verschleiert hatten – und im gleichen Augenblick begriff sie, dass wirklich beide mit ihr gesprochen hatten.

Zwillinge.

Clara atmete auf. Natürlich, Zwillinge. Das erklärte es. Das mussten die »jungen Herren« sein – aber zum Glück sahen sie überhaupt nicht nach *Herren* aus, von den feinen dunklen Chinos und den weißen Hemden einmal abgesehen. Eher nach ganz normalen Jungs in ihrem Alter, vielleicht etwas älter, siebzehn oder so. Na ja. Fast normal.

Clara räusperte sich und machte einen Schritt in den Raum hinein. »Ähm, ja.« Sie räusperte sich noch einmal. »Tut mir leid, dass ich einfach ins Haus gekommen bin. Ich dachte, es wäre verlassen.«

»Oh, gar kein Problem. Mach dir keine Sorgen.« Der linke Zwilling grinste leichthin. »Wir freuen uns über Besuch. Ich bin Beliar. Und das ist mein Bruder Keren.«

Der andere Zwilling lächelte schief und nickte Clara zu.

Clara bemühte sich redlich, die beiden nicht allzu offensichtlich anzustarren, aber es war nicht leicht. Also nein, korrigierte sie sich. So richtig normal waren sie wirklich nicht. Selbst im matten Licht der Kerzen bildeten ihre hellen Augen einen außergewöhnlich scharfen Kontrast zu den schwarzen Haaren und kräftigen Brauen. Aber vor allem sahen sie so unglaublich *gleich* aus. Clara hatte immer gedacht, eine so absolute Ähnlichkeit zwischen eineiigen Zwillingen gäbe es nur in Filmen und Büchern – wie Fred und George, Hanni und Nanni oder das doppelte Lottchen. Bei den beiden hier schien es nicht mal Sommersprossen zum Zählen zu geben.

»Hast du Hunger?« Der Zwilling, der sich als Beliar vorgestellt hatte, wies mit einer großzügigen Geste auf den Tisch. »Hilde macht immer viel zu viel, du kannst dich gern dazusetzen.«

»Also ehrlich gesagt, sterbe ich vor Hunger, wenn ich nicht bald was esse.«

Die Zwillinge lachten. Es war *wirklich* eigenartig, alles doppelt zu sehen, dachte Clara. Und sie war es auch nicht gewöhnt, dass ihr jemand den Stuhl zurechtrückte, wenn sie sich setzte. Aber zumindest waren sie nett.

Die Zwillinge nahmen gegenüber Platz. Dann griff einer der beiden nach einem Glöckchen und läutete, und schon im nächsten Moment öffnete sich eine Tür an der Seite des Raums. Ein hagerer Mann mit streng aus der Stirn gekämmtem weißem Haar schob einen kleinen Wagen herein, auf dem eine Suppenterrine stand.

»Ah, James.« Beliar – oder vielleicht auch Keren, Clara

war sich schon jetzt nicht mehr sicher, wer von beiden wer war – grinste, als der Mann neben dem Tisch stehen blieb. »I think we'll have sherry with the soup.«

Der andere Zwilling ließ ein Glucksen hören.

Eine Augenbraue des Mannes zuckte kurz, und sein Blick flog zu Clara hinüber, die gerade noch ein Kichern unterdrücken konnte. Die ganze Situation erschien ihr immer mehr wie ein skurriler Traum. Als sie am Morgen losgewandert war, hätte sie im Leben nicht damit gerechnet, nur wenige Stunden später mit zwei irritierend gleich aussehenden *jungen Herren* zu Abend zu essen – in einem Raum, der an vornehmer Atmosphäre jedes Restaurant überbot, in dem Clara jemals gewesen war. Das war einfach zu verrückt, auch ohne dass ihre Gastgeber *Dinner for One* zitierten.

Glücklicherweise ließ sich der Butler – denn das war er ja wohl, auch wenn er vielleicht nicht wirklich James hieß – nicht dazu hinreißen, den Zwilling *Miss Sophie* zu nennen. Mit stoischer Miene füllte er die Suppe in die weißen Porzellanschalen, bevor er eine bauchige Kristallflasche auf den Tisch stellte. Die Flüssigkeit darin war zu Claras Erleichterung hell und durchsichtig. Kein Sherry, zum Glück. Sie hatte zu Weihnachten oder Geburtstagen schon ab und an ein Glas Sekt oder einen Schluck Wein probiert, aber den nebligen Alkoholdusel im Kopf fand sie eher unangenehm und konnte ihn gerade auch wirklich nicht gebrauchen.

»Wir trinken hier eigentlich nur Wasser.« Einer der Zwillinge strich sich eine Locke aus der Stirn und lächelte Clara an. Der Spott war aus seiner Stimme verschwunden, dafür betrachtete er sie jetzt mit einer Neugier, die beinahe lauernd wirkte. »Das macht dir doch nichts aus?«

Der andere Zwilling zwinkerte ihr zu. »Nicht irgendwelches Wasser natürlich. Aus unserer eigenen Quelle. Sie entspringt in einer Grotte unter dem Haus und kommt hinten im Garten an die Oberfläche. Kein Vergleich zu dem Plastikflaschengesöff, das die Leute sich sonst so nach Hause schleppen.«

»Ah ja.« Clara warf ihm einen skeptischen Blick zu. »Und ihr füllt es bestimmt auch nur bei Vollmond ab und lasst es dann über Bergkristall laufen, um es zu energetisieren, vermute ich.«

Die Zwillinge tauschten einen Blick. Dann lachten sie ihr Doppellachen und griffen nach ihren Gläsern, in einer Bewegung, die so synchron war, als hätten sie sie einstudiert.

»Auf dich, Clara.«

»Schön, dass du da bist.«

»Auf ein Dach über dem Kopf bei Sturm.« Clara hob ebenfalls ihr Glas, trank einen Schluck – und stutzte.

»Wow.« Sie trank noch einen Schluck. »Also, ihr habt nicht zu viel versprochen.« Tatsächlich musste sie zugeben, dass das Wasser ganz anders schmeckte als das Leitungs- oder Mineralwasser, das sie kannte. Ein bisschen süßlich und irgendwie … schwer, aber dabei gleichzeitig sehr klar und frisch. Eigentlich genau so, wie es die Werbung immer von Mineralwasser behauptete.

»Sag ich ja.« Der rechte Zwilling grinste zufrieden.

»Und jetzt: Guten Appetit.« Der linke Zwilling lächelte ihr aufmunternd zu.

Clara nickte dankbar und griff nach ihrem Löffel. Sie war wirklich am Verhungern, das merkte sie jetzt. Für eine ganze Weile konnte sie gar nichts tun, außer einfach zu essen und zu genießen, wie die heiße – und, nebenbei bemerkt, wirklich köstliche – Brühe sie von innen wärmte.

»Also, Clara«, sagte einer der Zwillinge schließlich. »Ich frag das jetzt mal so, ganz unverschämt: Was genau machst du denn hier draußen, so tief im Wald?«

Clara griff nach ihrem Wasserglas und stellte erstaunt fest, dass es schon leer war.

Ich muss echt ausgetrocknet gewesen sein.

Der Zwilling lächelte, als er ihren Gesichtsausdruck bemerkte, und griff ohne einen Kommentar nach der Flasche, um ihr nachzuschenken. Dankbar nahm Clara noch einen großen Schluck.

»Na ja, ehrlich gesagt wollte ich euer Haus fotografieren«, erklärte sie dann und hätte sich im nächsten Moment selbst ohrfeigen können. So nett die beiden Jungs auch waren, je länger Clara mit ihnen zusammensaß, desto weniger schien das Wort »normal« auf sie zuzutreffen. Daher erschien es ihr auf den zweiten Blick auch nicht besonders klug, ihnen auf die Nase zu binden, dass sie in der vollen Absicht hergekommen war, in ihr Haus einzubrechen. »Also, eigentlich war ich wandern«, setzte sie hastig nach. »Da bin ich hier vorbeigekommen. Und wenn ihr es ganz genau wissen müsst, will ich meinem Kunstlehrer beweisen, dass ich gut genug bin, um an einer Kunsthochschule in der Schweiz zu studieren. Dafür suche ich das perfekte Motiv, und … euer Haus ist wirklich wunderschön.« Wenn es denn wirklich *ihr* Haus war – schließlich hätten sie ihr sonst was erzählen können. Aber den Gedanken behielt Clara wohlweislich für sich. Was auch immer diese *jungen Herren* hier oben trieben, es war sicher besser, nicht zu neugierig zu sein. Solange das Wetter nicht besser wurde, konnte sie schließlich nirgendwohin. Erst recht nicht mehr an diesem Abend.

Der rechte der Zwillinge hob eine Braue. »Vielen Dank. Wir hoffen bloß, dass es nicht bald über uns zusammenbricht.«

Wenn das ein Scherz gewesen war, dachte Clara, dann fand er ihn selbst nicht komisch. Sie sah, wie der andere Zwilling seine Hand auf die seines Bruders legte – federleicht, wie beiläufig, und doch eigentümlich vielsagend. Ein Kribbeln zog bei dem Anblick durch ihren Magen.

»Dann wolltest du also Fotos von unserem Haus machen?«, sagte er und lächelte, während er seine Hand zurück in den Schoß sinken ließ. *Und hast dafür unsere Gartentür eingetreten.* Diesen Teil sprach er nicht laut aus. Musste er auch nicht. Sein Blick und sein spöttisches Lächeln, obwohl weiterhin sanft und ohne jede Anklage, sagten alles.

Clara nickte schnell. »Wie gesagt, ich wusste nicht, dass hier jemand wohnt.«

In diesem Augenblick öffnete sich erneut die Tür und der Butler schob den nun leeren Wagen herein.

Die Zwillinge musterten Clara aufmerksam, während der

ältere Herr den Tisch umrundete, um die leeren Suppenschalen abzuräumen. »Wo liegt das Problem? Du kannst hier so viele Fotos machen, wie du willst.«

Der Butler blieb für einen Augenblick stehen. Und auch Clara ließ überrascht ihr Glas sinken.

»Ehrlich? Das wäre großartig, vielen Dank.«

Der rechte Zwilling lachte und hob sein Glas in ihre Richtung. »Wir helfen dir sogar, vorher den Garten aufzuräumen.«

Der Butler räusperte sich vernehmlich. War da Tadel in seinem Blick? Clara runzelte die Stirn. Was ging es denn den Butler an, ob sie hier fotografierte oder nicht? Das Zimmermädchen fiel ihr ein, wie sie die Vorhänge zuzog, genau wie es kurz zuvor auch der Gärtner getan hatte. Was hatten diese Leute zu verbergen?

»Ich werde in wenigen Minuten den Hauptgang auftragen. Braten vom Kalb in Rahmsoße mit Salzkartoffeln und Spargelragout. Was darf ich den Herrschaften dazu einschenken?« Die Stimme des Butlers war nach wie vor förmlich und verriet nichts von dem, was er dachte.

Der Zwilling, der zuletzt gesprochen hatte, wandte sich um. Täuschte Clara sich oder war da ein leicht gereizter Unterton in seiner Stimme? War er ärgerlich, weil auch er die stumme Kritik des Butlers bemerkt hatte? Der scherzhafte Ton in seiner Stimme war jedenfalls verschwunden. »Wasser bitte, Bernhard. Was sonst?«

Clara holte tief Luft. Die Stimmung am Tisch schien mit einem Mal deutlich weniger entspannt zu sein. Beinahe wäre es ihr lieber gewesen, der Butler wäre im Raum geblieben. Aber das tat er natürlich nicht. Also versuchte sie so zu tun, als hätte sie den Missklang nicht bemerkt.

»Aufräumen? Bitte nicht. Ich mag es wüst und zerstört.« Das Grinsen misslang ihr ein wenig. »Kann ich vielleicht noch etwas Wasser haben?«

»Aber natürlich.« Der Zwilling griff nach der Karaffe – nur um festzustellen, dass sie leer war. Er runzelte die Stirn. »Na so was. Bernhard hat wohl vergessen, nachzufüllen. Warte kurz, ich kümmere mich drum.« Er stand auf und verließ den Raum durch die Tür, die auch der Butler benutzt hatte.

Der verbliebene Zwilling sah seinem Bruder nach, bis sich die Tür hinter ihm geschlossen hatte. Dann wandte er sich wieder Clara zu. Er musterte sie nachdenklich, mit einem seltsam intensiven Blick in den hellen Augen. Sekundenlang herrschte Stille im Raum, nur unterbrochen vom Rauschen des Windes in den Baumkronen jenseits der verhängten Fensterscheiben.

»Typisch Beliar«, murmelte er, fast wie zu sich selbst. »Immer auf dem Sprung.«

Dann ist er also Keren, dachte Clara, erleichtert darüber, wenigstens wieder etwas Orientierung zwischen den beiden zu haben. Ihr war schon ganz schwindelig.

Aber die Erleichterung hielt nicht lange an.

»Du möchtest uns fragen, warum wir uns hier oben verstecken, nicht wahr?«, fragte Keren leise.

Clara zuckte innerlich zusammen. War ihr so leicht anzusehen, was sie dachte? Sie war es gewöhnt, dass sie diejenige war, die in anderen Gesichtern las. So fühlte sich das also an? Das war … unangenehm. Gelinde gesagt.

Keren lächelte ein wenig schief. »Das war nicht schwer zu erraten. Jeder würde das wissen wollen, denke ich. Beliar und mich eingeschlossen. Aber weißt du, Clara – wenn ich dir einen Rat geben darf?«

Clara nickte verwirrt. »Ähm … klar.«

Keren lächelte matt. »Schön. Dann lass mich dir zuallererst sagen: Das ist keine passende Geschichte für ein erstes gemeinsames Abendessen. Und zweitens …« Er lehnte sich ein Stück vor und sah Clara in die Augen. »Bitte hab keine Angst vor uns.«

Clara wusste nicht, was sie erwidern sollte. Kerens Blick fesselte sie so sehr, dass sie nicht einmal darüber nachdenken konnte, ob sie sich wirklich fürchtete. Für eine kleine Ewigkeit war es erneut still im Zimmer, bis auf das Pfeifen des Sturms, das allmählich abzuflauen schien.

Dann jedoch öffnete sich die Seitentür erneut. Keren richtete sich augenblicklich auf und lehnte sich in seinem Stuhl zurück. Und erst jetzt bemerkte Clara, dass sie schon seit einer ganzen Weile die Luft angehalten haben musste.

Der andere Zwilling, der also Beliar sein musste, setzte sich wieder auf seinen Platz und reichte Clara ein Glas mit Wasser. Auch die Karaffe hatte er aufgefüllt. »Entschuldige bitte.« Sein Lächeln war herzlich und er schien tatsächlich ein wenig verlegen. »Bernhard ist manchmal ein bisschen eigen.«

Er saß nun näher bei seinem Bruder, fiel Clara auf, und ihre Hände auf dem weißen Tischtuch berührten sich leicht. Kerens Blick war dunkel geworden, doch sein Lächeln war nach wie vor sanft. Warum hatte er gewartet, bis sein Bruder den Raum verließ, ehe er das Thema ansprach? Clara verstand das nicht. Es war alles so unwirklich. So unfassbar unwirklich. Wenn sie doch bloß ihre Kamera mitgenommen hätte, oder wenigstens ihr Handy …

Um das Essen zu fotografieren. Klar doch.

»Macht doch nichts«, sagte sie und versuchte sich ihre Verunsicherung nicht anmerken zu lassen. »Ich habe sowieso keine Ahnung von Butlern. Ich meine, zu Hause hole ich mir mein Wasser immer selbst.«

Die Zwillinge tauschten einen Blick. Dann erschien im gleichen Moment ein schiefes, geradezu selbstironisches Grinsen auf ihren Gesichtern. Und falls Clara jemals einen Unterschied in ihrer Mimik zu sehen geglaubt hatte, war er spätestens jetzt wieder verschwunden.

Oder doch nicht?

War da nicht ein winziges Lächeln in Kerens Augen, das nur ihr galt? Wie ein verschwörerisches Zwinkern?

»Na dann – auf dich, Clara.«

Mit einem tiefen Atemzug führte Clara ebenfalls das Glas zum Mund. So merkwürdig Kerens Bitte auch gewesen sein mochte, etwas in seinem Blick brachte sie dazu, ihm zu glauben.

Sie hatte keine Angst.

* * *

Später am Abend, als das Dienstmädchen Clara längst wieder in ihr Zimmer zurückgeführt hatte, lagen Beliar und Keren in der Dunkelheit auf ihrem Bett. Der Sturm im Garten war verstummt, und vom offenen Fenster drang ein leichter Luftzug herein, der noch immer warm, aber feucht und frisch war.

Kerens helle Augen schimmerten im Licht des Mondes, der zwischen den zerfetzten Wolken am Nachthimmel hindurch ins Zimmer spähte. »Gefällt sie dir?« Seine Stimme war kaum mehr als ein Wispern.

Beliar lachte leise. »Sie ist wie ein Storch.«

Auch Keren lachte. Seine Hand lag über Beliars. Er spürte das Zittern im Atem seines Zwillings, fühlte die Aufregung, die heiß durch seine Adern floss.

»Glaubst du, dass sie zu uns passt?«, fragte Beliar.

Zu mir?

Für einen Moment blieb Keren stumm und sah über die Schulter seines Bruders hinweg zum Fenster. »Sie könnte perfekt sein«, flüsterte er dann. »Sie weiß es nur noch nicht. Hab Geduld.«

Kleine Falten kräuselten Beliars glatte Stirn. »Bist du dir sicher? Ich weiß nicht ...«

Keren ließ ein leichtes Seufzen hören. »Sie ist zerbrechlich, Beliar. Sie hält sich für stark, aber sie ist nur dünnes Glas. Mach sie nicht kaputt.«

Beliar presste die Lippen zusammen. Sie waren sich nicht einig. Er hasste dieses Gefühl. »Sie wird uns lieben«, flüsterte er und lehnte die Stirn gegen die seines Bruders. »Ich verspreche es dir.«

Keren schwieg und ließ seine Finger flüchtig über Beliars Wange gleiten. Es waren keine weiteren Worte nötig. Stumm beobachtete der Mond die beiden Jungen, deren Atem nun die einzige Sprache war, die sie noch brauchten.

Clara würde sie lieben.

Sie hatte gar keine andere Wahl.

Kapitel 5
Im Haus der Zwillinge

Clara wachte auf, weil Sonnenlicht auf ihr Gesicht fiel. Verwirrt schlug sie die Augen auf und wusste für einen Moment nicht, wo sie war. Müde rieb sie sich über die Augen und blinzelte ins grelle Licht, das durch einen Spalt zwischen den dicken Vorhängen hereindrang, während nach und nach die Erinnerungen an den vorangegangenen Tag zurückkehrten.

»Verrückt«, murmelte Clara und schlug die Decke zurück, stellte sich auf vom Schlaf noch etwas wackelige Beine und schlurfte in das kleine Badezimmer. Dort wusch sie sich mit kaltem Wasser und kämmte mit den Fingern notdürftig die strubbeligen Locken, ehe sie sie über dem rechten Ohr straff einflocht und den Rest in ein Zopfgummi zwängte. Dann schlüpfte sie in ihre Shorts und ihr T-Shirt.

Ein Blick aufs Handy zeigte eine rot blinkende Akku-Warnanzeige – und immer noch kein Netz. Clara seufzte. Aber sie würde sich sowieso bald auf den Weg machen. Sobald sie ihr Motiv gefunden hatte. Ein Kribbeln lief über ihren Rücken, als es ihr richtig bewusst wurde. Immerhin, wie genial war das denn eigentlich? Sie durfte fotografieren! So viel sie wollte! Das hatten die Zwillinge doch gesagt, kein Zweifel möglich. Clara konnte es nun kaum noch erwarten, das Innere der Villa bei Tageslicht zu sehen.

Der Flur war hell, als sie ihre Zimmertür öffnete. Jemand hatte die Vorhänge zurückgezogen und Sonnenlicht flutete über das glänzende Parkett. Claras nackte Füße verursachten kaum ein Geräusch. Auch sonst war es noch schläfrig still im Haus. Nur von draußen hörte sie ein gleichmäßiges Klopfen, als ob jemand auf Holz hämmern würde.

Vorsichtig stieg Clara die Treppe hinunter ins Foyer, das an diesem Morgen ebenfalls hell und freundlich wirkte. Jetzt erst erkannte Clara, dass auch hier alles sauber und gepflegt aussah – und kein bisschen so wirkte, als hätte dieses Haus je leer gestanden.

Sie öffnete die Haustür und blieb auf der Veranda stehen, die noch feucht unter ihren Füßen war, und blinzelte ins Licht. Der Sturm hatte ganze Arbeit geleistet. Der Rasen war übersät mit abgerissenen Ästen, mehrere Dachpfannen lagen zerschmettert auf der Veranda und die Regentonne an der Hausecke war umgestürzt und hatte die Erde ringsherum in einen schlammigen Morast verwandelt. Auf dem Gras glitzerten letzte Wassertropfen in der Sonne.

Das Hämmern war nun lauter zu hören. Clara wandte suchend den Kopf und entdeckte Heinrich, der dabei war, die Seitentür in der Mauer zu reparieren, die sie tags zuvor eingetreten hatte. Gerade hatte er sein Werk beendet, streckte den Rücken und sah sich um. Als er Clara entdeckte, hob er die Hand zu einem knappen Gruß.

Clara spürte, wie sie rot wurde. Rasch hob sie ebenfalls die Hand und ging zu dem Gärtner hinüber. Die nassen Grashalme kitzelten zwischen ihren bloßen Zehen.

»Guten Morgen.«

Heinrich musterte sie von oben bis unten. Bei Tageslicht erkannte Clara, dass sein Gesicht zwar zerfurcht und wettergegerbt, aber im Grunde freundlich war, obwohl er die buschigen Brauen skeptisch gesenkt hatte.

»Morgen, Frollein. Gut geschlafen?«

Clara nickte. »Sehr gut, danke.«

Ein Zucken, das fast ein Lächeln hätte sein können, verzog Heinrichs Mundwinkel. »Alicja hat Frühstück für Sie zurückstellen lassen. Wenn Sie wollen.«

Clara legte eine Hand auf ihren Magen. Wenn sie ehrlich war, fühlte sie sich immer noch bis oben hin voll von dem Essen mit den Zwillingen, das sich bis spät in den Abend hineingezogen hatte. Fünf Gänge. Wenn die beiden jeden Abend so speisten, musste man sich wirklich wundern, dass sie noch nicht aus allen Nähten platzten.

»Danke, gerade nicht.« Sie erwiderte das Lächeln. »Vielleicht später.«

Heinrich brummte etwas, das sie nicht verstehen konnte, und bückte sich, um die reparierte Tür aufzuheben. Das marode Holz war nun mit festen Brettern verstärkt und der Gärtner hatte einen neuen Riegel daranmontiert. Sie bewegte sich leicht in den frisch geölten Angeln, als Heinrich sie probeweise hin- und herschwang. »Ich denke, das wär's«, knurrte er zufrieden, schloss die Tür und schob den Riegel vor, ehe er ein Vorhängeschloss daran anbrachte und den Schlüssel in seiner Hosentasche verschwinden ließ.

Clara räusperte sich verlegen und überlegte, ob es wohl angebracht war, sich für den Schaden zu entschuldigen, den sie angerichtet hatte. Doch noch bevor sie etwas sagen konnte, ging Heinrich ohne ein weiteres Wort an ihr vorbei. Und als Clara über die Schulter sah, erkannte sie auch den Grund: Die Zwillinge waren auf der Veranda erschienen. Als ihre Blicke sich trafen, winkte einer der beiden ihr zu und lächelte breit. Claras Herz klopfte unwillkürlich ein wenig schneller.

Heinrich steuerte inzwischen zielstrebig über den Rasen auf die Veranda zu. »Morgen, die Herr'n«, sagte er. »Die Tür wär dann fertig.« Er zog den Schlüssel wieder aus der Tasche und reichte ihn den Zwillingen. »Den Strom hab ich auch wieder hingekriegt.«

Verstohlen beobachtete Clara, wie die Brüder sich bedankten. Sie sahen wirklich *zu* gleich aus. Sie hätte um nichts in der Welt sagen können, welcher von ihnen Beliar und wer Keren war. Auch dann nicht, als sie sich kurz darauf näherten, um sie zu begrüßen.

»Guten Morgen.« Der erste Zwilling grinste erneut und schob die Hände in die Hosentaschen, als er vor Clara stehen blieb. Im goldenen Morgenlicht wirkten die Züge der Brüder weicher als am Abend zwischen Kerzenschein und Schatten, und in Jeans und T-Shirts, die Haare leicht zerwühlt, sahen sie nun tatsächlich ziemlich normal aus.

»Hattest du eine ruhige Nacht?« Der andere Zwilling musterte sie aufmerksam. Sein Lächeln war verhaltener als das seines Bruders, aber nicht weniger freundlich.

Clara nickte. »Alles prima, danke.« Sie sah von einem zum anderen. Am Ende ihres gemeinsamen Abendessens hatte sie sich tatsächlich eingebildet, die zwei doch ganz gut auseinanderhalten zu können. Jetzt war davon nur ein vages Gefühl übrig geblieben – und wenn sie falschlag, konnte das ziemlich peinlich für sie enden.

Die Zwillinge tauschten einen Blick, und auf ihren Gesichtern erschien ein Grinsen, das fast spitzbübisch wirkte.

»Überlegst du, wer von uns wer ist?«

Clara wurde rot. »Ich ...« Sie runzelte die Stirn.

Der Zwilling, der rechts von Clara stand, lachte. »Nur zu, versuch mal dein Glück. Wie wär's: Du könntest ein Frühstück mit uns gewinnen.«

Clara zögerte. Hunger hatte sie immer noch keinen, und natürlich hätte sie noch einmal wiederholen können, was sie schon zu Heinrich gesagt hatte. Aber darum ging es ja im Augenblick gar nicht. Vielmehr kam es ihr vor, als wollten die Zwillinge sie prüfen. Und Clara hatte noch nie vor einer Herausforderung gekniffen. Es war sicher möglich, die beiden zu unterscheiden, überlegte sie angestrengt. Wie war das denn gestern Abend gewesen? Clara hatte den Eindruck gewonnen, dass Beliar immer zuerst sprach. Sein Lachen war offener und freier, während Keren aufmerksam und nachdenklich war. Und wenn diese Beobachtungen stimmten, dann ...

»Du bist Beliar«, sagte sie und sah den Zwilling an, der sie zuerst begrüßt hatte.

Erneut wechselten die Brüder einen Blick und ihr Grinsen wurde eine Spur breiter.

»Bravo.« Keren klatschte in die Hände und zwinkerte ihr zu. »So gut ist nicht jeder beim ersten Mal.«

Beliar lächelte. »Sehr gut gemacht. Aber ich werde mir gleich nach dem Frühstück ein rotes Band ums Handgelenk binden, damit du es in Zukunft leichter hast. Komm.« Er wies auf einen kleinen Pfad, der, wie es schien, auf die Rückseite der Villa führte. »Den Preis hast du dir redlich verdient.«

Clara zögerte. Nein … Irgendetwas stimmte nicht. Sie konnte es nicht richtig benennen, aber irgendetwas war nicht ganz richtig an der Art, wie er sie ansah. So seltsam intensiv. So eindringlich, dass es fast lauernd war … Clara blinzelte verwirrt. Den gleichen Gedanken hatte sie doch schon einmal gehabt? Und als Beliar sich kurz darauf mit einer beiläufigen Bewegung die Haare aus der Stirn strich, wusste sie auch, was es war.

»Moment. Warte mal … habt ihr mich reingelegt?«

Ein erstaunter Blick traf sie. »Reingelegt? Was meinst du damit?«

Aber Clara ließ sich nicht noch einmal verwirren. Sie war sich jetzt sicher. »Du bist nicht Beliar. Du bist Keren.«

Die sorgfältig aufgesetzte Überraschung im Gesicht des Zwillings wich einem schiefen Lächeln. »Respekt. Ich gratuliere. Woran hast du es gemerkt?«

Clara schnalzte mit der Zunge. Sie konnte nicht verhindern, dass ihre Stimme ein bisschen vorwurfsvoll klang. »Daran, wie du mich anstarrst.«

Ein Lachen ertönte hinter ihr. Beliar – der echte Beliar – musterte sie aus funkelnden Augen. »Ja, das macht er gern. Aber du brauchst wirklich keine Angst vor ihm zu haben.«

Clara hob überrascht die Brauen. Es war nun das zweite Mal innerhalb kürzester Zeit, dass einer der Zwillinge ihr versicherte, sie müsse keine Angst vor ihnen haben.

»Natürlich nicht«, murmelte sie. Sie warf einen schnellen Blick zu Keren – und tatsächlich schien dessen Lächeln nun ein wenig selbstironisch.

»Jedenfalls hast du dir dein Frühstück jetzt wirklich verdient.« Der echte Beliar griff nach Claras Hand und zog sie durch seine Ellenbeuge, ehe Clara noch begriff, wie ihr geschah. Im ersten Moment wollte sie den Arm verblüfft zurückziehen, aber sie riss sich im letzten Moment zusammen. Wenn sie sich gerade ein wenig Respekt von den Zwillingen erkämpft hatte, wollte sie diesen nicht schmälern, indem sie sich hysterisch verhielt. Und sie musste zugeben, dass die glatte Haut über den festen Muskeln an Beliars nacktem Arm sich ganz und gar nicht unangenehm anfühlte. Ein Kribbeln rann durch Claras Magen.

»Ich wette, nicht mal unsere eigene Mutter hätte uns so schnell durchschauen können.« Beliar grinste und führte Clara über den Rasen auf die Rückseite des Hauses, vorbei an einigen Gewächshäusern, die vom Sturm ebenfalls arg mitgenommen waren.

Clara hob überrascht den Blick und sah Beliar von der Seite an. »Hätte …?«

Aber es war Keren, der ihr antwortete. »Sie ist tot. Wir haben sie nie kennengelernt.« Seine Stimme klang erstaunlich nüchtern dabei. Sachlich geradezu, als hielte er ein Referat über den Todestag einer historisch bedeutsamen Persönlichkeit. Sein Tonfall passte allerdings nicht zu dem Muskel, den Clara für einen winzigen Augenblick in Beliars Kiefer zucken sah, als Keren hinzufügte: »Sie ist bei unserer Geburt gestorben.«

Clara schwieg, betroffen und verwirrt. Und im gleichen Augenblick wurde ihr zum ersten Mal wirklich bewusst, dass sie von den Eltern der Zwillinge bisher nichts gesehen oder gehört hatte. Die Artikel über die Albers-Tragödie kamen ihr in den Sinn. Hatte etwas über Zwillingssöhne darin gestanden? Nicht, soweit sie sich erinnerte. Überhaupt waren die Angaben sehr vage gewesen. Niemand schien Genaueres über den Vorfall zu wissen. Was war damals wohl wirklich passiert? Ob sie es hier vielleicht herausfinden konnte? Claras Bauch begann aufgeregt zu kribbeln bei dem Gedanken. Mehr denn je wünschte sie sich, die Villa läge nicht in so einem tiefen Netzloch, sodass sie schnell ein paar Dinge hätte recherchieren können. So aber widerstand sie tapfer dem Drang, nach ihrem Handy zu tasten.

»Das tut mir leid«, murmelte sie stattdessen und wusste, dass es irgendwie lahm klang.

Keren hob die Schultern, als wolle er damit den Schatten vertreiben, der sich wie ein leichter Schleier über ihre Unterhaltung legen wollte. »Na ja. Es ist ja nicht so, als ob wir uns erinnern könnten.«

Beliars warme Finger streiften Claras Hand, die noch immer in seiner Ellenbeuge lag. »Mach dir keine Gedanken darum. Es war nur ein blöder Spruch. Entspann dich.« Er lächelte. »Was meinst du, sollen wir dir nach dem Frühstück in aller Ruhe das Haus und das Grundstück zeigen?«

»Eine persönliche Führung sozusagen«, fügte Keren hinzu. »Als Entschuldigung für den kleinen Scherz vorhin.«

»Gern.« Clara war froh, das Thema wechseln zu können, ehe die Zwillinge am Ende bemerkten, was für Gedanken sie gerade umtrieben. Sie warf einen Blick zum Himmel, der sich klar und leuchtend über die Baumwipfel spannte. Wunderbares Licht. Und wer wusste, was sie auf so einer persönlichen Führung alles entdecken würde? Vielleicht konnte das sogar wettmachen, dass die Villa gar nicht so verlassen und vergessen war, wie sie gehofft hatte. »Sehr, sehr gern sogar.«

»Dann ist es abgemacht.« Ein schelmisches Funkeln war in Beliars Augen erschienen. »Du wirst staunen. Versprochen.«

Eine knappe Stunde später, nach einem angenehm leichten Frühstück auf der sonnenüberfluteten Terrasse, wanderte Clara zwischen den Zwillingen durch den hinteren Teil des gewaltigen Parks, der die Villa umschloss. Beliar hatte nicht zu viel versprochen, das musste sie zugeben. Im Gegenteil. Sie kam aus dem Staunen gar nicht mehr heraus. Das Grundstück war nicht nur deutlich größer, als sie gedacht hatte – auf der Rückseite des Hauses, geschützt vor neugierigen Blicken vom Torvorplatz, hatte der Garten rein gar nichts Verwildertes oder Verlassenes an sich. Was Clara zuerst als ungezügelt wucherndes Grün erschienen war, erwies sich bei näherer Betrachtung als sorgfältig gestaltete und gepflegte Anlage, die mit viel Liebe zum Detail den Anschein von Wildnis erweckte. Darin verborgen lagen verschlungene Pfade im Halbschatten eines Blätterdachs, das gerade dicht genug war, um flimmernde Lichtspiele auf den Waldboden zu malen. Immer wieder führte sie ihr Weg an kleinen Bächen vorbei, über denen wie von Zauberhand die Baumkronen zurückwichen, sodass das Wasser in der Sonne glitzerte und funkelte. Alles schien völlig unberührt und doch war nichts dem Zufall überlassen; es war so liebevoll in Szene gesetzt und die natürliche Schönheit des Waldes mit einem Feingefühl betont worden, dass Clara das Herz aufging. Wenn das hier Heinrichs Arbeit war, dachte sie, dann war er ein wirklicher Meister seines Fachs. Sie wäre wohl ewig hiergeblieben und hätte tausend Fotos gemacht, wenn nicht …

Clara warf einen Blick zu den Zwillingen hinüber. Im Schattenspiel der Zweige standen sie eng beieinander und sprachen leise miteinander. Ein seltsames Gefühl streifte Claras Nacken, und obwohl die Sonne warm auf ihre Schultern schien, fröstelte sie. Irgendwie waren sie schon merkwürdig, diese beiden. Allein, dass sie in diesem abgefahrenen Haus lebten, das nicht nur als verlassen, sondern geradezu als verschollen und verwunschen galt, ohne Eltern, nur mit dieser Handvoll irgendwie schrulliger Bediensteter, darauf konnte Clara sich noch immer keinen vernünftigen Reim machen. Wahrscheinlich hatte dieser surreale Ausflug allmählich lang genug gedauert. Besser, sie machte sich bald auf den Heimweg. Sie würde bestimmt noch mal wiederkommen, aber wenn sie ehrlich war, lieber nicht allein. Mit Mina und vielleicht sogar noch Zach und Tobi an ihrer Seite hätte sie sich jetzt sehr viel sicherer gefühlt.

Als sie auf die Zwillinge zuging, empfing sie Beliar mit seinem breiten Lächeln, während Keren sie wie so oft mit einem eindringlichen Blick musterte. In diesem Augenblick fragte Clara sich ernsthaft, wie sie die beiden jemals hatte verwechseln können.

»Hast du ein paar schöne Fotos machen können?«

Clara nickte. »Oh ja, sehr viele sogar. Ehrlich gesagt, ich könnte stundenlang weitermachen.«

Beliars Augen leuchteten auf bei ihren Worten. »Ja dann – nur zu! Tatsächlich haben Keren und ich gerade darüber gesprochen, ob du nicht vielleicht ein paar Tage bei uns bleiben möchtest. Dann hätten wir noch eine Weile netten Besuch, und du hättest alle Zeit der Welt, um nach dem perfekten Motiv zu suchen. Win-Win, sozusagen.« Er grinste. »Du bist herzlich eingeladen.«

»Oh.« Clara spürte, wie ihr Gesicht anfing zu glühen. Was sie vor ein paar Sekunden gedacht hatte, kam ihr plötzlich ziemlich schäbig vor. »Danke, das ist total nett von euch. Aber ich denke, ich sollte langsam mal nach Hause gehen.«

Die Zwillinge wechselten einen Blick. Beliars Lächeln verblasste, als hätte jemand in seinen Augen eine Kerze ausgepustet.

»Das ist aber schade.« Eine steile Falte grub sich zwischen seinen Brauen in die Haut. »Wir würden uns wirklich freuen, weißt du. Wir bekommen so selten Gäste.«

Ja, warum wohl?, dachte Clara ironisch. Sie schüttelte den Kopf. »Vielen Dank noch mal, aber ich muss wirklich nach Hause. Meine Eltern und meine Freunde machen sich sonst Sorgen. Ich kann ihnen ja nicht schreiben, wo ich bin, so ohne Netz.«

»Du hast«, warf Keren unvermittelt ein und fixierte sie aus seinen hellen Augen, »noch gar nicht gefragt, ob du *uns* fotografieren darfst.« Er lächelte jetzt, aber es wirkte seltsam kühl. »Du hast es nicht mal heimlich versucht. Dabei sind wir doch bestimmt ein interessantes Motiv.«

Clara zuckte unwillkürlich zusammen. Wie genau hatten die Zwillinge sie beobachtet? »Na ja, ich … mache sehr selten Bilder von Menschen. Ist einfach nicht mein Stil. Nicht … *lost* genug. Verfallen. Oder so.«

Keren tauschte noch einen Blick mit Beliar, der auf seltsame Art amüsiert und bitter zugleich wirkte. Dann nickte er. »Das ist beruhigend. Weißt du, es wäre uns nämlich sehr unangenehm, wenn jemand erfahren würde, dass wir hier sind.«

Claras Kehle fühlte sich plötzlich ein wenig eng an. Denn auch wenn Kerens Stimme nach wie vor beiläufig und locker klang – die Warnung in seinen Worten war schwer zu überhören. Und obwohl ihr das »Warum?« mehr denn je auf der Zunge brannte, schluckte Clara es hinunter. Manche Dinge sollte man einfach besser nicht wissen wollen.

»Dann sollte ich wohl erst recht gehen«, erklärte sie mit gewissem Trotz.

Beliar legte seinem Bruder kurz die Hand auf die Schulter, als wolle er ihn daran hindern, etwas zu sagen. »Tja, dann kann man nichts machen … Also, wenn du wirklich gehen willst, bringen wir dich jetzt zurück zum Haus.« Die Falte zwischen seinen Brauen war verschwunden und das Lächeln war auf sein Gesicht zurückgekehrt. Doch es wirkte steif. Oder vielmehr: unglaublich enttäuscht. Aber warum sollte es ihm so nahegehen, wenn sie jetzt verschwand? Das ergab überhaupt keinen Sinn, dachte Clara verwirrt. Sie waren sich doch gestern erst begegnet.

Keren streifte Beliars Hand von seiner Schulter. Sein eindringlicher Blick hing an seinem Bruder, der ihn stumm erwiderte – bis Beliar sich schließlich ein wenig schroff abwandte und den Augenkontakt abbrach. »Na los. Gehen wir.« Damit wandte er sich um und ging voran.

Auf dem Weg zurück durch den Garten schwiegen die Zwillinge, wie sie es schon auf dem Hinweg getan hatten. Aber während es zuvor ein aufmerksames, freundliches Schweigen gewesen war, schienen die Brüder jetzt in sich gekehrt, fast abwesend, als hätten sie Claras Anwesenheit einfach vergessen. Wortlos gingen sie vor ihr her und sahen sich kein einziges Mal zu ihr um. Es fühlte sich seltsam an, dachte Clara, und keineswegs angenehm. Als hätte sie die beiden persönlich beleidigt. Erst als sie den bewaldeten Teil des Grundstücks verließen und das Haus wieder in Sichtweite kam, blieben sie stehen.

»Ich werde in die Küche gehen und Hilde bitten, dir Proviant einzupacken, während du dein Gepäck holst.« Keren lächelte unverbindlich. Sein Blick ging knapp an Clara vorbei, als hätte er es jetzt nicht einmal mehr nötig, sie anzustarren. »Wir treffen uns dann an der Vordertür, wenn du so weit bist.«

Clara nickte. »In Ordnung.« Tatsächlich hatte sie wirklich überhaupt keinen Hunger und hätte sich lieber gleich verabschiedet, um dem unangenehmen Schweigen zu entkommen. Aber sie wollte die Zwillinge nicht noch mehr vor den Kopf stoßen. Nicht nach Kerens Warnung von vorhin. Daher sagte sie auch nichts, als Beliar ihr wortlos die Treppe hinauf in das Zimmer folgte, in dem sie übernachtet hatte. Dabei spürte sie seinen Blick die ganze Zeit auf ihrem Rücken, als wolle er ihr durch die Schulterblätter hindurch ins Herz sehen.

Auf dem Bett lagen ihre Kleider vom Vortag, gewaschen, gebügelt und säuberlich gefaltet. Clara verstaute das Bündel im Rucksack und legte ihre Kameratasche obenauf. Dann zurrte sie mit einem tiefen Atemzug die Bänder des Rucksacks fest. Ein bisschen schade war es natürlich schon, dass sie jetzt ging. Es gab im Haus und im Garten bestimmt noch richtig viel zu entdecken. Und *das* Motiv, auf das sie so gehofft hatte, hatte sie auch noch nicht gefunden. Sie war heute mehrmals kurz davor gewesen. Aber nie war es *richtig*-richtig gewesen. Oder vielmehr … nie genug. Das ganze Anwesen in all seiner Unwirklichkeit in einem Bild einzufangen – wenn ihr das gelungen wäre …

»Willst du wirklich gehen, bevor du unser Rätsel gelöst hast?«

Beim Klang von Beliars Stimme fuhr Clara herum. Er hatte sich in den Türrahmen gelehnt und musterte sie aus hell funkelnden Augen – mit einem so wissenden Blick, als hätte er ihre letzten Gedanken gehört. Auf seinem Gesicht war noch immer diese seltsame Bitterkeit zu sehen, die Clara schon im Garten aufgefallen war, gemischt mit etwas, das sie als Verzweiflung zu erkennen glaubte, gut versteckt hinter dem rissigen Lächeln, das er trug wie eine Maske. Sie drang auch in seine Stimme – ein raues, wildes Gefühl, das ein heißes Prickeln durch Claras Körper schickte und sie gleichzeitig frösteln ließ, als sich ihre Blicke kreuzten. Das war nicht der lockere, höfliche Beliar, mit dem sie am Frühstückstisch gescherzt hatte. Sie schluckte. Ihr Hals fühlte sich plötzlich sehr trocken an.

»Dann gebt ihr also zu, dass es eines gibt?«, konterte sie und merkte beunruhigt, dass ihre Stimme ein wenig belegt klang.

Beliar richtete sich auf und kam langsam näher. »Also weißt du, Clara, du enttäuschst mich. Ich hätte nicht gedacht, dass du so eine bist, die einfach wegläuft.«

Clara biss sich auf die Unterlippe. Beliar blieb so dicht vor ihr stehen, dass sie den leichten Duft seines Deos riechen konnte, vermischt mit ein wenig Schweiß, Sommerluft und Wald. Unter dem Shirt hob und senkte sich seine Brust, und seine blauen Augen unter den schwarzen Haaren schienen plötzlich unnatürlich intensiv zu leuchten. Clara spürte, wie ihr Herz schneller schlug und ihr Atem flacher wurde. Sie musste hier weg, dachte sie, sie sollte besser nicht zulassen, dass er noch näher kam. Aber sie rührte sich nicht, und sie konnte auch den Blick nicht abwenden.

»Ich laufe nicht davon.« Sie reckte das Kinn vor. »Ich habe es doch gesagt: Ich muss gehen, meine Familie schickt sonst bald einen Suchtrupp los.«

Beliar machte noch einen Schritt nach vorn, und nun stand er so nah bei ihr, dass er sie fast berührte, ohne dass wirklich Kontakt zwischen ihnen entstanden wäre. »Aber du willst es doch wissen.« Seine Stimme war zu einem Flüstern herabgesunken. »Du willst wissen, wer wir sind und was wir tun, und das kann dir niemand verraten außer uns. Ist es nicht so?«

»Bleib weg von mir«, presste Clara mühsam hervor. Jetzt hatte sie Angst. Nackte, panische Angst. Aber sie konnte sich immer noch nicht rühren, nicht einen Fingerbreit. Und auch Beliar wich nicht zurück. Stattdessen stieß er einen eigentümlichen, kehligen Laut aus, halb Stöhnen, halb Lachen, der wie ein eisiger Wassertropfen über Claras Nacken rann.

»Bitte geh nicht.« Jetzt klang er atemlos, drängend. Seine Hand lag plötzlich auf ihrem Rücken, zog sie das winzige, letzte Stück nach vorn, bis sie durch zwei Lagen dünnen Stoff die Wärme seiner Haut spüren konnte. Heißer Atem streifte ihr Ohr und Clara wollte schreien. »Ich brauche dich. Bitte, Clara. Rette mich. Erlöse mich. Ich kann ...«

In diesem Moment ertönte von der Tür eine Stimme – die

gleiche Stimme, die Clara gerade noch dicht an ihrem Ohr gehört hatte, und doch so unterschiedlich im Klang.

»Beliar.«

Augenblicklich fielen Beliars Arme herab, und er richtete sich auf, sodass er Clara nicht mehr berührte. Trotzdem blieb er so nah vor ihr stehen, dass sie kaum eine Chance hatte, ihr rasendes Herz zu beruhigen. An seiner Schulter vorbei konnte sie Keren sehen, der auf der Schwelle erschienen war.

Beliar schloss die Augen, und Clara hörte ihn tief ein- und wieder ausatmen, als müsse er sich mit Gewalt zur Ruhe zwingen.

Keren trat näher. »Ich habe dir doch gesagt, du sollst vorsichtig sein.« Seine Stimme war ebenso sanft wie die Hand, die er auf den angespannten Arm seines Bruders legte. Beliars Schultern sackten nach unten. Und dann endlich machte er einen Schritt rückwärts und gab Clara wieder etwas Luft. Er senkte den Kopf und sah nun wirklich zerknirscht aus.

Keren lächelte sie an. »Nimm's ihm nicht übel. Wir leben hier so zurückgezogen, dass es uns manchmal schwerfällt, im Umgang mit anderen Menschen den richtigen Ton zu treffen.« Er legte den Kopf ein wenig schief und musterte sie nachdenklich. »Aber weißt du, er hat recht. Du kannst jetzt wirklich nicht einfach gehen.«

Clara hatte das Gefühl, als würde ihr der Boden unter den Füßen weggezogen. Was sollte das heißen? Wollten sie sie ernsthaft hier festhalten?

»Nein.« Sie packte ihren Rucksack. »Tut mir leid, ich muss los.«

Mit einem energischen Schritt drängte sie sich zwischen den Zwillingen hindurch und war fast überrascht, dass keiner der beiden Anstalten machte, sie aufzuhalten. Erst als sie schon beinahe an der Tür war, erreichte sie Kerens Stimme.

»Es tut mir leid, Clara. Es ist zu spät. Das Spiel hat schon begonnen.« Er hob mit einem bedauernden Lächeln die Schultern. »Du wirst für eine Weile bei uns bleiben müssen.«

Clara starrte ihn ungläubig an. »Was redet ihr denn?«, flüsterte sie. »Das meint ihr doch nicht ernst.«

Keren fixierte sie aus seinen stechend blauen Augen. »Sehr ernst sogar.« Seine Stimme klang nun wieder sehr sanft und beinahe wehmütig. Mit langsamem Schritt kam er näher. Eine Armeslänge vor Clara blieb er stehen und in seinem Lächeln erkannte sie plötzlich Mitleid. »Das hier ist jetzt dein Zimmer. Bitte versuch nicht, zu fliehen. Das wäre für uns alle sehr schlecht.« Mit ruhiger Entschlossenheit griff er nach ihrem Rucksack und schulterte ihn. »Wir lassen dich jetzt allein. Denk daran, was ich dir gestern gesagt habe. Das meine ich immer noch so. Komm, Beliar.« Er nickte ihr ernst zu. »Bis später, Clara.«

Clara wusste nichts mehr zu sagen. Wie erstarrt sah sie den Zwillingen nach, wie sie aus dem Zimmer auf den Gang traten.

»Was für ein Spiel?!«, schrie sie im letzten Moment. »Was für ein verdammtes Spiel?!«

Keren warf einen Blick über die Schulter. »Das wirst du bald herausfinden. Viel Glück.«

Mit einem leisen Klacken schloss sich die Tür.

»Scheiße«, flüsterte Clara. Dann gaben ihre zitternden Knie nach und sie sank zu Boden. Ihr ganzer Körper fühlte sich seltsam taub an, als hätte man ihr starke Stromstöße verpasst, und ihr Verstand weigerte sich standhaft, zu begreifen, was gerade geschehen war. Heinrich fiel ihr ein, der am Morgen noch die Seitentür repariert und mit einem Vorhängeschloss versehen hatte. Und sie hatte sich für die Umstände entschuldigen wollen! Fast hätte Clara gelacht. Plötzlich machte alles Sinn: Heinrichs finsteres Stirnrunzeln, das Mitleid der Haushälterin, die schrägen Blicke des Butlers Bernhard und die schroffe Art des Zimmermädchens. Sie war vom ersten Augenblick an eine Gefangene dieser Doppelgänger-Psychopathen gewesen, genau so sah es aus und nicht anders. Ihr Rucksack war weg, ihre Kamera, ihr Handy, alles! Clara hielt es nicht länger aus. Sie hatte das Gefühl, ersticken zu müssen, noch während sie atmete. Sie sprang auf die Füße, lief zum Fenster und riss es auf, aber das half nicht viel. Still und verlassen breitete sich der Garten unter ihr in der Sommersonne aus. Mit brennenden Augen starrte Clara in den nahen Wald hinüber. Sie würde das nicht mit sich machen lassen, dachte sie wütend. Irgendwie musste es einfach möglich sein, von hier abzuhauen. Es *musste* möglich sein – und wenn sie dazu über die Mauer klettern und sich den Hals brechen musste. Sollten die Zwillinge doch ihr Handy behalten. Und ihre Kamera … Etwas drückte auf Claras Brust bei dem Gedanken. Versuchte sie hineinzuziehen in diese dumpfe Leere, die sie seit so langer Zeit nicht mehr gespürt hatte.

Wie soll ich dann je wissen, ob das alles real gewesen ist?

Nein. Egal.

Real oder nicht, sie musste hier weg, mit Kamera oder ohne. So tief sie konnte, atmete Clara ein und wieder aus. Sie würde einfach warten, bis es Nacht war. Wenn alle schliefen, konnte sie sich in den Wald hinter dem Haus absetzen, wo auch die Lichtung war. Irgendwo dort musste ja auch die Mauer sein. Und Clara würde schon einen Weg finden, hinüber zu kommen. Irgendwie.

Kapitel 6
Alicja

Das matte Licht einer einzelnen Kerze flackerte in der Dunkelheit des Treppenschachts. Ein leichter Luftzug drang aus dem Spiegelzimmer herauf und trug den feuchten Geruch des darunterliegenden Gewölbes mit sich.

Beliar saß auf der obersten Stufe und starrte in die zuckenden Schatten. Er schwieg, schon seit Stunden, und lauschte auf das Plätschern und Glucksen des Wassers tief unten, auf sein Flüstern und Kichern. Sein sanftes Lied in der Finsternis.

Keren hatte sich gegen den Türrahmen gelehnt und betrachtete seinen Bruder ebenfalls schweigend. Beliars Bitterkeit hing drückend über ihnen wie ein Gewitter, das sich jederzeit entladen konnte. Keren wusste, dass diese Wut sich nicht gegen ihn richtete. Aber es tat ihm weh, zu sehen, wie sein Zwilling sich quälte. Wie jedes Mal. Und trotzdem war diesmal etwas anders, auch wenn er noch nicht wusste, was. »Draußen geht die Sonne unter«, murmelte er.

Es dauerte eine ganze Weile, bis Beliar antwortete. »Sie ist farblos«, flüsterte er dann, ohne den Blick von der Finsternis jenseits des Kerzenlichts zu nehmen. »Sie ist das Elend nicht mal wert.« Seine Hand ballte sich zur Faust. Die Erkenntnis war schmerzhaft, schmerzhafter, als er erwartet hatte. Das Spiel um Clara hatte begonnen, ihr Schicksal war besiegelt, und das allein hätte ausgereicht, um ihn innerlich zu zerreißen. Aber wenn dieses Mädchen es nun nicht einmal schaffte, etwas in ihm zu berühren? Wenn sie ihn einfach in dieser grässlichen Leere zurückließ, dieser erstickenden Einsamkeit, die er nur mit seinem Bruder teilen konnte, ohne auch nur den kleinsten Funken zu entzünden? Sollte er kalt und hohl bleiben, über Monate, vielleicht sogar Jahre, bis sich die nächste arme Seele in das Haus im Wald verirrte?

Und ihn vielleicht wieder enttäuschte?

Dieses Sehnen. Dieses quälende Sehnen nach Nähe. Nach Wärme. Es brachte ihn um. Es machte ihn rasend.

Aber das spielte keine Rolle. Mehr noch. Es war gut so, es musste so sein. Er verdiente es nicht besser. Und er würde es ertragen. Für Keren.

Keren hockte sich neben ihn auf die Treppenstufe und legte tröstend eine Hand auf Beliars Oberschenkel. »Verurteile sie nicht zu früh«, sagte er leise. »Hast du ihre Augen nicht gesehen?«

Beliar schloss seine Hand um die seines Bruders und drückte sie so fest, dass er selbst den Schmerz fühlte, den er Keren zufügte. »Nein. Und es ist mir auch egal. Am Ende wird sie verlieren und verschwinden. Dann ist sie nicht anders als alle anderen.«

Keren seufzte und legte die Stirn auf Beliars Schulter. »Mein dummer Bruder …«, flüsterte er.

Beliar löste die Finger, die Kerens umklammert hielten, und strich seinem Zwilling übers Haar. Das vertraute Gefühl der weichen Locken unter seiner Hand tröstete ihn ein wenig. »Mach dir um mich keine Sorgen«, murmelte er rau. »Sie wird verlieren, das ist alles, was zählt.«

Keren antwortete nicht. Vor seinem inneren Auge sah er Clara, das strubbelige, blasse Mädchen, das staksig war wie ein Storch und in ihren Bildern mehr Schönheit fand als in sich selbst. Er sah Clara, wie sie seinen Bruder anstarrte, sah Angst und Wut – und brennende Sehnsucht. Nicht nach Beliar, natürlich nicht, dafür fürchtete sie sich zu sehr, und das zu Recht. Aber sie besaß die Fähigkeit, wild zu träumen, groß zu träumen und um jeden Preis zu *wollen*. Keren sah es in ihrem Gesicht, in ihrer Körpersprache, roch es in dem Duft, den sie verströmte. Er kannte es so gut, weil er Beliar kannte, und niemand sehnte sich so stark, so leidenschaftlich wie sein Bruder. Wenn er diese Fähigkeit in Clara lenken und nutzen könnte … wenn er sie möglicherweise sogar zu seiner Verbündeten machen könnte …

Vielleicht, dachte Keren und spürte, wie sich der Gedanke prickelnd bis in seine Fingerspitzen ausbreitete, war sie diejenige. Das Mädchen, das Beliar retten konnte. Auch wenn sein Bruder von diesen Gedanken auf keinen Fall erfahren durfte.

Ich schenke ihn dir, versprach Keren ihr stumm. *Du musst nur mitspielen. Wenn du mit meinen Farben malst, wirst du ihn gewinnen. Meinen kostbaren, dummen Bruder. Und dich selbst dabei retten.*

Behutsam löste er sich von Beliar und stand auf, um ihm die Hand entgegenzustrecken. »Unser Weg führt heute nach oben«, sagte er sanft. »Bitte komm. Gerade heute ist keine Zeit für Dunkelheit.«

Beliar lächelte matt. »Du weißt, ich gehe, wohin auch immer du willst.«

Keren erwiderte das Lächeln. »Ja, ich weiß. Also komm. Wir müssen sehen, was unser Gast tut.«

Langsam, fast schwerfällig, ergriff Beliar seine Hand und stand auf. Keren blies die kleine Flamme aus und schloss die Tür, sperrte die Finsternis aus, ohne seinen Zwilling dabei loszulassen. »Komm ins Licht, mein dummer Bruder.«

Beliars Augen waren dunkel, aber sein Blick war liebevoll. »Ach, Keren. Was wäre ich nur ohne dich?«

Keren legte den Kopf ein wenig schief und musterte ihn aufmerksam. »Lebendig, Beliar. Sehr lebendig.«

In diesem Augenblick hätte Beliar ihn am liebsten geschlagen. Aber er legte nur die Arme um ihn und drückte ihn endlose Sekunden lang an sich. Dann folgte er ihm zurück ins Licht.

* * *

Der Nachthimmel war ein schwarzes Tuch voller Sterne. Seit Stunden hatte Clara am offenen Fenster gesessen und zugesehen, wie die Sonne als glutroter Ball hinter den Baumkronen verschwand und die leuchtenden Farben der Abenddämmerung mit dem Einbruch der Nacht mehr und mehr verblassten, bis der Garten und der Wald nur noch aus blaugrauen und silbernen Schattierungen von Schwarz bestanden. Leichter Wind raschelte in den Zweigen. Ein Käuzchen rief. Im Haus rührte sich längst nichts mehr – es musste schon weit nach Mitternacht sein. Aber Clara war hellwach. Im Nachhinein hätte sie nicht sagen können, wie sie die Zeit verbracht hatte, und auch nicht, wie sie Geduld bewahrt hatte, ohne wahnsinnig zu werden. Ihr Magen knurrte inzwischen energisch. Aber nachdem sie zuerst befürchtet hatte, dass die Zwillinge vielleicht auch an diesem Tag mit ihr zu Abend essen wollten, war sie umso erleichterter gewesen, als niemand mehr aufgetaucht war. Sie hungerte lieber, als dass sie Beliar und Keren noch einmal gegenübertrat.

Endlich, nachdem sie noch eine ganze Weile auf die nächtlichen Geräusche des Waldes gelauscht hatte, stand sie auf und schloss behutsam das Fenster. Ein letztes Mal sah sie sich im Zimmer um, auch wenn sie selbst nicht hätte sagen können, was sie zu finden hoffte. Ihr Rucksack war jedenfalls nicht wie von Zauberhand wieder aufgetaucht. Nur die Taschenlampe, die auf dem Nachttisch neben dem Kerzenständer lag, steckte sie ein.

Behutsam drückte sie die Klinke herunter und öffnete die Tür. Pechschwarz und still lag der Flur vor ihr. Die dicken Vorhänge waren wieder vor die Scheiben gezogen, und obwohl Claras Augen sich während der Zeit, die sie am Fenster gesessen hatte, längst an die Dunkelheit gewöhnt hatten, sah sie nun gar nichts mehr. Etliche Sekunden lang blieb sie noch stehen und lauschte. Doch in der Finsternis rührte sich nichts.

Clara knipste die Taschenlampe an und richtete den dünnen Strahl auf den Boden vor ihren Füßen. Dann trat sie auf den Flur hinaus. Der Weg bis zur Treppe kam ihr in der Dunkelheit unendlich lang vor. Immer wieder blieb sie stehen, schaltete die Lampe aus und lauschte – aber das Haus blieb still, als sei es tatsächlich so verlassen, wie Clara zu Anfang geglaubt hatte. Nur die Sohlen ihrer Sneakers quietschten sacht auf dem Parkett. Das leise Geräusch trug weit in der Stille. Claras Herz klopfte ihr bis zum Hals. Endlich erreichte sie die oberste Stufe. Der schmale Lichtfinger der Taschenlampe tastete sich zögernd voran. Schemenhaft konnte Clara die Eingangshalle erahnen: das Telefontischchen mit den zierlich geschwungenen Beinen, die Gemälde an der Wand und die Kommode neben der Tür, die in den Speiseraum führte; den glänzenden Marmorboden unter dem weinroten Läufer vor der Eingangstür.

Bei jedem einzelnen Schritt die Treppe hinunter knarrten und ächzten die Stufen – ein Geräusch, das Tote hätte aufwecken können. Die Lampe in Claras Hand war glitschig vor Schweiß. Immer wieder sah sie zu dem schattenhaften Umriss der Tür, durch die am Tag zuvor Heinrich und Frau Chlewynska erschienen waren. Waren dort die Zimmer der Bediensteten? Wenn sie sie nur nicht hörten …

Doch alles blieb ruhig, auch als Clara am Fuß der Treppe stehen blieb und vergeblich versuchte, ihren Atem zu beruhigen, der hastig ging, als sei sie gerade ein Wettrennen gelaufen. Nur noch ein paar Schritte, dann wäre sie zumindest schon mal aus dem Haus heraus. So leise wie möglich schlich sie durch die Halle, griff nach dem Türknauf und drehte ihn vorsichtig.

Im Schloss klickte es kurz. Aber die Tür bewegte sich nicht.

Clara fühlte, wie ihr kalter Schweiß ausbrach. Abgeschlossen. Noch einmal drehte sie am Knauf, probierte beide Richtungen – nichts. Clara ballte die Fäuste, bis es schmerzte, und versuchte sich zu konzentrieren.

Ruhig bleiben. Bleib ganz ruhig. Du hättest damit rechnen können. Wenn sie dich hier festhalten wollen, wären sie auch schön dumm, die Vordertür aufzulassen.

Denn auch wenn es genau bedacht ziemlich verrückt war, in der Nacht durch den Wald schleichen und über drei Meter hohe Mauern klettern zu wollen, warum sollten die Zwillinge ein Risiko eingehen? Sie musste eine andere Möglichkeit finden. Die Fenster – so alte Fenster hatten keine Schlösser, das wäre ihr aufgefallen. Sie waren hoch und schmal, aber wenn sie sich ein bisschen anstrengte, konnte sie sich bestimmt hindurchquetschen.

Mit zitternden Fingern griff sie nach dem Vorhang, der den Blick auf die Veranda und den Garten versperrte …

»Tun Sie das nicht, Fräulein Jensen.«

Die tonlose Stimme fuhr Clara durch Mark und Bein.

Langsam drehte sie sich um. Eine Taschenlampe leuchtete auf – und im weißblauen Licht erkannte sie Frau Chlewynska.

»Ich …« Die Worte erstarben ihr auf der Zunge, als die Haushälterin einen Finger an die Lippen legte. Auf lautlosen Sohlen kam die Frau näher, und Clara sah, dass sich tiefe Sorgenfalten in ihre Stirn gegraben hatten. »Keine Angst. Ich will Ihnen helfen. Kommen Sie. Und lassen Sie um Himmels willen die Vorhänge zu!« Ihre Finger umschlossen mit festem Druck Claras Unterarm.

Clara wagte kaum zu atmen – geschweige denn, zu widersprechen. Sie konnte nicht weglaufen, und selbst wenn sie es versucht hätte, hätte Frau Chlewynska ohne Zweifel Alarm geschlagen, noch ehe sie auch nur in die Nähe des schützenden Waldes gekommen wäre. Selbst im schwachen Licht war der Blick der Haushälterin bestechend eindringlich – und gleichzeitig voller Mitgefühl. Ohne ein weiteres Wort wandte sie sich um und ging durch die Halle.

Beklommen folgte Clara ihr. Was blieb ihr auch anderes übrig?

Frau Chlewynska führte sie durch die Tür, durch die Clara sie schon am Vortag die Halle hatte betreten sehen. Der Flur dahinter war ebenso dunkel wie der Rest des Hauses. Doch unter einer Schwelle am Ende des Gangs drang ein schwaches Licht hervor. Frau Chlewynska steuerte zielstrebig darauf zu und öffnete schließlich eine Tür, die in ein kleines, karg eingerichtetes Zimmer führte. Ein Bett, ein Kleiderschrank, ein altmodischer Schreibtisch dicht am Fenster mit den allgegenwärtigen fest geschlossenen Gardinen. Auf dem Nachttisch brannte eine kleine Lampe mit rotem Schirm. Die Haushälterin winkte Clara herein, zog die Tür hinter sich ins Schloss und schob einen Riegel vor.

»Bitte entschuldigen Sie. Ich wollte Sie nicht erschrecken. Aber ich hatte befürchtet, dass Sie versuchen würden, eine Dummheit zu begehen. Darum habe ich im Foyer gewacht.«

Clara blinzelte. Obwohl die Lampe nur gedämpftes Licht verbreitete, blendete sie die plötzliche Helligkeit, nachdem sie so viel Zeit im Dunkeln verbracht hatte.

»Sie sollten das wirklich nicht tun. Es ist zu gefährlich – noch viel gefährlicher, als Sie ahnen. Aber bitte setzen Sie sich doch erst einmal.« Frau Chlewynska wies auf den einzigen Stuhl, den es in der winzigen Kammer gab.

Zögernd ließ Clara sich auf die Stuhlkante sinken. Was sollte sie davon nun wieder halten? Die Haushälterin wollte ihr doch nicht ernsthaft weismachen, dass sie sich Sorgen um sie machte! Hatten die Zwillinge sie beauftragt, sie zu bespitzeln? Oder brauchte sie dafür gar keine Aufforderung?

Frau Chlewynska griff inzwischen nach einer Flasche, die auf dem Nachttisch stand, und füllte ein Glas zur Hälfte mit etwas, das Clara verdächtig nach einem klargebrannten Schnaps aussah. Die Haushälterin leerte das Glas in einem Zug. Dann lächelte sie, aber es wirkte angestrengt. »Wodka. Möchten Sie auch einen?«

Clara schüttelte den Kopf. Sie brachte noch immer kein Wort heraus, aber sie war sich sehr sicher, dass Alkohol ihr in ihrer momentanen Lage noch weniger weiterhelfen würde als am Abend zuvor.

Frau Chlewynska stieß einen tonlosen Seufzer aus. »Es tut mir wirklich leid, Sie so erschreckt zu haben. Aber ich kann es einfach nicht mit meinem Gewissen vereinbaren, Sie schutzlos in die Nacht laufen zu lassen. Ich möchte Ihnen wirklich helfen, bitte glauben Sie mir.«

Clara biss sich auf die Unterlippe. »Wenn Sie mir helfen wollen«, brachte sie hervor, »warum lassen Sie es dann nicht einfach meine Sorge sein, wie gefährlich es nachts im Wald ist?«

Frau Chlewynska lächelte freudlos. »Sie sind eine unvernünftige junge Dame. Aber glauben Sie mir, ich weiß, wovon ich rede. Sie sind nicht die Erste, die sich hierher verirrt, wissen Sie. Und auch längst nicht die Erste, die zu fliehen versucht.« Sie stellte das leere Glas zurück auf den Nachttisch neben die Wodkaflasche. Dann verengte sie die Augen und musterte Clara prüfend. »Ich kann es einfach nicht verantworten. Sie sind hergekommen, und nun müssen Sie bleiben. Daran kann ich nichts ändern. Aber ich werde tun, was ich kann, um Ihnen zu helfen.«

Clara schwieg. Die Haushälterin klang so ernst – und in ihrem Blick glaubte Clara echtes Mitgefühl zu sehen. Wollte sie ihr wirklich helfen? *Konnte* sie ihr helfen? Und was sollte das überhaupt heißen: Sie war nicht die Erste? *Längst nicht* die Erste? Was war mit den anderen passiert?

Clara sah zum Fenster hinüber, wo die dicken Gardinen den Blick auf die silbergraue Nacht und den schwarzen Wald versperrten. Sie würde den Heimweg schon finden, wenn sie erst einmal draußen war, und wenn sie irgendwo kampieren musste, bis die Sonne aufging. Aber besonders verlockend war der Gedanke nicht, das konnte sie nicht abstreiten. »Wie meinen Sie das?«

Die Haushälterin lächelte nicht mehr, als hätte sie es aufgegeben. »Die Zwillinge haben es Ihnen bestimmt gesagt. Das Spiel hat schon begonnen, und sie können Sie nicht mehr gehen lassen, ehe es endet. Der Preis ist zu hoch.« Ihre Stimme war zu einem Flüstern herabgesunken und ihr Blick huschte zu den fest geschlossenen Vorhängen. »Ich hoffe so sehr, dass Sie gewinnen, Fräulein Jensen. Wir alle.«

Clara schwieg. Nun war ihr doch danach, einen großen Schluck von dem klaren Schnaps zu nehmen. Wieder dieses *Spiel*. Was um alles in der Welt sollte das bedeuten?

Die Haushälterin seufzte und sah Clara wieder an – und da bemerkte Clara, dass Tränen in ihren Augen glitzerten. »Natürlich kann ich Sie nicht zwingen, mir zu glauben. Ich erwarte nicht einmal ernsthaft, dass Sie auch nur darüber nachdenken, mich als Vertraute anzusehen. Aber Sie brauchen Hilfe – und wir alle setzen große Hoffnungen in Sie. Ich darf Ihnen nichts über das Spiel sagen, aber ich gebe Ihnen diesen Rat: Es sind nicht die Zwillinge, die sie hier fürchten müssen. Versuchen Sie, auf ihrer Seite zu spielen.« Ihr Blick erschien Clara nun beinahe stechend. »Und lassen Sie bei Dunkelheit die Vorhänge geschlossen. Meiden Sie Spiegel, unter allen Umständen. Das ist mein Rat.«

Clara schloss für einen Moment die Augen. Sie hielt diesen Blick nicht mehr aus. »Wie soll ich ein Spiel spielen, wenn mir niemand die Regeln erklärt, Frau Chlewynska?«

»Bitte – nennen Sie mich Alicja.« Die Haushälterin lächelte matt und schenkte sich aus der Schnapsflasche nach.

Clara brachte es einfach nicht über sich, das Lächeln zu erwidern. »Ja dann – Alicja«, zwang sie sich zu sagen. »Also was für ein Spiel ist das?«

Alicja Chlewynska leerte ihr Glas erneut in einem Zug. »Ich darf es Ihnen wirklich nicht sagen. Aber Sie werden es erleben. Bald.« Ihr Blick war ein wenig glasig geworden.

Clara presste die Lippen zusammen. Die Frau war ja völlig betrunken. Ob sie überhaupt wusste, was sie da für ein wirres Zeug erzählte? »Na, Sie sind ja eine wirklich große Hilfe.«

Alicja seufzte. »Es tut mir leid. Alles wird bald klarer werden, ich verspreche es Ihnen.«

Mühsam versuchte Clara, die Wut hinunterzuschlucken, die heiß ihre Kehle hinaufstieg. Schweigen breitete sich in der kleinen Kammer aus. Clara starrte Alicja an, versuchte, in ihrem Gesicht zu lesen, was ihre Absichten sein mochten. Vergeblich. Mit einer etwas abgehackten Bewegung stand sie auf.

»Tja, dann … gehe ich wohl am besten wieder in mein Zimmer zurück.« Denn eine andere Wahl, dachte sie bitter, blieb ihr ja nicht. Wahrscheinlich passte nicht nur Alicja auf die Türen und Fenster auf, sondern auch Heinrich, Hilde, Bernhard und wie sie alle hießen. Sie war gefangen. Schlicht und einfach gefangen.

»Passen Sie auf sich auf«, sagte Alicja. »Und versuchen Sie ein bisschen zu schlafen. Sie werden Ihre Kraft brauchen.«

Clara antwortete nicht mehr. Ohne noch einen einzigen Gedanken daran zu verschwenden, ob sie jemanden weckte oder nicht, riss sie die Tür auf und marschierte zurück in den ersten Stock, so schnell sie es in der Dunkelheit wagte. In ihrem Zimmer warf sie sich aufs Bett und grub das Gesicht in die Kissen. Sie hatte das Gefühl, heulen und schreien zu müssen – aber sie tat es nicht. Ein eisiger Klumpen lag schwer wie Blei in ihrem Magen und erstickte jede Regung.

»Was mach ich bloß?«, flüsterte sie in die Dunkelheit. »Was soll ich jetzt nur machen?«

Die Dunkelheit antwortete nicht.

»Das Spiel, immer dieses Spiel!« Clara ballte die Faust. »Ich bin doch kein Spielzeug!« Die Matratze quietschte leise, als sie mit aller Kraft daraufschlug.

»So schnell gebe ich jedenfalls nicht auf«, fuhr Clara etwas lauter fort. Ihre eigene Stimme zu hören und zumindest so etwas Ähnliches wie einen Plan zu formulieren, beruhigte sie ein wenig. »Ich finde schon noch raus, was hier los ist. Ich finde heraus, was ihr treibt, und dann lasse ich das alles hochgehen!«

Clara drehte sich auf die Seite und rollte sich zusammen. Sie würde sich jedenfalls nicht kleinkriegen lassen, so viel war sicher. Wenn sie tatsächlich keine andere Wahl hatte, als mitzuspielen, wie Alicja Chlewynska gesagt hatte, dann würde sie verdammt noch mal gewinnen. Auch wenn sie sich im Augenblick lieber nicht vorstellen wollte, worin dieses Spiel genau bestand.

KAPITEL 7
Beliar

Als Clara am nächsten Morgen aufwachte, hätte sie nicht mehr sagen können, wann sie überhaupt eingeschlafen war. Ihr linker Arm war völlig taub und ihr T-Shirt klitschnass vor Schweiß. Obwohl es noch früh am Morgen sein musste, war es bereits sehr warm im Zimmer. Zeit, die Vorhänge aufzuziehen. Schwerfällig setzte Clara sich auf und wischte sich über die verklebten Augen. Sie fühlte sich wie erschlagen. Das Gespräch mit der Haushälterin war ihr bis in ihre Träume gefolgt, vermischt mit wirren Bildern der Zwillinge, die sie durch lange dunkle Gänge verfolgten. Ein unangenehm dumpfes Gefühl hatte sich über Claras Gedanken gelegt wie ein kaltes, nasses Tuch.

Sie ging hinüber zum Fenster und öffnete es weit, um die warme Morgenluft hereinzulassen. Der Geruch nach Wald und Sommer wehte ins Zimmer und linderte den schmerzhaften Druck hinter Claras Augen ein wenig. Im Garten war niemand zu sehen. Alles war ruhig und verlassen. Wie weit weg die Stadt von hier schien, dachte Clara. Als wäre dieses Haus kilometerweit von jeder Art Zivilisation entfernt. Und im Grunde war es das ja auch. Weit genug jedenfalls, dass etliche Urbexer-Gruppen es zu finden versucht hatten und alle gescheitert waren. Warum, konnte Clara sich trotzdem nicht so recht erklären. Sie hatte es mit Minas Karte doch ziemlich problemlos geschafft. Und Mina und Zach zuvor anscheinend auch.

Sie sind längst nicht die Erste, die sich hierher verirrt.

Etwas drückte auf Claras Brust, als ihr Alicjas Worte wieder einfielen. Waren sie vielleicht … gar nicht *alle* gescheitert?

Clara schluckte mühsam. Sie wollte den Gedanken nicht weiterdenken. Warum hatte sie bloß nicht auf Mina gehört? Niemals allein auf Tour gehen. Das war doch die einfachste Regel überhaupt! Wie hatte sie nur so dumm sein können.

Ärgerlich wischte sie sich über die Augen und ging hinüber ins Bad. Eine Dusche würde ihr vielleicht helfen, den Kopf freizubekommen, zumindest hoffte sie das. Wenn sie bloß noch ein frisches T-Shirt gehabt hätte und eine saubere Hose. Aber die Anziehsachen waren in ihrem Rucksack, und den hatte Keren.

Sehr langsam zog Clara sich aus und warf die durchgeschwitzten Shorts und das Shirt achtlos durch die geöffnete Badezimmertür aufs Bett. Es war nun nicht zu ändern. Aber Alicja hatte ja angedeutet, die Zwillinge seien netter, als es jetzt den Anschein hatte. Vielleicht, dachte Clara zynisch, schloss die Tür und stieg in die Duschwanne, waren sie ja dann wenigstens nett genug, um ihr ihre Kleider zurückzugeben, wenn sie schon alles andere beschlagnahmten. Sie drehte den Warmwasserhahn bis zum Anschlag auf und ließ den harten Strahl auf ihren Kopf und ihre Schultern trommeln. Tatsächlich löste das Wasser immerhin ein wenig die Verspannungen in ihrem Nacken. Clara blieb eine gefühlte Ewigkeit unter der Dusche stehen, ohne sich dazu entschließen zu können, den Hahn wieder abzudrehen. Ihr war absolut nicht danach, den Zwillingen zu begegnen. Aber sie hatte sich entschlossen, nicht feige zu sein. Den Triumph würde sie ihnen nicht gönnen.

Allerdings änderte dieser Entschluss nichts daran, dass sie fast der Schlag traf, als sie, das große Duschhandtuch um die Brust gewickelt, ins Schlafzimmer zurückkehrte.

Die Tür zum Flur stand offen. Vor dem schmalen Bücherregal in der Ecke hockte das Dienstmädchen, das Clara an ihrem ersten Abend in der Villa in den Speiseraum geführt hatte, und wischte gewissenhaft Staub. Doch was Clara wesentlich mehr verstörte, war der Anblick des frisch aufgeschüttelten Betts.

Ihre Kleider waren weg!

Clara konnte es kaum glauben. Hastig ließ sie ihren Blick durch den Raum schweifen – doch sie wusste schon vorher, dass sie nichts entdecken würde. Das Dienstmädchen schien sich daran überhaupt nicht zu stören. Sie sah nicht einmal von ihrer Arbeit auf.

»Wo sind meine Sachen?« Clara hielt ihr Handtuch fest und machte ein paar Schritte auf die Frau zu, die sich nun endlich umwandte. Ihr Gesicht war fast beängstigend ausdruckslos. »Sie waren schmutzig«, erklärte sie schlicht. »Ich habe sie in die Wäsche gebracht.«

Clara starrte sie fassungslos an. In ihrem Bauch ballte sich ohnmächtige Wut zu einem harten Klumpen zusammen. »Soll ich verdammt noch mal nackt herumlaufen?«

Die Frau schüttelte den Kopf. Dann wies sie mit einer vagen Handbewegung auf den Kleiderschrank. »Natürlich nicht. Es ist für alles gesorgt.« Mit diesen Worten warf sie ihr Staubtuch in den Eimer mit Putzutensilien, der bei der Tür stand. »Die Herrschaften erwarten Sie zum Frühstück auf der Terrasse.« Und ohne Clara noch einen weiteren Blick zu schenken, huschte sie aus dem Raum.

Clara blieb wie vom Donner gerührt stehen. Das war nicht wahr. Das konnte alles einfach nicht wahr sein! Mit ein paar großen Schritten war sie beim Schrank und riss die Tür auf.

Kleider.

Clara glaubte sich setzen zu müssen. Der Schrank war voll mit *Kleidern*. Leichte, verspielte Sommerkleider, elegante Kostüme und sogar Abendkleider aus Satin und Seide. In zwei breiten Schubladen lagen Strumpfhosen, Unterwäsche, Halstücher und Schals. Und nichts davon hätte Clara auch nur im Traum getragen. Sie war stolz auf ihren alternativen, individuellen Look, verdammt. Wollten die sie zu einer Puppe machen?

Clara presste die Lider zusammen und hielt sich an der Schranktür fest. Sie fühlte sich plötzlich schrecklich machtlos. Was sollte sie tun? Selbst wenn sie daran geglaubt hätte, dass sie ihre eigenen Sachen zurückbekommen würde, konnte sie darauf nicht warten.

Bleib cool.

Clara atmete tief durch und öffnete die Augen wieder. Sie durfte sich nicht aus der Ruhe bringen lassen. Sie musste wenigstens den Anschein erwecken, dass sie die Situation mit Fassung ertrug. Und wenn sie nicht nackt herumlaufen wollte, musste sie wohl oder übel nehmen, was ihre selbst ernannten Gefängniswärter für passend hielten.

Systematisch ging sie die Kleiderbügel einen nach dem anderen durch, bis sie schließlich ein knielanges Kleid in schlichtem Beige entdeckte. Die breiten Träger kreuzten sich im Rücken, und der Ausschnitt und der Saum waren mit schwarzen und bronzefarbenen Stickereien verziert, die Clara immerhin nicht allzu aufdringlich oder kitschig erschienen. Das kleinste Übel, so schien es ihr. Kurz entschlossen wählte sie eine passende Unterwäsche und streifte dann das Kleid über den Kopf. Der Stoff war so leicht, dass sie sich immer noch ein wenig nackt vorkam. Weich und fließend schmiegte er sich an ihren Körper und Clara musste zugeben, dass es sich angenehm anfühlte, wie ein zartes Streicheln. Trotzdem war es fast so, als würde sie in Unterwäsche aus dem Zimmer gehen.

Sie warf einen raschen Blick in den Spiegel an der Innenwand der Schranktür. Na ja, dachte sie erleichtert, es sah immerhin nicht nach Unterwäsche aus. Und wenn sie ganz ehrlich war, doch gar nicht so übel …

Halten Sie sich von Spiegeln fern.

Ein Flackern huschte über ihr Spiegelgesicht, wie eine Bildstörung am Fernseher. Clara unterdrückte ein Keuchen.

Unter allen Umständen.

Mit einem Knall schlug sie die Schranktür zu und hastete aus dem Zimmer in den Garten.

* * *

Beliar und Keren saßen auf der Terrasse im Halbschatten der alten Salweide und warteten auf ihren Gast. Der Frühstückstisch war bereits gedeckt. Aber von Clara fehlte bislang jede Spur, obwohl Britta schon vor etwas mehr als einer halben Stunde gemeldet hatte, dass das Mädchen auf den Beinen war und sich für den Tag fertig machte. Keiner der Brüder sprach. Wie so oft waren ihre Gedanken genug, um sich zu verständigen. Sie beide wussten, dass Clara in der Nacht zu fliehen versucht hatte. Das hatte bisher jeder getan. Aber es war noch niemandem gelungen.

Keren lauschte auf Beliars Atem, der ein wenig schneller ging als sonst. Sein Bruder war angespannt, auch wenn niemand außer Keren das jemals bemerkt hätte. Das lag daran, dass er Clara berührt hatte. Beliar war es nicht gewöhnt, dass jemand anderes als sein Zwilling sich ihm auf mehr als eine Armlänge näherte. Keren natürlich ebenso wenig, aber im Gegensatz zu seinem Bruder spürte er auch nicht den Drang dazu. Es war Beliar, der sich nach Menschen sehnte. Der sie fühlen, riechen und schmecken wollte, statt sie nur zu sehen. Keren hingegen ertrug die Nähe anderer nicht. Sie verursachte ihm körperliche Schmerzen. Die einzige Person, die er ohne Widerwillen berühren konnte, war sein Spiegelbild, die zweite Hälfte seines Ichs. Sein Bruder.

Als Clara endlich an der Hausecke auftauchte, richtete Beliar sich ruckartig auf. Für einen Moment kratzte sein Atem rau in der Kehle. Keren lächelte schief, als er es bemerkte. *Ja,* dachte er. *Sie ist es.*

Mit großen Schritten kam Clara auf sie zu. Das helle Kleid umschmeichelte ihren schmalen Körper und zeichnete die Kanten und Ecken ein wenig weicher.

Das Kleid unserer Mutter. Keren lächelte still. Beliar wusste davon nichts, und Keren hatte nicht vor, ihm zu erzählen, dass er die Kleider aus dem verlassenen Ankleidezimmer im ersten Stock der Villa in Claras Schrank hatte räumen lassen. Dass sie ihr so perfekt passten – Zufall. Aber einer, der Keren gerade recht kam.

Farblos, Beliar? Sieh noch mal hin.

Clara blieb direkt vor dem Tisch stehen, ohne Anstalten zu machen, sich zu setzen. »Gebt mir meine Sachen zurück!« Ihre Stimme klang harsch und scharf, ohne Angst. Sie war wütend, brannte geradezu vor Empörung.

»Guten Morgen«, sagte Beliar und lächelte ein Lächeln, das beinahe zu gut verbarg, wie es in ihm aussah. *Was hast du mit ihr gemacht?*, fragte der Druck seiner Hand auf Kerens Knie, gut versteckt unter dem Tisch. *Wie hast du diese Energie in ihr gefunden?*

Aber Keren lächelte nur. »Wir dachten schon, wir müssten ohne dich frühstücken.«

Clara stand steif wie ein Stock an ihrem Platz. »Wenn ihr glaubt, ihr könntet mit mir machen, was ihr wollt, dann habt ihr euch geschnitten.«

Keren legte Beliar eine Hand auf den Unterarm, um ihn ein wenig zu beruhigen. »Es tut mir leid«, sagte er, so sanft er konnte, und beobachtete, wie Claras Wangen sich vor Zorn röteten. »Es ist meine Schuld, und ich verstehe, dass du wütend bist. Darf ich es erklären? Bitte?«

Er sah Clara schlucken. »Was wollt ihr da erklären?« Der Versuch, ihre Stimme ruhig klingen zu lassen, blieb erfolglos.

»Wir wollen dir nichts Böses, Clara. Ich bitte wirklich ... wirklich um Verzeihung für das, was gestern passiert ist.« Trotz Kerens beruhigender Hand war Beliars Haltung nun noch angespannter als zuvor. Er hatte noch nicht einmal begriffen, dass es gerade um die Kleider ging. Dass er gestern beinahe die Kontrolle über sich verloren hätte, setzte ihm schrecklich zu.

»Wir wollten dir mit den Kleidern eine Freude machen«, fügte Keren deshalb an seiner Stelle hinzu. »Nach allem, was gestern schiefgelaufen ist. Natürlich bekommst du deine eigenen Sachen zurück, sobald sie gewaschen sind.«

Das nahm Clara für einen Moment den Wind aus den Segeln. Stumm stand sie da und sah von einem zum anderen.

»Und mein Rucksack?«, brachte sie schließlich hervor. »Meine Kamera?«

Auch Beliar hatte sich inzwischen wieder gefangen. Die Sache mit den Kleidern schien nun zu ihm durchgedrungen zu sein, aber bis auf ein leichtes, an Keren gerichtetes Stirnrunzeln sagte er nichts dazu – weder laut noch stumm. »Die natürlich auch. Wie gesagt, es tut mir ehrlich leid. Sehr leid.« Er sah Clara gerade in die Augen und sie wandte den Blick nicht ab. Nur ihre Wangen röteten sich noch ein wenig mehr.

Keren nickte. »Bitte versuch dich zu entspannen«, warf er ein. »Wir möchten dich wirklich nicht gegen deinen Willen hier festhalten, denk das nicht. Wir haben dich nicht ausgesucht. Es ist nur so, dass wir … wirklich keine andere Wahl haben.« Er räusperte sich. »Du wirst es bald verstehen. Hab nur noch ein bisschen Geduld. Einverstanden?«

»Bitte. Frühstücke mit uns.« Beliar wies erneut auf den Stuhl, der ihnen gegenüberstand.

Clara zögerte noch immer. Hinter ihrer Stirn arbeitete es sichtlich und Zweifel zeichneten sich in ihrer Miene ab.

Alicja hat mit ihr gesprochen, dachte Keren. *Gut.*

Und nun endlich ließ Clara sich langsam auf ihren Platz sinken.

Beliar lächelte sein schönstes Lächeln, so glücklich und erleichtert, dass Keren warm ums Herz wurde. Dieser stürmische, launische Mensch wechselte seine Stimmung wie das Wetter: vollkommen unberechenbar, wenn man nicht gelernt hatte, ihn zu lesen. Doch wenn er gut gelaunt war, konnte er so einnehmend sein, dass man ihm alles verzieh.

»Möchtest du einen Tee?« Er hob einladend die Kanne.

Clara schien für einen Moment unschlüssig, was sie antworten sollte. Vermutlich hatte sie keinen großen Appetit – kein Wunder bei all der Aufregung. Dann aber nickte sie und Keren schenkte ihr ein.

»Greif zu«, ermunterte Beliar sie und wies auf den üppig gedeckten Tisch. Zögernd griff Clara nach einem Croissant und legte es auf den Teller vor sich, ohne weitere Anstalten zu machen, es auch zu essen.

»In jedem Fall«, griff Keren den Faden wieder auf, »hoffen wir wirklich, dass du uns noch einmal verzeihst und die Zeit bei uns irgendwie genießen kannst.«

»Wir werden dich nicht mehr belästigen, das verspreche ich«, warf Beliar ein. Auch seine Wangen hatten sich leicht gerötet, und Keren spürte, wie die Körpertemperatur seines Bruders ein wenig anstieg. Er verkniff sich ein liebevolles Lächeln.

»Und du darfst dich selbstverständlich im ganzen Haus und auf dem Grundstück frei bewegen, wie es dir gefällt.« Er nickte Clara zu und nahm selbst einen Schluck Tee. »Wenn du magst, bitte ruhig Alicja oder Heinrich, dich herumzuführen. Das Haus hat viele wunderschöne architektonische Details, falls du dich für so etwas interessierst.«

Clara schwieg. Ihre Wut schien zum großen Teil verraucht zu sein. Stattdessen wirkte sie nun verwirrt, als könne sie die Situation überhaupt nicht mehr einschätzen. Ihre Augen hingen fast ununterbrochen an Beliar und funkelten in einer Mischung aus widerwilliger Faszination und Unsicherheit. Sie wusste nicht mehr, was sie denken sollte. Das war ein guter Schritt in die richtige Richtung. Jetzt war wieder Beliar am Zug.

»Wir haben uns wohl nicht von unserer besten Seite gezeigt.« Beliar seufzte und versuchte ein schiefes Lächeln.

Er wusste, dass er sie hier und jetzt nicht drängen durfte. Dass er ihr Zeit geben musste, wenn er sie überzeugen wollte, dass er und Keren ihre Zuneigung verdienten, obwohl sie sie hier gefangen hielten. Wenn er jetzt auch nur einen falschen Tritt setzte, konnte er sie sehr schnell und endgültig verlieren. Und ganz gleich, was er am Vorabend gesagt hatte – er fürchtete sich vor dem Loch, das ihr Verlust in seine Seele reißen würde. Ein Loch, das nicht einmal sein Bruder ganz würde füllen können. »Aber würdest du versuchen, uns noch mal neu kennen zu lernen?«

Eine ganze Weile blieb Clara stumm. Schließlich aber nickte sie kaum merklich. »Ich denke mal darüber nach.«

Unter dem Tisch schloss sich Beliars Hand mit fast brutalem Druck um Kerens. Seine Stimme aber war weich wie Samt.

»Das freut mich sehr, Clara. Wirklich sehr.«

Ein feiner Draht schien Kerens Kehle zuzuschnüren. Er wusste, er hätte in diesem Augenblick nichts sagen können, selbst wenn er nicht beschlossen hätte, von nun an Beliar das Feld zu überlassen. *Ja,* dachte er und zwang ein Lächeln auf sein Gesicht, während er den Druck von Beliars Hand erwiderte. *Es freut dich wirklich, mein wunderbarer Bruder. Wir sind auf dem richtigen Weg. Auch wenn es für uns beide dann bald kein Wir mehr geben wird.*

Kapitel 8
Das Herz des Gartens

Nach dem Frühstück wäre Clara gern eine Weile allein durch den Garten gestreift. Um zur Ruhe zu kommen, soweit das überhaupt möglich war, und mit etwas Glück sogar ihre Gedanken halbwegs auf die Reihe zu kriegen.

Aber die Zwillinge ließen sie nicht. Oder besser: Beliar ließ sie nicht. Als Clara aufgestanden war, hatte er sich ihr ohne viele Worte angeschlossen, und Clara hatte einfach keinen Widerstand mehr zustande gebracht. Sie fühlte sich, als würde sie innerlich langsam auseinanderfallen. Immer mehr hatte sie das Gefühl, in einem Traum gefangen zu sein. Wenn sie nur …

»Wann bekomme ich meine Kamera wieder?«, fragte sie, nachdem sie eine Weile schweigend nebeneinander hergelaufen waren und jeder für sich das Lichtspiel der Bäume betrachtet hatten. Trotz allem hatte der wilde Garten nichts von seiner Schönheit verloren, und wenn Claras Ängste vielleicht auch nicht beruhigt wurden, so konnte die ursprüngliche Schönheit sie zumindest für den Augenblick etwas besänftigen.

Beliar sah sie ehrlich überrascht an. »Ist sie dir so wichtig?«

»Entschuldige mal, was ist das denn für eine Frage?« Clara schüttelte entrüstet den Kopf.

»Offenbar eine dumme. Tut mir leid.«

Er war so unsicher ohne seinen Bruder, dachte Clara verblüfft. Als könne er sein eigenes Verhalten nicht richtig einschätzen, wenn er sich nicht ständig in Keren gespiegelt sah. Ohne seinen Zwilling, dachte Clara und musste unwillkürlich schief grinsen, war er richtig tapsig, wie ein kleiner Hundewelpe.

Beliar wurde ein wenig rot und kratzte sich betreten am Kopf. »Also, tut mir wirklich leid.«

»Schon gut.« Das Lächeln fiel ihr erstaunlich leicht. »Woher solltest du's auch wissen.«

Beliar seufzte. »Bei Keren bin ich es gewöhnt, alles über ihn zu wissen.«

Clara runzelte die Stirn. »Tja, bei mir wird das nicht funktionieren.«

»Aber das wollte ich doch auch gar nicht …« Beliar schüttelte den Kopf. »Noch mal: Tut mir leid. Ich kümmere mich darum. Jetzt gleich?«

»Bitte, ja«, sagte Clara mit Nachdruck.

Beliar zögerte. »Gut, aber … darf ich dir vorher noch etwas ganz Besonderes zeigen? Ich möchte wirklich, dass du es siehst. Es sind nur noch ein paar Schritte.«

Clara dachte kurz darüber nach. Das klang verlockend … aber sollte sie gerade deshalb nicht lieber ablehnen?

Aber da hatte sie schon genickt.

Beliars Gesicht leuchtete auf. »Großartig. Dann komm.«

Kurz darauf standen sie vor einem hohen Gebüsch, das über den Weg gewachsen war und ihn versperrte. Clara betrachtete die Sträucher mit den dichten, weichen Nadeln in sattem Grün. Eibe, dachte sie. Die Kelten hielten sie für ein Gewächs mit starker Zauberkraft, das hatte sie mal in einem Pflanzenführer gelesen. Die Orte, wo sie wuchs, waren magisch, ein Platz, an dem mystische, wundersame Dinge geschehen konnten. Ob die Zwillinge das auch wussten? Vermutlich. Nach allem, was sie bisher vom Garten gesehen hatte, war Clara ziemlich sicher, dass diese Zweige nicht einfach ohne Plan oder Hintergedanken über den Pfad hätten wachsen dürfen. Und als sie näher hinsah, erkannte sie auch, dass der Durchgang gar nicht versperrt war, sondern dass die biegsamen Zweige zwar die Sicht versperrten, sich aber leicht beiseiteschieben ließen.

»Das Herz des Gartens«, sagte in diesem Moment Beliar dicht hinter ihr. Clara zuckte zusammen. Sie hatte nicht bemerkt, dass er so nah an sie herangetreten war. Ein Kribbeln jagte ihr Rückgrat hinunter. »Der erste Blick ist der beste.« Er legte eine Hand zwischen ihre Schulterblätter und schob sie mit sanftem Druck nach vorn. Zögernd bog Clara die Zweige zur Seite, drängte sich zwischen den Büschen hindurch – und blieb wie verzaubert stehen.

Im leuchtenden Schein der Sommersonne breitete sich eine weitläufige Lichtung aus, die von einem dichten Teppich aus kleinen weißen und zartrosa Blüten bedeckt war. Auf der rechten Seite stieg der Boden ein wenig an, und dort stand eine kleine Laube. Die Blüten, die den Boden bedeckten, hatten sich an den filigranen Streben emporgerankt, sodass es beinahe aussah, als würde die Laube selbst aus den Pflanzen bestehen. In ihrem Inneren entsprang zwischen ein paar Felsen leise gluckernd eine Quelle, deren Wasser in einer kleinen Rinne neben den Stufen aus der Laube hinabfloss und als winziger Bach eine glitzernde Spur durch den Blütenteppich zog. Die Szene wirkte so harmonisch, so friedlich, dass Clara das Gefühl hatte, eine andere Welt betreten zu haben. Die Bäume rauschten leise, Vögel zwitscherten, es roch nach feuchter Erde und ganz leicht dufteten die Blüten. Und vor allem, fiel ihr erstaunt auf, gab es hier kein einziges Anzeichen davon, dass in der Nacht zuvor noch ein Sturm gewütet hatte. Nirgends ein abgebrochener Ast, kein loses Laub, nichts. Entweder war die Lichtung wie durch ein Wunder verschont worden – oder, was Clara logischer schien, jemand war schon sehr früh an diesem Tag hier gewesen und hatte aufgeräumt.

»Und?« Beliar stellte sich neben sie. Er grinste jetzt von einem Ohr zum anderen.

»Das haut mich echt um«, gab Clara zu. »Zum Schwindligwerden schön.«

»Dann lass dir Zeit. Schau dir alles genau an. Ich warte da drüben auf dich.« Er deutete auf die Laube.

Clara nickte und konnte nicht anders, als sein Lächeln zu erwidern. »Danke.«

Während Beliar sich entfernte, ging sie vorsichtig auf die Knie und betrachtete die hellen Blüten, mit denen die Lichtung übersät war. Keine von ihnen war größer als Claras Daumennagel und aus der Nähe wirkten die zarten Blätter fast durchscheinend. Ihr Duft war so leicht und zugleich intensiv, dass er sich wie ein feiner Film über alles zu legen schien. Clara stand wieder auf, um über die Lichtung zu wandern. Die zauberhafte Stimmung an diesem Ort war wirklich etwas Besonderes, dachte sie. Der Bach, die Eibensträucher und die Sonnenstrahlen, die sich in den Baumkronen fingen. Die Laube und natürlich die Blüten, alles war wie aus einer anderen Welt. Kein Wunder, dass Beliar so stolz darauf war. Wenn sie nur ihre Kamera gehabt hätte … Ob sie später noch einmal wiederkommen durfte, um Fotos zu machen? Immerhin, die Zwillinge hatten am Frühstückstisch noch behauptet, dass sie sich frei bewegen durfte. Aber darauf gab sie vorsichtshalber nicht so viel.

Sie sah hinüber zur Laube. Wie er versprochen hatte, stand Beliar dort und sah zum kuppelförmigen Dach der Laube hinauf. Die filigranen Streben malten ein tanzendes Muster auf sein Gesicht.

Langsam ging Clara zu ihm hinüber. Er schien sie gar nicht zu bemerken. Wie einsam er aussah, dachte sie unwillkürlich. So verloren. Und als sie noch näher herantrat, sah sie die Tränen auf seinen Wangen.

Seltsam berührt blieb Clara am Fuß der kleinen Treppe

stehen, die in die Laube hinaufführte. Wie er dort stand, so verlassen und traurig, traf sie an einem Punkt tief in ihrem Herzen, und in diesem Augenblick konnte sie nicht anders, als echtes, ehrliches Mitleid zu empfinden.

Sie räusperte sich leise. »Ist alles in Ordnung?«

Beliar fuhr zusammen. Hastig wischte er sich über die Augen. Erst beim zweiten Versuch geriet die Grimasse zu einem Lächeln. »Nein, schon gut. Es ist nur … dieser Ort macht mich immer irgendwie melancholisch. Vielleicht …« Er schüttelte den Kopf. »Nein. Schon gut. Lass uns zurückgehen. Damit du endlich deine Kamera wiederbekommst.«

Er griff nach ihrem Arm und zog ihn durch seinen, wie er es schon am Tag zuvor getan hatte. Und trotz allem, was in den letzten Stunden geschehen war, ließ Clara es zu.

In ihrem Zimmer stand das Fenster noch immer genauso weit offen, wie Clara es zurückgelassen hatte. Die Sommerhitze hatte den Raum nun vollständig erobert und sich selbst in den hintersten Winkel ausgebreitet.

Beliar war in sein Zimmer gegangen – wo immer sich das befinden mochte – um ihre Kamera und ihren Rucksack zu holen. Und das wurde auch wirklich Zeit. Je länger Clara mit Beliar durch den Garten gewandert war, desto mehr hatte sie sich danach gesehnt, die Dinge abzubilden, die sie sah, sie noch einmal anzuschauen, sich zu vergewissern, dass sie mit dem, was ihre Augen sahen, übereinstimmten.

Mit einem Seufzer ließ sie sich auf die Bettkante sinken und starrte auf die Tür, als könne sie sie so zwingen, sich zu öffnen. Sie spürte deutlich, wie sie von Sekunde zu Sekunde näher auf einen Punkt zu trieb, an dem sie nie wieder sein wollte.

In diesem Augenblick bewegte sich plötzlich die Türklinke. Clara zuckte zusammen und blinzelte. Halluzinierte sie etwa schon? Nein. Die Tür öffnete sich wirklich.

Auf der Schwelle stand Beliar, in der Hand ihren Rucksack. Clara hätte nicht sagen können, warum sie sofort wusste, dass sie Beliar vor sich hatte und nicht Keren. Sie wusste es einfach. Schon wieder überkam sie das nervenzerreißende Gefühl einer blitzartigen Bildstörung, als würde unter seinem Lächeln für einen winzigen Moment die vibrierende, fast unerträglich spannungsgeladene Verzweiflung aufflackern, mit der er sie gestern überfallen hatte. An Claras Körper richteten sich überall die Härchen auf.

Aber Beliar stellte nur den Rucksack auf den Boden neben der Tür. »Hier sind deine Sachen«, sagte er leise.

Clara schwieg und versuchte zu überhören, wie laut ihr Herz schlug.

Beliar blieb einen Schritt hinter der Schwelle stehen, als sei er sich nicht sicher, ob er gehen, bleiben oder noch etwas sagen sollte. Schließlich holte er tief Luft. »Ich hoffe, du verzeihst mir irgendwann, was gestern passiert ist.«

Die Verzweiflung in seinem Lächeln war jetzt eindeutig zu sehen. Irgendwo in Claras Brust regte sich Mitleid, aber es hatte keine Chance gegen die Abwehrhaltung, die ihr ganzer Körper eingenommen hatte.

»Sieh mal«, fuhr Beliar fort, und seine Stimme klang ein

wenig gepresst, »wir leben hier schon so lange allein. Wir ... also ich ... ich weiß einfach nicht, wie man mit Menschen umgeht. Keren – er erträgt all meine Ausbrüche, er kennt mich, er versteht es. Du kannst das nicht, das weiß ich, das ist zu viel verlangt. Aber ich konnte nicht anders. Bitte glaub mir. Ich wollte dich nicht verletzen oder dir Angst machen, ich wollte nur ... Ach, ich weiß selbst nicht, was ich wollte.« Seine Schultern sanken herab und er sah betreten auf seine Schuhe.

»Damit eins klar ist«, sagte Clara, so ruhig sie konnte. Aber das Herz schlug ihr bis zum Hals. »Ich steh nicht auf Bad Boys, die sich einfach nehmen, was sie wollen.«

Beliar seufzte tonlos. Noch mehr Risse erschienen in seinem Lächeln, und nun sah Clara Einsamkeit. Schreckliche, quälende Einsamkeit, die ihr selbst die Kehle zuschnürte, viel intensiver noch als kurz zuvor in der Laube im Garten. »Wie oft soll ich denn noch sagen, dass es mir leidtut?«, murmelte er. »Es passiert nie wieder, versprochen.« Er schüttelte hilflos den Kopf. »Es war nicht so gemeint, ich ... Ich wünsche mir doch nur, dass du bei uns bleibst. Nicht, weil du es musst. Sondern weil du es willst.«

Clara biss sich auf die Unterlippe, die anfangen wollte zu zittern. Aber sie war jetzt auch wütend, und das tat ihr gut. Was er sich gestern geleistet hatte, war nun einmal nicht mit einer Entschuldigung abgetan, und auch nicht mit zweien oder zehn oder hundert, und es war eine echte Erleichterung, ihm das ins Gesicht zu sagen.

»Also ich weiß nicht.« Sie verschränkte die Arme vor der

Brust. »Wenn ihr so unbedingt andere Menschen um euch haben wollt, warum bleibt ihr dann hier? Warum zieht ihr nicht in die Stadt, wo es Tausende davon gibt? Warum müsst ihr darauf warten, dass sich jemand hierher verirrt, und dann wie ein Tier über ihn herfallen?«

Eine halbe Ewigkeit lang sah Beliar sie nur an. Er öffnete den Mund und schloss ihn wieder, als würde er mit den Worten ringen. »Weil wir hier gefangen sind«, flüsterte er endlich rau. »Genau wie du.«

Clara wusste nicht mehr, was sie sagen sollte. Sie war sich nicht einmal mehr sicher, was sie denken sollte. Sie starrte Beliar an, das rissige Lächeln und diese eisblauen Augen, die ihr schon wieder viel zu nah gekommen waren, ohne dass sie es überhaupt bemerkt hatte. Aber diesmal war da nichts Drängendes, nichts Aggressives. Nur Verzweiflung und Traurigkeit und unbeholfene Gefühle, die er vermutlich selbst nicht verstand.

»Hilf mir, Clara. Bleib bei mir.«

Seine Hände waren warm. Auch sein Atem. Clara wusste, nicht, wann sie die Augen geschlossen und das Kinn gehoben hatte. Oder wann sie so nah zusammengerückt waren, dass sein Knie die Innenseite ihres Oberschenkels berühren konnte und sie seine tonlosen Worte direkt auf ihren Lippen spürte. Seine Finger umfassten ihre Schultern, ohne wirklich zuzugreifen.

»Du hattest doch versprochen, dass so was nicht mehr vorkommt.« Ihr Hals war inzwischen so trocken, dass sie die Worte kaum herausbrachte.

Beliar zuckte zurück, als hätte sie ihm ein Messer in den Bauch gestoßen. »Ver... ich ... Oh Gott, entschuldige«, murmelte er betroffen. »Das ... es sollte ... es tut mir leid.«

Clara schluckte mühsam. Glühende Hitze zog durch ihren Bauch und trieb ihr das Blut in die Wangen. Leid. Jetzt tat es ihm schon wieder leid! »Dafür ist es ein bisschen spät, oder?«

»Ich mache alles falsch«, flüsterte Beliar heiser. »Du solltest vielleicht ...« Er verstummte. Sein Adamsapfel bewegte sich ruckartig. Eine kleine Ewigkeit lang war es still im Zimmer, während sich draußen vor dem Fenster allmählich das Licht golden färbte. Dann endlich hob Beliar den Blick. »Du willst immer noch weg von hier, oder?«

Clara nickte stumm. Ihr Herz schien ihre Brust von innen sprengen zu wollen.

Etwas blitzte in Beliars Augen auf – die verzweifelte Entschlossenheit eines Menschen, der weiß, dass er verloren hat. Und dann, ehe Clara auch nur einen klaren Gedanken fassen konnte, war er mit zwei Schritten bei ihr und hatte sie gepackt, zog sie mit einer Leidenschaft an sich, die beinahe grob war, und presste seinen Mund auf ihren. Hitze durchfuhr sie wie ein Blitz. Sie konnte nichts tun, nichts denken, so überwältigend war das Gefühl seiner Lippen auf ihren, seiner Hände an ihrer Hüfte, seiner Brust dicht an ihrer, die sich heftig hob und senkte. Es dauerte nur Sekunden, einen endlosen Augenblick lang, ehe er sie auch schon wieder freigab und dann für einen weiteren Moment lang fest in die Arme schloss. Sein Atem bebte an ihrem Ohr. »Der Schlüssel zur

Seitentür liegt in einer Vase in der Eingangshalle. Geh, bevor es Nacht wird. Und pass auf dich auf.«

Und als hätte er sich von einem Moment zum anderen an etwas furchtbar Wichtiges erinnert, wandte er sich mit einer brüsken Bewegung ab und verließ fluchtartig den Raum. Die Tür ließ er sperrangelweit offen.

Mit einem lautlosen Stöhnen ließ Clara sich auf die Bettkante sinken. Sie fühlte sich vollkommen ausgelaugt, als hätte jemand einen Hahn aufgedreht und alle Energie auf einen Schlag aus ihr herausgelassen. *Warum?*, dachte sie erschöpft, ohne wirklich zu wissen, wonach sie gerade fragte. Ihr ganzer Körper schien in Flammen zu stehen. Was war bloß los mit ihm? Wie konnte ein Mensch so *sein?*

Sie sollte gehen.

Jetzt sofort.

Denn wenn Beliar nicht gelogen hatte – und Clara glaubte nicht, dass er das getan hatte –, dann lag ihr Schlüssel zur Freiheit in einer Vase. Und sie sollte diese Chance nutzen, ehe Beliar es sich anders überlegte. Oder seinem Bruder davon erzählen konnte, der damit ganz bestimmt nicht einverstanden war.

Aber auch als der strahlende Sonnenschein vor dem Fenster sich schon längst in dämmriges Rot verwandelt hatte, das langsam erst zu tiefem Blau und dann zum Silbergrau der Nacht verblich, rührte sie sich nicht. Sie saß nur da, auf dem Bett, wo Beliar sie zurückgelassen hatte, spürte dem Gefühl seiner Lippen auf ihren nach und versuchte zu begreifen, was sie selbst eigentlich wollte.

Es gelang ihr nicht ein bisschen.

***

Nachdem er Clara verlassen hatte, stürmte Beliar auf direktem Weg die Treppen hinunter, durch den Speiseraum in die Küche und von dort aus in den schmalen Seitengang, zu der Tür, die immer verschlossen war. Er konnte die bebenden Finger kaum ruhig genug halten, um den Schlüssel ins Schloss zu stecken und herumzudrehen, ohne ihn abzubrechen.

Die vertraute feuchte Kühle wehte ihm entgegen und das ferne Plätschern von Wasser empfing ihn wie ein sanftes Summen. Hinter der Tür war es stockfinster. Aber Beliar dachte nicht einmal darüber nach, sich eine Kerze oder eine Lampe zu holen. Seine Füße kannten jede Unebenheit in den steinernen Stufen, sie wussten, wann der lange Treppenschacht endete und in den Gang mündete, der schließlich in das verbotene Zimmer führte. Was hinter dem Zimmer lag, hatten sie seit Jahren nicht betreten, weder er noch Keren.

Besser so.

Auch wenn *sie* natürlich trotzdem immer da war. Sie ließ ihn niemals los. Selbst jetzt sang sie in jedem Tröpfeln. Flüsterte ein leises Willkommen.

Beliar antwortete nicht.

Seine Sohlen klangen dumpf auf den dicken Glasscheiben, die den Fußboden bildeten. Auch in der kleinen Kammer war es dunkel. Aber er brauchte kein Licht, um sie zu sehen – die geisterhaften Schemen im smaragdgrünen Wasser unter den

Glasplatten. Aus großen, dunklen Augen sahen sie zu ihm herauf, streckten ihm die Hände entgegen und bewegten die bleichen Lippen in lautlosem Flehen. Erinnerten ihn an die Schuld, die er auf sich geladen hatte. Er kannte sie. Jeden einzelnen kannte er viel zu gut. Beliar schloss die Augen.

In der Mitte des Raumes, wo ein Kreis aus Stein die Glasplatten ablöste, kauerte er sich zusammen und presste seine Stirn gegen die Knie. Aber das half nichts gegen den Schmerz in seiner Brust, der alle Gedanken auslöschte und jede andere Empfindung unter sich begrub. Was hatte er nur getan? Es war vorbei. Er hatte sie fortgejagt. Und jetzt …

Ein leises Lachen, leise tröpfelnd, erklang von der Wand aus Spiegeln hinten im Raum, unsichtbar in der Finsternis.

Was ist los, Beliar? Willst du dich diesmal selbst opfern?

Beliar sah nicht auf. »Wer weiß«, murmelte er nur.

Das Gefühl eines Wassertropfens, der über seinen Nacken rann, ließ ihn schaudern. *Wie langweilig. Was ist denn so besonders an ihr, dass du sie unbedingt retten musst? Oder willst du deinen Bruder jetzt doch aufgeben? Nach all den Jahren …*

»Hör auf!« Beliar schlug nach der Stimme wie nach einer lästigen Fliege. Seine Kehle war wie zugeschnürt.

Glucksendes Lachen ließ die Luft kleine Wellen schlagen. *Wir können natürlich auch das Zimmermädchen nehmen, das dich immerzu aus der Ferne anhimmelt. Oder die Haushälterin, die sich so fürsorglich um euch kümmert. Sie lieben euch sehr, auf ihre Art. Das würde mir genügen. Was meinst du? Auf wen könntet ihr eher verzichten? Du musst nur im richtigen Moment die Vorhänge öffnen …*

»*Hör auf!*«, fuhr Beliar sie an und zuckte unter der Lautstärke seiner eigenen Stimme zusammen.

»Ich gebe dir keine von ihnen«, flüsterte er, als das Vibrieren der Spiegel wieder verstummt war. »Keine einzige.«

Im Wasser hinter den Spiegeln war es eine Weile still. Dann summte die Stimme ein zufriedenes kleines Lied.

Vielleicht brauchst du das auch gar nicht, mein Hübscher. Ein plätscherndes Lachen tropfte auf seine nackten Arme. *Du bekommst noch eine Chance, wie es aussieht ...*

In diesem Moment öffnete sich weit über ihm, am Ende des Treppenschachts, ein weiteres Mal die Tür.

»Beliar?«

Die Stimme in den Spiegeln war verschwunden.

Zitternd blieb Beliar sitzen, wo er war. Der harte Stein fühlte sich kalt an und er fröstelte in seinem dünnen Shirt. Aber das war gleichgültig. Alles war in diesem Moment gleichgültig.

Schritte erklangen auf den Stufen. Leise Schritte, die ihm vertrauter waren als seine eigenen. Es dauerte niemals lange, bis sein Zwilling ihn fand. Beliar kniff die Lider zusammen und vergrub sein Gesicht zwischen seinen Armen. Keren würde Licht bringen. Und er konnte es nicht ertragen. Er verdiente es nicht.

Stoff raschelte leise, als sein Bruder sich vor ihn kniete. »Beliar.«

Beliar hob den Kopf nicht. Durch einen winzigen Spalt zwischen seinem Arm und seiner Wange konnte er den Schein der Kerze sehen, die Keren zwischen ihnen abgestellt hatte. Und er wusste, dass die kleine Flamme unzählige Male von den Spiegeln reflektiert wurde, die die Wände des Zimmers bedeckten. Tausende winziger Lichter erhellten jetzt den Raum. Aber Beliar wollte kein Licht. Er wollte nicht sehen.

»Beliar … bitte. Sieh mich an.« Kerens Stimme klang dumpf. Es verletzte ihn, dass Beliar sein Gesicht vor ihm verbarg. Beliar wusste das sehr gut. Aber er konnte den Kopf nicht heben. Weil er auch nach all den Jahren nicht ertrug, was er sehen würde.

»Sie ist immer noch hier«, sagte Keren leise. »Sie ist bei uns geblieben. Es gibt keinen Grund, zu verzweifeln.«

Ein Ruck durchfuhr Beliar – kalt und heiß zugleich, glückliche Erleichterung und eisiges Entsetzen in einem. Nun konnte er nicht anders, er musste doch aufsehen.

Clara war geblieben, nach allem, was er getan hatte?

Der Schein der Kerze spiegelte sich flackernd in Kerens Augen. Augen, die Beliar noch nie so blass und müde gesehen hatte. Der Anblick bohrte sich wie ein spitzer Dorn in seine Brust, dass er glaubte, keine Luft mehr zu bekommen. Unwillkürlich glitt sein Blick über Kerens Schulter hinweg, zu den Spiegeln, die immer die Wahrheit zeigten. Kerens Rücken. Sein eigenes Gesicht …

Eine Hand an seiner Wange zwang seine Aufmerksamkeit zurück auf seinen Zwilling. »Sieh nicht hin«, sagte Keren, seine Stimme so leise und eindringlich, dass sich die Haare in Beliars Nacken aufstellten. »Sieh mich an, Beliar. Nur mich, hörst du?«

Beliar presste die bebenden Lippen fest aufeinander. Es schwangen so viele Empfindungen in Kerens Stimme, dass er es kaum ertrug. Angst, Trauer – und etwas anderes, das sein Verstand sich noch weigerte zu begreifen, eine Entschlossenheit, die kaum noch etwas mit der üblichen kühlen Präzision zu tun hatte, mit der Keren ihr Spiel stets gespielt hatte.

Und deshalb musste Beliar die Wahrheit sehen, wie schmerzhaft sie auch sein mochte.

»Tu's nicht«, flüsterte Keren. Aber Beliar hatte sich längst umgedreht, um im Spiegel das wahre Gesicht seines Bruders zu sehen.

Verkohlte Haut, vernarbt und zerrissen. Sie spannte sich über scharfe Knochen, kaum mehr als ein Skelett. Verzerrt. Entstellt. Nur die Augen brannten unversehrt im Licht der tausend Spiegelflammen.

Doch was sich in diesem Moment wie eine eisige Hand um Beliars Herz schloss, war nicht der Anblick von Kerens wahrer Gestalt. Es waren die Schatten auf seinen hohlen Wangen. Und seine Augen, die tiefer in den dunklen Höhlen lagen als sonst. Kaum merklich und doch unübersehbar.

Der Verfall hatte schon begonnen.

Verkrümmte Finger mit krallenartigen, schwarzblau angelaufenen Fingernägeln legten sich über seine Augen und sperrten das Bild aus. Es zischte, die Kerze erlosch und die Finsternis kehrte ins Spiegelzimmer zurück.

»Es wird alles gut«, flüsterte Keren. »Vertrau mir, Beliar. Was auch passiert, ich werde immer bei dir sein.«

In der Dunkelheit rann eine einzelne Träne über Beliars Gesicht. Er konnte nicht antworten.

Ja. Für immer, versprach er seinem Bruder stumm. *Denn ich werde dich niemals, niemals gehen lassen.*

Niemals.

* * *

Die Nachtluft, die vom Fenster hereindrang, war zu kühl für das dünne Kleid. Sie sollte aufstehen, dachte Clara mehrmals. Das Fenster schließen. Aber sie tat es nie.

Irgendwann hatte sie jedes Zeitgefühl verloren, während sie dasaß und ins Leere starrte – eine Leere, die sich bis in ihren Kopf ausgebreitet hatte und in der seltsam hohl die Frage schwang, warum sie entgegen aller Vernunft immer noch hiersaß.

Die Schritte auf dem Gang hörte sie erst, als die Gestalt bereits im Türrahmen auftauchte. Clara schreckte auf – und atmete erleichtert auf, als sie erkannte, dass es wider Erwarten keiner der Zwillinge war.

»Fräulein Jensen«, sagte Alicja. Schemenhaft konnte Clara ein blasses Lächeln auf ihrem Gesicht erkennen und die Haushälterin klang erleichtert. »Ich hätte nicht gedacht, dass Sie noch hier sind.«

Clara schüttelte den Kopf. »Ich auch nicht«, murmelte sie.

Sekundenlang schwieg die Haushälterin, dann ging sie zum Fenster, zog die Vorhänge zu und schaltete das Licht ein. »Sie sollten nicht so allein im Dunkeln sitzen bleiben«, sagte sie. »Haben Sie Lust, in der Gesindeküche mit uns zu

Abend zu essen? Niemand wird Ihnen unangenehme Fragen stellen, das verspreche ich Ihnen.«

Clara dachte einen Moment darüber nach. Tatsächlich würde es sie ganz bestimmt nicht weiterbringen, noch länger Löcher in die Nacht zu starren. Im Gegenteil würde es ihr vermutlich guttun, unter Menschen zu kommen – selbst wenn es die verschrobenen Angestellten waren. Und falls Beliar sich entschließen sollte, noch einmal in ihrem Zimmer vorbeizuschauen, war es sicher besser, wenn sie nicht da war.

»Danke, ja«, sagte sie also und stand auf.

Alicjas Lächeln war nun deutlicher zu sehen. »Und Sie sollten sich etwas überziehen«, bemerkte sie. »Es ist frisch geworden. Sie haben doch sicher einen Pullover oder eine Jacke dabei.«

Claras Blick fiel auf ihren Rucksack, der unverändert neben der Tür stand, wo Beliar ihn abgestellt hatte. Und erst jetzt wurde ihr bewusst, dass sie noch immer das beige Kleid trug, das sie am Morgen als das kleinste Übel aus dem Schrank gefischt hatte. Es würde guttun, wieder eigene Sachen zu tragen.

»Stimmt ja. Gute Idee. Ich ziehe mich schnell um.« Eilig fischte sie ein paar Klamotten aus dem Rucksack. Baumwollstrumpfhose, geringelte Stulpen und Shorts. Und ihren Lieblingshoodie mit dem Schwalbenmuster. Als sie kurz darauf Alicja auf den finsteren Flur folgte, fühlte sie sich schon viel besser – und vor allem deutlich mehr wie sie selbst. Und so wagte sie es sogar, eine Frage zu stellen, die ihr schon lange auf der Zunge brannte.

»Sagen Sie mal, was ist das eigentlich immer für ein Getue mit den Vorhängen? Das habe ich mich schon die ganze Zeit gefragt. Ich meine, ehrlich gesagt bin ich mir ziemlich sicher, dass hier ziemlich selten mal jemand vorbeikommt, der die Lichter bemerken könnte – falls Sie überhaupt jemals welche anmachen.«

Alicja warf ihr einen kurzen, eigentümlich scharfen Blick zu. »Es ist sicherer so«, erklärte sie dennoch ruhig. »Für uns alle. Die Herrschaften haben es so angeordnet. Kein Licht auf den Fluren nach Einbruch der Dunkelheit. Und die Vorhänge müssen nach Sonnenuntergang geschlossen bleiben. Alle.«

Clara horchte auf. »Also gab es gar keinen Stromausfall bei dem Sturm?«

Unvermittelt blieb Alicja stehen. Ihr Gesicht im bläulichen Schein der Taschenlampe war sehr ernst. »Doch, den gab es«, sagte sie noch immer sehr ruhig. »Nehmen Sie es mir nicht übel, aber statt wilde Vermutungen und Anschuldigen aufzuwerfen, sollten Sie lieber darüber nachdenken, wie Sie die richtigen Fragen stellen.«

Clara schwieg betroffen. Alicja klang plötzlich so streng, dass in ihrer Stimme kaum Freundlichkeit zurückblieb. »Entschuldigung«, murmelte sie.

Alicja schüttelte den Kopf. »Es gibt nichts zu entschuldigen. Ich sagte Ihnen doch, ich will Ihnen helfen. Ganz offen gestanden … sind eigentlich gar nicht Sie diejenige, auf die ich wütend bin.« Sie schüttelte leicht den Kopf. »Aber lassen wir das. Kommen Sie. Dies ist kein guter Ort bei Dunkelheit.«

Clara spürte, wie die Sicherheit, die sie gerade erst zurückgewonnen geglaubt hatte, wieder schwand. »Was …«, begann sie, aber ihre Stimme klang in der Stille so hohl, dass sie sofort wieder verstummte.

»Gibt es vielleicht einen Schlüssel für meine Tür?«, fragte sie stattdessen. »Vielleicht kann ich dann heute Nacht wenigstens schlafen.«

Alicja sah zu ihr zurück. »Selbstverständlich. Zwei sogar. Einen kann ich Ihnen geben, wenn Sie wollen. Den zweiten haben allerdings die Herrschaften in Verwahrung.«

Claras Schultern sanken herab. »Ach so.« Sie schüttelte den Kopf. »Ich denke, dann brauche ich keinen, danke.«

Alicja lächelte schief. »Machen Sie sich nicht zu viele Gedanken. Ich weiß, die jungen Herren sind unberechenbar, aber sie sind nicht völlig ohne Anstand. Und jetzt kommen Sie, seien Sie heute Abend einmal mein Gast. Sie können ein kräftiges Essen in guter Gesellschaft vertragen – und vor allem im Licht.«

Clara nickte kraftlos, auch wenn sie sich nach allem, was sie bisher mit Beliar erlebt hatte, keineswegs sicher war, ob die Haushälterin ihn richtig einschätzte, was Anstand betraf. »Vermutlich haben Sie recht. Danke sehr.«

Alicja lächelte noch einmal und nickte ihr ermutigend zu. Dann ging sie weiter voran, die Treppen hinunter.

In der Küche war es hell und warm. Es roch nach Suppe und frisch gebackenem Brot, und obwohl Clara immer noch ein bisschen übel war und ihr Magen sich allein bei dem Gedanken an Essen unwillig verknotete, bemerkte sie, wie sie sich ein wenig entspannte. Es war einfach gut, im Hellen zu sein.

Am Tisch in der Mitte des Raumes saßen Heinrich, der Gärtner, und die hagere Köchin Hilde mit dem eisengrauen Haar, deren Gesicht mit den vielen Falten Clara an eine Kraterlandschaft erinnerte. Die beiden hatten ihr Abendessen anscheinend schon beendet, und am Rand des Tisches stapelten sich noch drei weitere benutzte Teller. Clara musste zugeben, dass sie froh war, sich nicht mit der ganzen Belegschaft des Hauses auseinandersetzen zu müssen. Allein der Anblick von Heinrichs und Hildes skeptischen Mienen ließ sie daran zweifeln, dass es eine gute Idee gewesen war, Alicja zu begleiten. Aber zumindest würden die Zwillinge hier nicht zufällig vorbeikommen, wenigstens hoffte sie das. Außerdem vermittelte ihr die Küche ein beruhigendes Gefühl von Bodenständigkeit, und das war sehr angenehm nach dem Auf und Ab der letzten Stunden.

Alicja deutete auf einen der leeren Stühle. »Setzen Sie sich. Ich bringe Ihnen Suppe.«

Folgsam ließ Clara sich gegenüber von Heinrich nieder, der sie unter seinen buschigen Brauen hervor aufmerksam musterte. Aus der Nähe, dachte sie erleichtert, wirkte sein Gesicht wirklich gar nicht so grimmig.

»Na, Frollein.« Er verzog den Mund zu etwas, was wohl ein freundlicher Ausdruck sein sollte. »Du machst ja Sachen.«

Hilde nickte energisch. »Die Herrschaften sind hoffentlich nicht zu grob mit dir umgesprungen«, bemerkte sie mit schnarrender Stimme und furchte missbilligend die Stirn.

»Man sollte meinen, die Burschen wären allmählich alt genug.« Ihre wässrigen Augen funkelten. »Du hast wirklich Hintern in der Hose, Schätzchen. Lässt dich nicht rumschubsen, wie?«

»Hilde.« Alicja stellte einen Teller mit dampfender Suppe vor Clara ab und sah die Köchin vorwurfsvoll an. »Wir wollen uns dieses Thema wenigstens heute Abend verkneifen. Sie hat wirklich genug mitgemacht.«

Clara winkte ab. »Ist schon okay. Das macht mir nichts.« Wenigstens waren der Gärtner und die Köchin direkt und ehrlich. Und sie war froh, dass die beiden sie wenigstens nicht mehr siezten, wie Alicja es tat. Das fühlte sich immer noch irgendwie fremd an.

Hilde schnaufte ein wenig missgünstig und starrte Alicja scharf an. »Zögerlich wie immer«, knurrte sie. »Ich dachte, du hättest sie geholt, damit wir sie aufmuntern.«

Alicja hob die Brauen. »Das habe ich auch. Aber ich meinte damit nicht, dass wir sie noch mehr verunsichern sollten, meine Liebe.«

Heinrich brummte leise. »Nun lasst sie doch wenigstens in Ruhe essen.« Er klang so fürsorglich, dass Clara lächeln musste. Vielleicht war es wirklich gut, jetzt das Thema zu wechseln. Sie hatte einfach keine Kraft mehr für noch mehr Sorgen. Und Hunger hatte sie erstaunlicherweise auch.

»Es ist okay«, versicherte sie noch einmal, griff nach ihrem Löffel und beschloss, selbst ein anderes Thema anzuschneiden. »Übrigens, Heinrich – ich wollte schon die ganze Zeit mal sagen, wie schön der Garten ist. Das muss ganz schön viel Arbeit sein, ihn zu pflegen und dabei trotzdem so wild aussehen zu lassen.«

Als Heinrich diesmal lächelte, sah sie sogar seine großen, gelben Zähne. »Das isses«, bestätigte er. »Verdammt viel Arbeit, sehr richtig.«

Clara erwiderte sein Lächeln. »Und das machst du alles ganz allein?«

»Nu, nu«, Heinrich rieb sich den struppigen Schnauzbart. »N' großen Teil hab ich ja bloß in Form gebracht. Aber es muss ja auch in dieser Form gehalten werden, nicht wahr, ohne dass man es sieht. Was ist mit dir, Frollein, hast du etwa Lust, mir zu helfen?«

»Ich ... oh. Also ...« Clara räusperte sich. Ihr erster Impuls war gewesen, sofort zuzusagen. Aber dann war ihr eingefallen, dass sie ja eigentlich gar nicht hierbleiben wollte. »Ich hab überhaupt keine Ahnung vom Gärtnern, ich glaube, ich wäre keine Hilfe. Ich wollte wirklich nur sagen, wie schön ich den Garten finde. Ehrlich.«

»Es ist auch gut, dass Sie ihm das sagen.« Alicja stellte ein Glas Rotwein vor sich auf den Tisch und setzte sich neben sie. »Auf unser Lob verzichtet er nämlich inzwischen lieber, ganz gleich wie verdient es ist.« Sie zwinkerte Clara zu und trank einen großen Schluck.

Heinrich knurrte. »Was soll ich mit Lob von Leuten, die kaum mal einen Fuß hinter die Johannisbeeren setzen?«

»Beleidigt, wie?«, versetzte Hilde spitz. »Dabei hältst du es doch nicht mal für angebracht, auch nur einen Tag nicht über mein Essen zu nörgeln.«

Alicja lächelte nachsichtig. »Lassen Sie sich nicht von den beiden Streithähnen täuschen«, erklärte sie verschmitzt. »Eigentlich lieben sie sich von Herzen.«

Zu ihrer eigenen Überraschung musste Clara lachen. »Oh, ich finde, das merkt man.«

Heinrich schmunzelte. »Du bist ein charmantes Mädchen.« Er zwinkerte ihr zu.

»Huh, sei besser vorsichtig. Nicht, dass Hilde eifersüchtig wird.« Clara grinste und bemerkte, dass sie sich allmählich richtig wohl in der schummrigen Küche fühlte. Wie kam es bloß, dass so nette Menschen so abgeschieden mit zwei so seltsamen Typen wie den Zwillingen lebten? Aber darüber wollte sie in diesem Augenblick gar nicht weiter nachdenken. Stattdessen blieb sie lieber beim Garten. Dazu hatte sie nämlich längst noch nicht alle Fragen gestellt.

»Aber sag mal, Heinrich – als ich heute mit Beliar im Garten war, da hat er mir einen Ort gezeigt, den er »Das Herz des Gartens« genannt hat. Was sind das für Blumen, die dort wachsen? Ich habe sie sonst nirgends in der Gegend gesehen, aber sie sind wirklich sehr hübsch. Kommen sie nicht von hier?«

Heinrich sah sie überrascht an. »Ach … diese Lichtung meinst du«, brummte er ein wenig undeutlich. Ein paar tiefe Falten hatten sich in seine Stirn gegraben. »Um ehrlich zu sein, ich kenne diese Blumen selbst nicht.« Er kratzte sich verlegen am Kopf. »Sie sind einfach da. Es wächst nichts anderes auf der Wiese, bis auf'n bisschen Gras.« Er tauschte einen Blick mit Alicja, als sei er unsicher, ob er noch mehr sagen sollte.

Alicja nahm einen Schluck aus ihrem Weinglas. Dann sah sie Clara wieder an. »Vielleicht haben Sie schon gehört, dass die Eltern der jungen Herren schon seit langer Zeit nicht mehr bei uns sind.« Sie holte langsam Atem. »Das Herz des Gartens, wie die Herrschaften ihn nennen, war der Lieblingsplatz ihrer Mutter.«

Ein seltsames Stöhnen erklang aus Hildes Richtung, und als Clara den Kopf wandte, erkannte sie überrascht, dass Tränen in den Augen der Köchin glitzerten, ehe sie sie mit einer energischen Handbewegung fortwischte.

»Das … tut mir leid«, murmelte Clara. Mit dieser Erklärung hatte sie nicht gerechnet. Unwillkürlich fragte sie sich, warum Beliar sie wohl so unbedingt dorthin hatte mitnehmen wollen. Bisher hatte sie geglaubt, er sei einfach stolz auf diesen schönen Ort. Jetzt aber bekam der Moment auf der Lichtung mit einem Mal etwas Emotionales, fast Intimes. Und nun verstand Clara auch seine Tränen. Um ein Haar wären ihr selbst Tränen gekommen bei dem Gedanken, wie unendlich traurig und einsam er ausgesehen hatte. Doch dann fiel ihr Keren ein, der sie mit verstörend nüchterner Stimme über den Tod seiner Mutter informierte. Über den Vater wiederum hatte keiner der Zwillinge bisher auch nur ein einziges Wort verloren. War er also auch tot? War *das* die Wahrheit über die Albers-Tragödie? Claras Brust zog sich zusammen vor Mitleid. In dem Licht betrachtet war es wohl kein Wunder, dass die beiden so verquer waren. Aber …

»Warum gehen sie nicht weg von hier?« Die Frage platzte einfach aus ihr heraus. »Warum bleiben sie hier ganz allein? Sie könnten doch wenigstens mal rausgehen!«

Wir sind hier gefangen. Genau wie du.

»Sie können es nicht«, sagte Alicja unerwartet leise. »Kerens Zustand …« Sie unterbrach sich, als Hilde energisch den Kopf schüttelte. »Du hast recht. Das müssen sie ihr selbst erzählen.«

Clara starrte Alicja an. Etwas in ihren Worten berührte sie, wie ein leises Klopfen in ihrem Hinterkopf. Aber sie bekam es nicht zu fassen. Das Gefühl machte sie fast wahnsinnig.

»Aber was ist mit ihrem Vater?«, fragte sie, obwohl sie bereits ahnte, dass sie auch darauf keine Antwort bekommen würde. »Ist er …?«

Endlose Momente lang herrschte Schweigen im Raum. Dann erhob sich Hilde mit einer entschlossenen Bewegung von ihrem Stuhl.

»Ich muss schlafen. Der Tag fängt morgen wieder früh an.« Ihre Stimme klang belegt und dadurch noch harscher als zuvor. Müde rieb sie sich durch das zerfurchte Gesicht. Und auch Heinrich stand ein wenig zu abrupt auf, wobei er Claras Blick auffällig mied.

»Es ist spät«, bekräftigte er. »Morgen Nachmittag wird es wieder Gewitter geben, ich spür's in den Knochen. Da gibt es vorher noch einiges zu tun.«

Verwirrt sah Clara zu Alicja. Die Haushälterin erwiderte stumm ihren Blick, während Heinrich und Hilde rasch den

Tisch abräumten und den Raum verließen. Doch schließlich entschied auch sie sich zu einem Kopfschütteln.

»Sie sollten auch versuchen, zu schlafen«, sagte sie mit leisem Bedauern in der Stimme. »Möchten Sie, dass ich Sie zurück in ihr Zimmer bringe?«

Clara versuchte sich nicht anmerken zu lassen, wie sehr sie der plötzliche Abbruch des Gesprächs aus der Bahn warf. »Nein, schon gut. Ich finde den Weg. Ich habe ja eine Taschenlampe.« Sie klopfte auf ihre Hosentasche.

Alicja nickte. »In Ordnung. Schlafen Sie gut, Fräulein Jensen. Schön, dass Sie bei uns waren.«

Clara seufzte leise und zwang sich zu einem Lächeln. »Clara reicht. Ich hab's nicht so mit diesen Förmlichkeiten, wissen Sie? Jedenfalls ... vielen Dank für die Suppe und das nette Gespräch.«

Nun lächelte auch Alicja, aber auch das sah traurig aus. Dann schenkte sie sich zum wiederholten Mal aus der Weinflasche nach. »Ich danke Ihnen, Clara. Gute Nacht.«

»Gute Nacht.« Mit einem letzten Blick auf die Haushälterin, die nun allein mit ihrem Glas Wein am Tisch saß, schloss Clara die Tür hinter sich.

Auf den Fluren des Dienstbotentrakts war es stockfinster, und der dünne Strahl der Taschenlampe ließ alles, was außerhalb des spärlichen Lichtscheins lag, noch schwärzer erscheinen. Kaum dass Clara die Tür zur Küche hinter sich geschlossen hatte, bereute sie schon, Alicjas Angebot nicht angenommen zu haben. Aber der Weg war doch eigentlich recht einfach gewesen, oder? Nur einmal abbiegen und sonst immer geradeaus. So allein in der Dunkelheit schien die Strecke allerdings plötzlich viel länger zu sein …

Endlich tauchte vor ihr die Holztür mit dem Riegel auf, die in die Eingangshalle führte. Clara atmete erleichtert auf und drückte die Klinke hinunter.

Ein kühler, feuchter Luftzug strich über ihr Gesicht und trug einen süßlichen Duft heran, der Clara vage bekannt vorkam. Sie blieb stehen und ließ den Lichtkegel der Taschenlampe über eine Reihe unebener Steinstufen wandern, die steil nach unten führten und sich in der Finsternis verloren. Eine Kellertreppe! Dann war hier nicht die Eingangshalle – aber wann war sie falsch abgebogen? Claras Herz begann hastig zu schlagen. Da war keine andere Abzweigung gewesen, oder doch? Vielleicht waren sie auf dem Hinweg an einer vorbeigekommen und sie hatte sie einfach übersehen?

Clara festigte ihren Griff um die Lampe. *Alles in Ordnung. Du musst nur zurückgehen und die nächste Abzweigung nehmen.*

Gerade wollte sie die Tür wieder schließen und den Weg zurückgehen, den sie gekommen war – als sie plötzlich glaubte, leise Stimmen zu hören. Clara blieb wieder stehen. Stimmen? Im Keller? Aber wer sollte denn mitten in der Nacht dort unten sitzen? Sie hielt die Luft an und lauschte. Nein, nichts. Die Stimmen, wenn sie denn wirklich da gewesen waren, waren verstummt. Clara schüttelte energisch den Kopf und versuchte, die Panik zu unterdrücken, die in ihr aufstieg. Hastig schloss sie die Tür und kehrte zurück auf den Gang, von dem sie abgebogen war. Sie musste sich schwer beherrschen, nicht kopflos loszurennen – doch dann fand sie zu ihrer grenzenlosen Erleichterung nur wenige Meter weiter eine zweite Abzweigung, durch die sie kurz darauf die Eingangshalle erreichte. Erst jetzt fiel ihr auf, dass sich in ihrem Nacken kalter Schweiß gebildet hatte. Clara lachte leise über sich selbst und bemerkte beunruhigt, dass es ein wenig hysterisch klang. Wenn sie so weitermachte, wurde sie bald noch genauso merkwürdig wie die anderen Menschen in diesem Haus.

So schnell sie es in der Dunkelheit wagte, lief sie die Treppen hinauf in den ersten Stock und in ihr Zimmer, schlüpfte aus ihren Kleidern und kroch unter die Bettdecke. Dort war es still bis auf das Geräusch von Claras Atem und dem Rascheln der Daunen. Keine Stimmen. Kein süßlicher Duft. Vielleicht gab es nicht mal die Tür, und wenn, dann war es bloß eine ganz gewöhnliche Kellertür.

Doch während Clara noch, fest in das warme Bett gekuschelt, allmählich zur Ruhe kam, fiel ihr plötzlich ein, woher ihr der Geruch, der aus dem Treppenschacht gestiegen war, so vertraut vorgekommen war:

Es war der Duft der Blumen, die im Herz des Gartens wuchsen.

Kapitel 9

Ein neues Team

Der nächste Morgen begann unter einem bleigrauen Himmel. Clara wachte auf, weil ein Windzug über ihren verschwitzen Arm strich, der unter der Decke hervor über die Bettkante hing. Sie öffnete die Augen und blinzelte ins trübe Licht, das durch das noch immer weit geöffnete Fenster hereinfiel. Sie hatte unruhig geschlafen, Träume gehabt, von denen sie nichts behalten hatte, außer dass sie ziemlich wirr waren und Treppenschächte voller Blüten darin vorkamen. So wirr, dass sie sich nicht einmal mehr sicher war, ob sie am Abend zuvor wirklich dort gestanden hatte, oder ob sie vielleicht einfach auf dem Bett eingeschlafen war, nachdem Beliar das Zimmer verlassen hatte. Selbst das Gespräch mit Alicja, Heinrich und Hilde in der Küche konnte genauso gut ein ziemlich realistischer Traum gewesen sein.

Immerhin, dachte Clara, war die Wahrheit in diesem Fall leicht herauszufinden. Eine leise Erinnerung an das Schaudern, das sie gespürt hatte, als sie vor der steilen Treppe stand, rann über ihren Nacken. Aber jetzt, bei Tageslicht, schien ihr diese Angst ziemlich lächerlich. Selbst wenn es diese Tür wirklich gab, war dort unten vermutlich nichts Aufregenderes als ein Vorratskeller. Bestenfalls lagerte dort der Wein und der Schnaps, den Alicja sich ständig hinter die Binde kippte. Clara würde nachsehen und die Sache abhaken.

Und dann vielleicht doch nach dem Schlüssel in der Vase suchen …? Clara warf einen Blick zum Fenster. Ihr Kopf fühlte sich an diesem Morgen sehr viel klarer an als am Abend zuvor, und auch ihr Magen rebellierte nicht mehr, sodass sie sich zutraute, eine logische Entscheidung zu treffen. So betrachtet, hatte sie ja nur zwei Möglichkeiten: Entweder sie blieb noch ein bisschen hier und versuchte entgegen aller Vernunft, mehr über die Zwillinge und das Geheimnis um die Albers-Tragödie herauszubekommen. Oder aber sie ließ die Zwillinge Zwillinge sein und ging endlich nach Hause. Clara dachte an den Vortag zurück, dachte daran, wie Beliar sie in seiner Verzweiflung fast überrannt hatte. Wieder wurde ihr schlecht, während gleichzeitig ein heißes Prickeln über ihren Rücken rann. Nein, sie konnte hier nicht bleiben. Sie musste weg, Geheimnisse hin oder her. Aber ob sie ihn noch mal sehen würde …?

Egal. Sie musste los, ehe das nächste Gewitter kam, wie Heinrich prophezeit hatte. Zumal sie sich ja immer noch nicht bei Mina oder ihren Eltern hatte melden können. Drei Nächte war sie jetzt weg, heute war schon Montag. Wahrscheinlich durchkämmten sie inzwischen den gesamten mittleren Schwarzwald nach ihr. Sie musste so schnell wie möglich nach Hause.

Nur die Tür, die würde sie vorher noch suchen. Die Frage, ob es sie wirklich gab oder nicht, würde sie sonst vermutlich ihr Leben lang verfolgen.

Schnell zog Clara sich ihr T-Shirt über den Kopf, stieg in ihre Hose und stopfte Hoodie und Stulpen zurück in den Rucksack. Von der Kühle der Nacht war jetzt nichts mehr zu spüren. Schwüle Luft drang mit einem schwerfälligen Wind ins Zimmer und die Klamotten klebten ihr schon Sekunden später verschwitzt auf der Haut. *Heinrich hatte recht. Schon wieder ein Gewitter.*

Draußen auf dem Flur waren die Vorhänge bereits geöffnet. Wirklich hell war es trotzdem nicht. Im Haus war alles still. Clara bemühte sich, in ihren Wanderstiefeln leise aufzutreten, ohne dass es ihr wirklich gelang. Aber vermutlich waren die Bediensteten ohnehin schon lange wach. Und wenigstens von Alicja wollte sie sich noch verabschieden. Sobald sie sich davon überzeugt hatte, dass es diese Tür gab.

Schon am Eingang zum Dienstbotentrakt hörte Clara das Klappern von Töpfen und Geschirr und roch den Duft von frisch aufgebrühtem Kaffee. Alle wach, wie sie vermutet hatte. Sie gab es endgültig auf, leise sein zu wollen, ließ den schweren Rucksack vom Rücken rutschen und kramte die Kamera hervor. Dann ging sie den Weg entlang, auf dem sie in der Nacht zuvor Alicja gefolgt war. Bei Tageslicht kam er ihr wieder deutlich kürzer vor. Und tatsächlich fiel ihr nur wenige Schritte, nachdem sie auf den Hauptgang zur Küche abgebogen war, ein schmaler Gang auf. Er hatte keine Fenster und lag im Schatten. Doch an seinem Ende erkannte Clara eindeutig die Tür, vor der sie gestern Nacht gestanden hatte. Ein kleiner Spalt stand offen. Dahinter war es schwarz.

Unschlüssig blieb Clara stehen. Also gab es die Tür wirklich. Aber hatte sie sie auch geöffnet? Hatte sie die Stimmen gehört und den Duft der Blumen von der Lichtung gerochen? Aus einem Kellerschacht? Clara schüttelte den Kopf. Das war nun wirklich Unsinn. Sie hob die Kamera und stellte den Fokus auf die Tür scharf. Das Licht war denkbar ungünstig, aber es sollte ja auch kein gutes Foto werden, nur ein Beweis …

»Willst du jetzt wirklich gehen?« Die weiche Stimme traf sie so unerwartet, dass ihr beinahe die Kamera aus der Hand gefallen wäre. Clara fuhr erschrocken herum. Eisblaue Augen musterten sie aufmerksam. So aufmerksam, dass es fast lauernd wirkte.

Clara atmete tief durch. »Keren. Hast du mich erschreckt.« Noch ein tiefer Atemzug, und die Enge auf der Brust ließ etwas nach. So unauffällig wie möglich ließ Clara die Kamera hinter dem Rücken verschwinden, obwohl das natürlich albern war, schließlich hatten die Zwillinge ihr ausdrücklich erlaubt, im Haus zu fotografieren. »Ich wollte zu Alicja.«

Keren lächelte schief – klar, er stand ja direkt neben ihrem gepackten Rucksack. Aber er sagte nichts. Der stille Zwilling sah heute überhaupt ziemlich übel aus, dachte Clara auf den zweiten Blick verwundert. War er krank? Seine Haut wirkte fahl, fast gelblich, und seine Augen waren gerötet, als hätte er nicht genug Schlaf bekommen.

»Beliar hat dir gesagt, wo der Schlüssel ist. Hab ich recht?« Täuschte sich Clara oder huschte sein Blick zu der leicht geöffneten Tür hinüber?

Clara biss sich nervös auf die Unterlippe. Es war irgendwie beklemmend, mit Keren allein zu sein. Auf eine ganz und gar andere Art als mit seinem Bruder. »Wo ist denn Beliar?«

Keren strich sich die Haare aus der Stirn. Die Bewegung wirkte ungewohnt fahrig. »Er schläft noch. Die letzte Nacht hat er kaum Ruhe gefunden.« Erneut richteten sich seine eindringlichen Augen auf Clara. »Clara, kann ich kurz mit dir reden?«

Clara runzelte die Stirn. »Wenn's nicht zu lange dauert?«

Keren lachte leise. »Keine Angst. Ich halte dich nicht lange auf.«

Clara ging rasch im Kopf durch, was ihre Optionen waren. Keren wusste offenbar schon von ihrem letzten Gespräch mit Beliar. Sich heimlich davonzustehlen, kam also sowieso nicht mehr infrage. Und anders als bei Beliar hatte sie bei Keren wenigstens nicht die Befürchtung, dass er sie im nächsten Augenblick unerwartet an sich reißen könnte. Im Gegenteil. So vertraut Keren auch mit seinem Bruder umging, zu ihr hielt er immer einen gewissen Abstand. Tatsächlich, wurde Clara bewusst, hatten sie sich noch nie berührt, seit sie ins Haus gekommen war, nicht mal zufällig. Als ob es ihm unangenehm wäre, ihr zu nahe zu sein ... Aber war das nun beruhigend oder machte es die Sache sogar noch beklemmender?

Zögernd nickte sie. »Ja. Sicher. Kein Problem.«

Keren lächelte. »Dann komm. Setzen wir uns irgendwohin, wo es gemütlicher ist.« Er ging voran, den Gang zurück in die Eingangshalle, und führte sie zu einer Tür, die sich halb im Schatten unter der Treppe verbarg. Dahinter befand sich ein kleiner Raum, dessen hohe Wände fast vollständig mit Bücherregalen bedeckt waren. Auf dem Boden lag dicker Teppich und vor einem erloschenen Kamin in der Ecke standen zwei große Sessel. Keren wies auf den einen und ließ sich selbst in den zweiten sinken. Dann lehnte er sich aufatmend zurück und streckte die Beine aus, während er beobachtete, wie Clara auf der Kante des Polsters Platz nahm.

Eine ganze Weile war es still im Raum.

»Also«, sagte Clara schließlich. Das Schweigen wurde ihr allmählich unangenehm. »Worüber wolltest du mit mir reden?«

Keren ließ sich Zeit mit der Antwort. Seine hellen Augen waren unablässig auf Claras Gesicht gerichtet, als versuche er, direkt in ihren Kopf hineinzusehen.

»Nun ja«, begann er endlich. »Um ehrlich zu sein, möchte ich dich um etwas bitten. Nicht für mich. Sondern für Beliar. Er … wie soll ich sagen … Es tut ihm wirklich leid, wie er sich dir gegenüber verhalten hat.«

Clara verschränkte die Arme vor der Brust. »Ja, das hat er schon gesagt. Ziemlich oft sogar.« Allein der Klang von

Beliars Namen bewirkte, dass die Anspannung in ihr fast ins Unerträgliche wuchs. »Also wenn du mich zum Bleiben überreden willst …«

Keren hob abwehrend die Hände. »Oh nein, das wollte ich damit nicht sagen. Im Gegenteil. Dazu habe ich auch gar kein Recht. Es ist nur – ich möchte dir wenigstens erklären, dass es nicht seine Schuld ist, sondern meine. Vielleicht habe ich mich eben falsch ausgedrückt. Ich wollte sagen, er *leidet* darunter, wenn er so ist, wie er es zu dir war. Weißt du, er erträgt die Abgeschiedenheit nicht gut, in der wir hier leben. Deshalb ist er, wie er ist. Deshalb überwältigt es ihn so, wenn sich tatsächlich mal jemand zu uns verirrt. Und, na ja … genau betrachtet bin ich schuld daran, dass es so gekommen ist. Gäbe es mich nicht, wäre Beliar längst nicht mehr hier. Das kannst du mir glauben.«

Kerens Stimme war leise geworden. In seinem Blick glaubte Clara ein seltsames Bedauern zu erkennen, aber sie konnte es nicht eindeutig fassen. Etwas kribbelte in ihrer Brust. »Was meinst du damit?«

Keren verschränkte die schmalen Finger ineinander, eine Geste, die vermutlich gelassen wirken sollte. Aber Clara hatte das Zittern gesehen. Auch sein Gesicht war angespannt und noch blasser als zuvor, als sei ihm übel. Schließlich schüttelte er den Kopf. »Ich kann dieses Haus nicht verlassen«, erklärte er mit einer Nüchternheit, die zugleich so verletzlich klang, dass es Clara fast erschreckte. »Selbst wenn ich es wollte, es wäre unmöglich. Aber Beliar bleibt nur meinetwegen, verstehst du? Seit fast zehn Jahren hängt er wegen mir hier fest, und ich fürchte … er hält das nicht mehr lange durch. Er zerbricht mir.« Die letzten Worte kamen nur noch als tonloses Flüstern über Kerens Lippen. Clara starrte ihn fassungslos an. Kein Zweifel – das, was sie auf Kerens Gesicht sah und in seiner Stimme hörte, waren ehrliche, echte Schuldgefühle.

Wir sind hier gefangen. Genau wie du.

Jedes Mal, wenn ihr diese Worte in den Sinn kamen, schienen sie etwas anderes zu bedeuten. »Aber warum …«, setzte sie an. Doch Keren schüttelte energisch den Kopf, ehe sie den Satz beenden konnte.

»Das Warum spielt keine Rolle.« Etwas blitzte für einen Moment in seinen Augen auf. »Die Dinge sind, wie sie sind.«

Die Härchen in Claras Nacken stellten sich auf. Die bissige Erwiderung lag ihr schon auf der Zunge, doch Kerens Gesichtsausdruck hielt sie sehr wirkungsvoll davon ab, sie auch auszusprechen. War das eine Drohung? Oder vielmehr … eine Warnung davor, ihre Nase zu tief in diese Angelegenheiten hineinzustecken? Aber dann brauchte er auch nicht zu kommen und was-auch-immer von ihr zu wollen, oder?!

Für einen Moment schloss Keren die Augen, als müsse er sich konzentrieren. Dann sah er Clara wieder an, mit einem Blick, der so direkt war, dass er ihr durch Mark und Bein ging. Fort war die höfliche Maske, die er sonst trug, fort die sanfte Nachsicht, mit der er seinen Bruder behandelte. In den stechend blauen Augen sah Clara nichts als den unbedingten Wunsch, sie zu überzeugen.

»Siehst du, Clara, ich suche jetzt schon sehr lange nach

einer Möglichkeit, diesen Teufelskreis zu durchbrechen, in dem wir hier stecken. Ich kann nicht leben ohne Beliar und er nicht ohne mich, weil wir nur einander haben – das Problem daran ist, *mit* mir lebt er auch nicht wirklich. Ich sehe, wie ihn die Einsamkeit krank macht, wie er immer weniger wird.« Er stockte und sein Blick ging für einen Moment ins Leere. »Ich war nun viele Jahre selbstsüchtig genug, ihn trotzdem bei mir zu halten und alle loszuwerden, die ihn irgendwie hätten umstimmen können. Du erinnerst dich doch an das Spiel, von dem wir gesprochen haben? Du wolltest unbedingt wissen, was es damit auf sich hat. Also gut, ich verrate es dir jetzt.« Keren neigte sich ein Stück vor und starrte Clara eindringlich in die Augen, sodass sie gar nicht anders konnte, als gebannt zu lauschen. »Wann immer jemand auf uns und unser Haus stößt, tun wir alles, um diesen Menschen dazu zu bringen, sich in Beliar zu verlieben. Weil die Nähe eines anderen Menschen, und wenn sie noch so manipuliert und verzerrt ist, das Einzige ist, was ihn an diesem elenden Ort irgendwie aufrecht hält. Er brauchte sie, all die Claras vor dir, um zu überleben oder zumindest halbwegs bei Verstand zu bleiben. Und wer weiß … hätte es je eine von ihnen auch in sein Herz geschafft, vielleicht wäre er mit ihr gegangen. Aber ich habe das nie zugelassen. Ich konnte …« Keren atmete tief ein, als würde ihn das Sprechen unglaublich anstrengen. »Ich konnte mich einfach nicht von ihm trennen. Die Vorstellung, ihn gehen zu lassen, war … *ist* … unerträglich. Aber jetzt – jetzt, wo es vielleicht schon zu spät ist – habe ich meine Meinung geändert. Ihn weiter leiden zu sehen, ist noch viel unerträglicher. Darum will ich, dass er frei ist. Und das ist mein voller Ernst.« Keren presste für einen Moment die Lippen aufeinander. »Es ist nur so, dass er freiwillig nicht gehen wird. Das würde er mir niemals antun. Und deshalb habe ich gehofft, du könntest mir helfen. Ich weiß, dass das viel verlangt ist«, fügte er rasch hinzu, als Clara den Mund öffnete. »Und ich kann dich zu nichts zwingen – ich kann es wirklich nicht, sonst würde ich es vielleicht tatsächlich tun.« Er verzog selbstironisch den Mund. »Aber du bist meine letzte Hoffnung, Clara.«

Clara hatte das Gefühl, als hätte er ihr mit einem Brett auf den Kopf geschlagen. Schier endlose Sekunden saß sie einfach nur da und versuchte zu begreifen, was sie da gerade gehört hatte. *Das* war das Spiel? Das war … Sie fand keine Worte.

»Ehrlich gesagt«, brachte sie irgendwann hervor, »ich habe absolut keine Ahnung, was du von mir willst.«

Keren lächelte schief. »Um ehrlich zu sein, weiß ich es selbst nicht genau«, sagte er in eigentümlich weichem Ton. »Ich weiß nur, dass du für Beliar etwas Besonderes bist. Aber das hast du vielleicht selbst schon gemerkt.«

Etwas Besonderes. Claras Fingerspitzen kribbelten bei diesen Worten. Na klar, sie hatte immer besonders sein wollen, wer wollte das nicht? Aber so wie Keren es sagte, fühlte es sich eher bedrohlich an als schmeichelhaft.

»Offen gesagt, hoffe ich darauf, dass du ihn irgendwie dazu bringen kannst, die Villa zu verlassen«, fuhr Keren fort. »Weiter habe ich selbst noch nicht gedacht. Und wie gesagt, ich kann dich zu nichts zwingen. Aber wenn du irgendwie kannst, dann bitte ich dich – von ganzem Herzen: Rette meinen Bruder, Clara. Befreie ihn endlich von mir. Er hat es verdient.«

Clara spürte, wie ihr der Kopf schwamm. Der Klang von Kerens Stimme war so intensiv, dass sie am liebsten irgendetwas gegen die Wand geworfen hätte, nur um die Spannung aufzulösen, die in der Luft zwischen ihnen knisterte. Sie ballte die Hände zu hilflosen Fäusten und zwang sich, Keren wieder anzusehen. »Sag mir einen guten Grund, warum ich das tun sollte. Wenigstens einen. Warum sollte ich nicht einfach nach Hause gehen?«

Was ich so langsam wirklich, wirklich tun sollte. Wieder tauchte das Bild ihrer Eltern und Freunde vor ihrem inneren Auge auf, wie sie mit einem Suchtrupp durch den Wald streiften und verzweifelt nach ihr suchten.

Kerens Gesicht verfinsterte sich. Er schwieg eine Weile. »Ja. Warum solltest du? Du hast recht«, gab er schließlich leise zu. »Ich weiß es nicht. Aber vielleicht kannst du mir dann die Gegenfrage beantworten: Wenn dir überhaupt nichts an Beliar liegt, warum bist du dann nicht schon gestern abgehauen? Warum bist du noch hier?«

Clara schluckte. Darauf hatte sie keine Antwort. Vor allem, weil etwas tief in ihr sich einfach weigern wollte zu glauben, dass, was auch immer da in ihr war – wenn es dort war, und sie fürchtete tatsächlich, *dass* da etwas war, was sie für Beliar empfand – von diesem abgedrehten Spiel dorthin manipuliert worden sein sollte.

»Bitte, Clara. Versuch es wenigstens. Rede mit ihm. Lern ihn kennen. Und wenn du ihn hier rausgebracht hast, kannst du sofort jeden Kontakt abbrechen, das ist mir egal, wirklich. Er wird dann schon zurechtkommen. Mit dir oder ohne dich.« Ein fast unsichtbares Lächeln hatte sich in Kerens Stimme geschlichen. Ein hoffnungsvolles Lächeln. »Natürlich kannst du auch vorher jederzeit verschwinden, wenn du dich dazu entschließt. Die Türen sind offen. Und du weißt, wo der Schlüssel zum Gartentor liegt. Ich werde ihn nicht aus der Vase nehmen.« Das Lächeln war nun deutlicher zu sehen, und noch vor wenigen Minuten wäre es Clara vermutlich recht sympathisch erschienen. Vor wenigen Minuten, bevor sie von diesem Spiel erfahren hatte. Nun musste sie das alles infrage stellen. Sie fühlte sich plötzlich seltsam leicht, abwesend fast, als wäre das gar nicht mehr sie, die dort im Sessel am Kamin saß. Was zur Hölle sollte das nur mit diesem Spiel? Und hatte sie gerade schon wieder eine Runde verloren?

So wie gestern, gegen Beliar? Und vorgestern?

Keren nickte, als hätte er ihre Gedanken gehört. »Jetzt verstehst du langsam, nicht wahr? Und ich will dich nicht anlügen, ganz ungefährlich ist es nicht.« Er unterbrach sich, als fürchte er, gerade doch zu viel zu sagen. Sein Blick huschte kurz zur Tür. Dann fuhr er fort. »Selbst wenn ich nichts mehr tue, um deine Gefühle für meinen Bruder zu beeinflussen – und das werde ich nicht, ich verspreche es –, wird er dich vermutlich gewinnen. Er gewinnt jeden, früher oder später, Frau oder Mann, völlig egal. Das ist so eine Art …

Gabe, die er hat. Du hast es bestimmt schon selbst gemerkt. Aber nur wenn du *ihn* gewinnen kannst, gewinnst du auch das Spiel. Wenn du verlierst …« Er hob die Schultern.

Claras Mund war so trocken, dass ihr die Zunge am Gaumen klebte. »Was?«, krächzte sie. »Was passiert, wenn ich verliere?«

»Dann bricht er dir das Herz und schmeißt dich weg«, erklärte Keren, und nun klang seine Stimme wieder so nüchtern, wie Clara es von ihm kannte. Als sei es am Ende doch eigentlich gar kein so großes Ding. Nur dass Clara jetzt wusste, dass das nicht stimmte. Die Worte hingen in der knisternden Stille zwischen ihnen und Clara fiel keine Antwort darauf ein.

Langsam streckte Keren die Hand aus. Zögernd, als kostete es ihn große Überwindung. »Soll ich dir helfen, Clara? Willst du das Spiel mit mir zusammen spielen? Ich denke, deine Chancen stehen ganz gut, wenn du tust, was ich dir sage.« Sein Blick, obwohl noch immer lächelnd, schien Clara zu durchbohren. »Spiel mit mir. Gegen Beliar. Gewinne ihn. Und rette ihn vor mir.«

Clara starrte auf seine Hand. Vage wunderte sie sich, wie ausgezehrt seine Finger an diesem Tag wirkten, die Haut so bleich, dass sie fast durchscheinend wirkte. Schnell hob sie den Kopf und sah Keren wieder ins Gesicht, das auch nicht viel besser aussah, aber wenigstens ein bisschen.

»Ich habe eine Bedingung.« Sie setzte sich so gerade hin, wie sie konnte, um sich wenigstens nicht ganz so klein zu fühlen.

Keren hob überrascht die Brauen. »Eine Bedingung?«

Clara nickte entschlossen. »Ich will eine Nachricht an meine Familie schicken. Damit sie wissen, dass es mir gut geht.«

Keren musterte sie etliche Sekunden lang mit eindringlichem Blick, als müsse er sich die Antwort sehr gut überlegen. Dann aber nickte er und hob die Schultern. »Sicher. Kein Problem.« Er griff in die Hosentasche und zog einen Schlüssel hervor. »Im Obergeschoss steht ein Rechner mit Internetanschluss. Letzte Tür rechts. Schreib eine Mail, wenn du willst.« Er verengte leicht die Augen. »Zum Mittagessen will ich ihn wiederhaben.«

Clara starrte auf den Schlüssel in ihrer Hand und hätte fast gelacht. Nicht aus Freude. Sondern weil das alles so unglaublich war. Es gab hier *Internet*? In ihrem Kopf überschlug sich plötzlich alles. Dann konnte sie … sie konnte …

»Erwarte nicht zu viel.« Ein spöttisches Lächeln hatte sich in Kerens nüchternen Ton gemischt. »Die Kiste ist aus dem letzten Jahrhundert. So wie alles hier. Für viel mehr als eine Mail wird's nicht reichen.« Er streckte erneut die Hand aus. »Also, was ist? Bist du dabei?« Er klang jetzt ein wenig ungeduldig.

Clara sah noch einmal auf den Schlüssel in ihrer Hand und dann wieder zu Keren. »Ja«, sagte sie leise und hätte schon wieder fast gelacht, »vor dir muss man wirklich gerettet werden.«

Und noch bevor sie recht wusste, was sie tat, packte sie seine Hand mit festem Druck. Ob sie dieses Spiel spielen wollte? Nein, ganz bestimmt nicht. Aber ja, verdammt. Sie wollte Beliar retten. Sie wollte es mehr, als sie sich selbst je eingestanden hätte. Und wenn es nur für dieses traurige Lächeln dort auf der Lichtung im Garten war, so entsetzlich einsam, dass sie es nie mehr würde vergessen können.

Keren zuckte zusammen, als ihre Haut seine berührte, und verzog das Gesicht, als hätte er Schmerzen. Aber er ließ nicht los, sondern erwiderte den Druck. Warm, trocken und irgendwie ... zerbrechlich.

Dann hob er seinen linken Mundwinkel zu einem verzerrten, halben Grinsen, so flüchtig, dass Clara im nächsten Moment nicht mehr hätte sagen können, ob es wirklich da gewesen war. »Also ist es abgemacht.« Er zog die Hand zurück, ein bisschen zu schnell, um gelassen zu wirken, und stand auf. »Dann habe ich nur noch eine Bitte. Beliar darf nichts von dieser Unterhaltung erfahren. Nicht ein Wort, auch nicht, dass ich dir den Schlüssel gegeben habe, nichts. *Niemand* darf etwas erfahren. Versprichst du mir das? Er würde sich sonst einfach von dir abwenden, und dann war alles umsonst.«

Clara nickte beklommen. Das klang immerhin logisch.

»Ich danke dir.« Kerens Lächeln sah nun regelrecht gelöst aus ... oder war das ... *Vorfreude?* »Nun denn, ich bin gespannt, wie sich das Spiel so spielt – mit einer neuen Partnerin.«

Clara holte etwas angestrengt Luft. Auf was, oder besser: Auf *wen* hatte sie sich da nur eingelassen?

»Aber was soll ich denn eigentlich tun?«, fragte sie und

war froh, dass sie zumindest gefasst klang, wenn sie sich schon nicht so fühlte. »Wie soll ich ihn überzeugen? Hast du schon einen Plan?«

Keren sah sie aufmerksam an. »Zumindest eine ungefähre Idee. Aber keine Angst, ich werde dir genau sagen, was du tun sollst, wenn es so weit ist. Du musst nur folgen. Einverstanden?«

Clara zögerte. Das wiederum klang ganz und gar nicht so, als ob sie und Keren ein gutes Team abgeben würden. Allein der Gedanke, dass er offenbar vorhatte, sie wie eine Marionette zu dirigieren, ließ ihr flau im Magen werden. Das war mal so gar nicht ihr Ding. Aber sie würde das jetzt durchziehen. Wenn sie jetzt ging, das wusste sie, würde sie ihr Leben lang über diese beiden Jungs nachdenken. Und darüber, ob sie ihnen nicht vielleicht hätte helfen können, wenn sie nicht zu feige gewesen wäre.

Langsam nickte sie. »Einverstanden.«

Keren lächelte. »Fantastisch. Als Erstes solltest du allerdings ein bisschen zur Ruhe kommen. Du siehst ziemlich blass aus.«

Clara schnaubte. »Das sagt der Richtige.«

Ein langer Blick traf sie. Kerens Augen, heute ungewöhnlich tief umschattet, waren schmal, regelrecht prüfend. Dann aber schüttelte er den Kopf und grinste schief. »Du hast recht. Ich schätze, ich suche nur nach einem Vorwand, mich selbst wieder hinlegen zu dürfen. Also dann. Ich sehe dich später – in deinem Zimmer, oder?«

Clara warf einen Blick zu ihrem reisefertig gepackten

Rucksack und spürte den Druck des Schlüssels in ihrer Hand. Hatte sie sich gerade wirklich selbst die Tür vor der Nase zugeschlagen? Tonlos ließ sie die Luft entweichen. »Okay«, murmelte sie.

Keren lächelte. »Das freut mich, Clara. Wirklich. Also, ich zähle auf dich. Bis später.«

Auf leisen Sohlen verließ er den Raum und ließ Clara allein zurück.

Clara kauerte sich im Sessel zusammen und starrte in die kalte Asche im Kamin. Was tat sie da nur? Warum hatte sie zugestimmt? Sie sollte Beliar überzeugen – mit ihr die Villa zu verlassen? Um dieses abgefahrene Spiel zu gewinnen, aus dem sie möglicherweise selbst mit gebrochenem Herzen hervorgehen würde? Clara rieb sich hilflos über das Gesicht. Beliars trauriges Lächeln kam ihr wieder in den Sinn, und sie hatte keine Ahnung, was sie noch fühlen sollte. Sie wollte es und wollte es nicht, schwankte zwischen Angst und Aufregung.

Reiß dich zusammen, Clara. Du musst jetzt den Durchblick behalten.

Aber sie konnte es nicht.

* * *

Keren trat durch die Tür in den Garten hinaus und atmete tief die frische Luft ein. Der graue Himmel hing tief über den Bäumen. Der schwüle Wind war stärker geworden und fuhr ihm durchs Haar und über das Gesicht. In der Ferne rumpelte der erste Donner. Keren setzte sich auf einen der leeren

Stühle auf der Terrasse und lehnte den Kopf gegen das harte Metall des Rahmens. Britta hatte heute noch keine Sitzpolster nach draußen gebracht. Aber Keren war das ganz recht so. Der unbequeme Stuhl und das farblose Wetter passten besser zu seiner Stimmung. Er hätte nach Beliar sehen müssen, dachte er. Aber er wusste auch so, dass sein Bruder immer noch im Spiegelzimmer in der Dunkelheit schlief.

Keren ließ die Fingernägel seiner rechten Hand immer wieder über die Armlehnen des Stuhls gleiten und lauschte auf das grelle Knirschen und Kratzen, das sich unangenehm durch seinen Gehörgang bis tief in sein Hirn fraß. Das spröde Horn seiner Krallen splitterte und brach, aber er fühlte den Schmerz nicht, und die Risse blieben verborgen unter der Illusion glatter, perfekt geformter Nägel. Nur die weißen Striemen auf dem dunklen Metall zeugten von der Kraft, die er einsetzte – und das Blut, das plötzlich aus dem Nagelbett seines Ringfingers sickerte. Dunkelrotes Blut auf weißer Haut.

Keren schloss die Faust und zwang sich, sie in den Schoß zu legen, hielt sie mit der anderen Hand fest, um sich davon abzuhalten, sich selbst noch mehr Schmerzen zuzufügen. Der Rat, den er Clara gegeben hatte, war, wie sie so schnell erraten hatte, mehr für ihn selbst bestimmt gewesen. Zur Ruhe kommen. Er brauchte Ruhe. Er musste sich sammeln, ehe er Beliar wieder gegenübertrat. Sein Bruder würde spüren, dass er litt. Er durfte nur nicht merken, wie sehr. Diesmal, dachte Keren, durfte er nicht nachgeben. Clara konnte es schaffen, wenn er selbst nicht wieder schwach wurde.

Er wollte nicht sterben.

Aber noch viel weniger wollte er Beliar sterben sehen.

Der Gedanke trieb ihn auf die Füße. An Ruhe war nicht zu denken. Keren grub die Nägel tief in seine Handfläche, roch das Blut, fühlte die Wunde, die nicht zu sehen war. Besser. Schmerz war besser als die Schwäche, die durch seinen Körper sickerte. Seine Wangen glühten wie im Fieber. Taumelnd machte er ein paar Schritte vorwärts, auf den wilden Garten zu. Der Wind trug den süßen Duft der Blumen aus dem Wald heran, und er bildete sich sogar ein, das Plätschern und Glucksen der Quelle zu hören, die in der Laube entsprang. Das Wasser würde ihm helfen, das wusste er. Aber er würde es nicht bis dorthin schaffen.

Keren sank auf die Knie und presste die Hände ins Gras. Erste vereinzelte Regentropfen fielen aus den düsteren Wolken über ihm. Aber Keren bemerkte sie nicht. Er nahm nicht einmal wahr, dass er schon eine Weile der Länge nach ausgestreckt auf der Erde lag, die Wange gegen den Boden gedrückt, während der Regen immer stärker wurde und ihn bis auf die Haut durchnässte.

Clara konnte es schaffen, dachte er immer wieder. Und dann wären er und Beliar endlich erlöst. Keren schloss die Augen. Er hätte sich bewegen sollen, aber er konnte nicht. Da war nichts mehr in ihm, kein Triumph, keine Befriedigung darüber, dass er Clara einen weiteren Schritt auf seinem Weg vorangetrieben hatte. Diesmal musste es ein Ende haben. Für immer.

Lange blieb er liegen, während er darauf wartete, dass die

Kälte, die unerbittlich in seine Glieder kroch, die Leere betäubte. Dann erst rappelte er sich mühsam auf. Er konnte hier nicht bleiben. Beliar durfte ihn so nicht sehen.

Schwerfällig wandte Keren sich um und kehrte langsam ins Haus zurück.

Nicht mehr lange, dachte er und spürte, wie der Gedanke einen Riss mit fransigen, wunden Rändern in seiner Brust hinterließ. *Bald ist alles vorbei.*

Die Trennung hat bereits begonnen.

Auf der Treppe, die in den zweiten Stock hinaufführte, traf er auf Alicja. Sie war auf ihrer täglichen Runde durch das Haus, wie jeden Tag um diese Uhrzeit, kontrollierte die Arbeit des Dienstmädchens und legte hier und da selbst Hand an. Ihr im zweiten Stock zu begegnen, war keine Überraschung. Trotzdem wünschte sich Keren im gleichen Moment, als ihr vorwurfsvoller Blick ihn traf, dass er sich in Luft hätte auflösen können.

»Keren.« Alicja schüttelte leicht den Kopf. »Was ist denn nur mit Ihnen geschehen?«

Keren musste sich zwingen, ihrem Blick nicht auszuweichen. »Mir war nach einem Spaziergang«, erwiderte er und wusste, dass es genau nach der schlechten Ausrede klang, die es war. »Der Regen hat mich überrascht.«

Alicja musterte ihn aufmerksam. Dann sah sie zum Fenster, das gesprenkelt war mit Wassertropfen. Dahinter war der Himmel inzwischen fast schwarz. Der Wind hatte an Stärke noch zugenommen und zerrte an den düsteren

Kronen der Bäume. »Dann haben Sie Glück, dass Ihnen nichts passiert ist. Der Sturm ist nah.« Mit ruhiger Entschlossenheit griff Alicja an ihm vorbei und zog die Vorhänge hinter ihm zu. Das Licht im Flur schwand. »Sie sehen furchtbar aus. Ich werde Britta schicken, dass sie Ihnen ein heißes Bad einlässt.«

Keren nickte folgsam. Ein heißes Bad, das war vernünftig. Auch wenn es gegen das eigentliche Problem nichts helfen würde. Und Alicja wusste das.

»Können Sie … nach Clara sehen?« Es fiel ihm schwer, zu sprechen, weil seine Zähne inzwischen heftig klappern wollten. »Sie ist im Kaminzimmer.«

Alicja hob überrascht die Brauen. Dann aber verengte sie prüfend die Augen. »Sind Sie sicher, dass Sie das nicht bereuen werden?«

Keren kniff die Lippen zusammen, um sein Zittern in den Griff zu bekommen. »Tun Sie einfach, was ich sage«, brachte er hervor.

Alicja senkte den Kopf. Aber Keren hatte die Kummerfalten in ihren Mundwinkeln schon bemerkt. »Natürlich. Was soll ich Ihrem Bruder sagen?«

»Nichts. Er wird wissen, wo er mich findet.«

Alicja nickte langsam. »Wie Sie wünschen.« Sie wandte sich ab und ging an Keren vorbei die Stufen hinunter.

Mit Beinen, die sich anfühlten, als hätte jemand Bleigewichte daran gebunden, setzte Keren seinen Weg fort. In der Zimmerflucht, die er sich mit Beliar teilte, ließ er sich, nass wie er war, in einen Sessel fallen.

Ob er es bereuen würde? Natürlich war er sich da nicht sicher. Wenn sein Plan nicht aufging, würde er es sogar bitter bereuen. Aber das änderte nichts an seiner Entschlossenheit. Beliar würde frei sein. Er würde den Fluch brechen. Das war alles, was zählte.

Kapitel 10
Noch mehr Rätsel

Sehr viel später erst stand Clara aus dem Sessel wieder auf. Draußen hatte der Sturm längst begonnen. Das Gewitter konnte nicht mehr weit sein. Ein Spaziergang im Freien schien Clara, obwohl er ihr sicher gutgetan hätte, unter diesen Umständen keine besonders kluge Idee. Aber zumindest ein wenig frische Luft auf der Veranda wollte sie atmen, bevor sie ins Obergeschoss ging.

In der Eingangshalle brannten gedimmte Lampen und die Vorhänge waren wieder einmal zugezogen. Clara seufzte. In diesem Haus war es einfach immer düster. Sie öffnete die Vordertür und trat auf die Veranda, die im Windschatten der Villa lag und vom Regen bislang verschont geblieben war. Eine ganze Weile sah sie mit leerem Blick zu dem großen schmiedeeisernen Tor hinüber, vor dem sie vor wenigen Tagen noch in der Sonne gesessen hatte. Das Rauschen und Prasseln des Regens beruhigte ihre aufgewühlten Nerven ein wenig. Sie konnte gehen, wann immer sie wollte, sagte sie stumm zu sich selbst. Keren hatte es versprochen, und sie glaubte ihm. Der Schlüssel zur Seitentür war in der Vase. Wenn es ihr zu viel wurde, würde sie einfach von hier verschwinden. Aber bis dahin würde sie alles Mögliche tun, um ihr Versprechen Keren gegenüber einzulösen. Beliar zu helfen – bei dem Gedanken pochte ihr Herz ein wenig schneller – und vielleicht doch noch herauszufinden, was hier eigentlich los war.

Die Treppe knarrte hinter ihr am Ende der Eingangshalle. Clara drehte sich um und sah Alicja, die mit leisen Schritten auf sie zukam. Das Gesicht der Haushälterin war ernst und von ihrem Lächeln heute nichts zu sehen.

»Sie sind noch hier«, stellte sie fest, als sie sich neben Clara auf die Veranda stellte und ihrem Blick zum Tor folgte.

Clara hob leicht die Schultern. »Ja, ich bleibe noch eine Weile«, murmelte sie. »Denken Sie, das ist keine gute Idee?«

Alicja seufzte tonlos. »Doch. Doch, ich denke, das ist eine sehr gute Idee.« Sie schüttelte den Kopf. »Hören Sie, Clara, ich habe Sie gerade mit Keren sprechen sehen, und vermutlich haben Sie genug kryptische Hinweise für ein ganzes Jahr erhalten. Aber lassen Sie mich Ihnen noch eines sagen: Was auch immer Sie tun, versuchen Sie, sich nicht in Beliar zu verlieben, ehe Sie sich nicht ganz sicher sind, dass er Sie auch liebt. Und denken Sie immer an die Spiegel.«

Clara legte die Hände auf die Brüstung der Veranda und schloss die Finger um das feuchte Holz. Versprühte Regentropfen wehten ihr ins Gesicht. Es war erstaunlich, dachte sie, wie sehr man abstumpfen konnte, bis einen solche seltsamen Warnungen gar nicht mehr schreckten. »Ich will nur helfen. Und die Wahrheit herausfinden. Verstehen Sie das?«

Alicja betrachtete sie unverändert ernst. »Sie wissen aber, dass die Wahrheit sehr unangenehm sein kann?«

Clara nickte. »Ja, ich weiß. Und ich werde Ihre Warnung nicht vergessen.« Sie sah die Haushälterin fest an. »Helfen Sie mir trotzdem?«

Alicja wandte den Blick ab. Eine ganze Weile sah sie schweigend in den Regen hinaus. »Ich wage es immer noch kaum zu hoffen«, sagte sie schließlich leise, »dass Sie wirklich die Eine sein könnten.« Sie wandte sich Clara wieder zu und lächelte – ein schmales Lächeln zwar, aber immerhin ein Lächeln. »Natürlich werde ich Ihnen helfen, wo ich kann. Doch ich bin immer noch den Herrschaften verpflichtet, und ab einem gewissen Punkt sind selbst mir die Hände gebunden. Dann sind Sie ganz auf sich gestellt. Das sollte Ihnen klar sein.«

Clara atmete tief durch. »Das hatte ich schon befürchtet«, murmelte sie.

Alicjas Lächeln vertiefte sich ein wenig und sie nickte Clara ermutigend zu. »Sie werden schon das Richtige tun. Bleiben Sie stark. Wenn Keren an Sie glaubt, haben Sie gute Chancen. Oh, und wenn Sie sich für die Familiengeschichte interessieren, sehen Sie sich im Obergeschoss doch noch etwas genauer um.« Sie warf Clara einen vielsagenden Blick zu. »Ich muss jetzt gehen und darauf achten, dass das Mittagessen rechtzeitig um zwei Uhr auf den Tisch kommt. Sie werden wohl mit den Herrschaften essen?«

Clara runzelte die Stirn. Das Obergeschoss? Wie viel hatte Alicja wohl von ihrer Unterhaltung mit Keren gehört? »Ich denke schon. Keren sagte etwas in der Richtung.«

»Das dachte ich mir.« Alicja nickte. »Wie gesagt, um zwei Uhr. Dann haben Sie bis dahin ja noch ein wenig Zeit.«

Clara nickte. »Danke sehr. Für alles. Dann sehe ich Sie später.«

Alicja erwiderte das Lächeln – aber Clara konnte sich des Eindrucks nicht erwehren, dass es noch immer ein wenig bekümmert wirkte. »Sehr gern. Bis später, Clara.«

Clara sah der Haushälterin nach, wie sie im Dienstbotentrakt verschwand. Dann wandte sie sich wieder dem Vorhang aus Regen zu, der vor der Veranda hing – und stutzte.

Auf dem Verandageländer, dort wo eben noch Alicja gestanden hatte, funkelte etwas. Ein winziger messingfarbener Schlüssel.

Noch ein Schlüssel.

Wofür?

Ein Kribbeln breitete sich in Claras Magen aus. Hastig griff sie nach dem Schlüssel und ließ ihn neben Kerens in ihrer Hosentasche verschwinden. Eines jedenfalls stand fest, dachte sie. Sie würde von jetzt an nirgendwo mehr ohne ihre Kamera hingehen.

Das Gewitter grollte in der Ferne über den Baumwipfeln, als Clara über den langen, dämmrigen Flur im zweiten Stock der Villa schlich. Er sah dem Flur im ersten Stock ziemlich ähnlich – matt glänzendes Parkett, dezent gestrichene

Wände, schwere Vorhänge, die sicher bald jemand vor die Fenster ziehen würde, wie es im Rest des Hauses schon längst geschehen war. Nur gab es weniger Türen. Nur vier, aus dunklem Holz mit aufwendigen Schnitzereien. Was hatte Keren gesagt? Letzte Tür rechts ... oder? Hauptsache, sie erwischte nicht die falsche. Die Chancen standen nicht schlecht, direkt in einem Zimmer der Zwillinge zu landen. Wenn es ganz mies lief, stand sie dann direkt vor Beliar.

Mit klopfendem Herzen blieb Clara stehen und lauschte. Waren das Stimmen? Sprachen die beiden gerade miteinander, in einem dieser Räume?

Nein. Alles war still. Geradezu unheimlich still, bis auf das Wettergrollen in der Ferne. Hastig kramte Clara Kerens Schlüssel aus der Tasche und steckte ihn ins Schloss.

Bitte sei die richtige. Bitte sei die richtige. Bitte ...

Der Schlüssel knirschte, als sie ihn drehte. Die Tür öffnete sich mit leisem Knarren.

Vor Clara lag ein verlassenes Zimmer. Es mochte einmal ein Arbeitszimmer gewesen sein, genau konnte sie es auf den ersten Blick nicht sagen, da sämtliche Möbel mit Laken verhängt waren. Die Luft war alt und schmeckte nach Staub und der kalten Asche, die noch in dem längst verloschenen Kamin lag. Eine ganz besondere Stille hing über dem Raum, eine Stille, wie sie nur in Räumen entstehen konnte, in denen seit vielen Jahren kein Mensch mehr gelebt und geatmet hatte.

Ein echter Lost Place!

Rasch trat Clara über die Schwelle und schloss die Tür hinter sich. Trübes Dämmerlicht sickerte durch das Fenster herein, gerade genug, um alles erkennen zu können, ohne die Deckenlampe einzuschalten. Clara fingerte ihre Kamera aus der Tasche und schraubte den abgeblendeten Blitz auf. Das vertraute Gewicht in ihrer Hand beruhigte sie ein wenig. Vorsichtig ging sie weiter in das Zimmer hinein. Zu schade, dass sie ihr Stativ nicht mitgenommen hatte. Das altbekannte Gefühl, sich langsam von der Wirklichkeit zu entfernen, breitete sich hinter ihrer Stirn aus. Der Drang, festzuhalten, was sie zu sehen glaubte, es einzufangen, sodass es sichtbar wurde, aber niemals greifbar …

Klick.

Klick.

Klick.

Der Blitz spiegelte sich leuchtend in der Fensterscheibe, auf die nun erste Regentropfen fielen.

Lassen Sie die Vorhänge geschlossen.

Das Problem war: Es gab hier keine. Aber wie auch immer. Sie würde ja nicht lange hier sein.

Vor einem großen, verhüllten Möbelstück nahe am Fenster blieb sie stehen.

Könnte ein Schreibtisch sein.

Mit spitzen Fingern griff Clara nach einem Zipfel des Lakens, um es behutsam anzuheben. Dunkel poliertes Holz schimmerte ihr entgegen. Tatsächlich, ein Schreibtisch! Dann war das Gespenst obenauf …

… der Computer, den Keren meinte. Wow. Er hat nicht übertrieben. Der ist wirklich uralt.

Mit angehaltenem Atem schlug sie das Tuch Stück für

Stück zurück. Staub wirbelte auf und kitzelte in ihrer Nase. Clara vergrub das Gesicht fest in ihrer Ellenbeuge, um das Niesen zu dämpfen, das sich unaufhaltsam seinen Weg bahnte. Ihre Augen tränten und brannten.

Clara hob die Kamera und setzte sich auf den ebenfalls verhüllten Schreibtischstuhl.

Klick.

Klick.

Der Tisch musste wirklich schon sehr alt sein, vielleicht sogar älter als das Haus selbst. Ehrfürchtig legte Clara die Kamera beiseite und ließ die Finger über die glänzende Oberfläche gleiten. Der Tisch flößte ihr großen Respekt ein – vielleicht, weil allein die wuchtige Platte so aussah, als ob hier früher ein ebenso unbeugsamer Mensch gesessen haben musste. Darauf stand ein wirklich massives Gerät von einem Rechner, verkabelt mit einem ebenso gewaltigen Röhrenbildschirm. Daneben ein schwarzer Kasten, der vermutlich eins dieser uralten Modems war, die Clara nur aus Erzählungen ihrer Eltern kannte.

Mit unwillkürlich bebendem Finger drückte sie auf den Einschaltknopf und der Rechner erwachte sausend und rauschend zum Leben. Der Prozessor ratterte. Das Betriebssystem lud … und lud …

Claras Nervosität stieg, je länger der Computer brauchte, um hochzufahren. Um sich abzulenken, ließ sie ihren Blick weiter über den Schreibtisch wandern. Er hatte drei Schubladen auf der rechten und eine kleine Schranktür auf der linken Seite. Rasch zog Clara den kleinen Schlüssel aus der

Hosentasche, den sie von Alicja bekommen hatte. Irgendwo hier würde vielleicht auch das passende Schlüsselloch sein …

Vorsichtig zog sie die oberste Schublade auf. Bleistifte, ein Spitzer, ein Tintenfass und ein Brieföffner. Löschpapier, ein Lineal und, in einem schmalen Kästchen aus Rosenholz, ein wunderschöner Füllfederhalter, schwarz lackiert mit Verzierungen aus Rotgold. Alles lag streng in Reih und Glied, penibel geordnet, sodass Clara nicht wagte, irgendetwas auch nur um einen Millimeter zu verrücken. Behutsam schob sie die Lade wieder zu und griff nach der nächsten. Briefpapier. Auch nichts, wofür sie einen Schlüssel gebraucht hätte. In einem Fach daneben lagen einige Disketten, sauber beschriftet mit Abkürzungen, die für Clara keinerlei Sinn ergaben.

Das Flimmern des Monitors wechselte seine Farbe und sie wandte sich wieder dem Bildschirm zu. Endlich! Hastig griff Clara nach der Maus. Das Mailprogramm hatte sie schnell gefunden – allerdings brauchte auch das eine halbe Ewigkeit zum Laden.

Für viel mehr als eine Mail wird's nicht reichen.

Auch das war nicht gelogen, wie es aussah.

Rasch tippte Clara die Adressen ihrer Eltern und die von Mina in die Adresszeile.

Ihr Liebsten, Besten,
ich bin's, Clara. Ich bin noch unterwegs und mir geht es gut. Macht euch bitte keine Sorgen, ich komme bald nach Hause.

Ich küsse euch!

Clara

Mehr zu schreiben, wagte sie nicht. Ganz sicher würde Keren kontrollieren, was sie geschrieben hatte, und Clara hatte seine Warnung noch deutlich im Ohr. Die Zwillinge wollten nicht, dass jemand von ihnen erfuhr. Mina wusste ja ohnehin, wo sie war. Clara konnte nicht anders, als zumindest ein bisschen zu hoffen, dass ihre Freundin schon bald vor der Tür stehen würde, am besten mit Zach und Tobi im Schlepptau. Und wenn es nur war, damit sie diesen Trip nicht mehr allein durchstehen musste.

Clara schickte die Mail ab. Das Modem knackte, ratterte und piepste, als es sich mit dem Internet verband. Für zwei oder drei Sekunden ließ Clara den Mauszeiger über dem Browsersymbol schweben. Dann entschied sie sich, den Computer wieder auszuschalten. Was sollte sie im Internet? Einen Hilferuf schicken? Nicht, wo sie sich gerade selbst entschieden hatte, hierzubleiben.

Lieber würde sie weiter nach dem Schloss suchen, zu dem Alicjas Schlüssel passte. Bis zum Essen um zwei blieb sicher nicht mehr viel Zeit, und wer wusste schon, wann Keren es für passend halten würde, sie in ihrem Zimmer zu treffen, wie er es angekündigt hatte?

Aber als sie versuchte, die dritte Schublade herauszuziehen, rührte diese sich kaum. Es klapperte leise, wie Metall auf Metall, aber öffnen ließ sie sich nicht. Claras Herz klopfte schneller. Abgeschlossen? Aber da war doch gar kein

Schloss …? Ein versteckter Mechanismus vielleicht? Rasch zog sie noch einmal die zweite Schublade heraus und räumte das Briefpapier und die Disketten auf die Schreibtischplatte.

Tatsächlich. Ganz hinten auf dem Boden der Schublade befand sich ein kleines Schlüsselloch, das mit einem leisen Klicken in den Mechanismus einrastete, als Clara die Lade so weit wie möglich herauszog.

Wow. Ein Geheimfach.

Als sie den Schlüssel in das Loch steckte, zitterten Claras Hände, ohne dass sie etwas dagegen tun konnte. Das Schloss war vermutlich neuer als der Schreibtisch, aber trotzdem alt, und vor allem seit Jahren unbenutzt. Der Schlüssel knirschte und hakte und verkantete sich. Aber dann ertönte ein hässliches Knacken, der Widerstand gab nach und die untere Schublade glitt Clara ein Stück entgegen, so plötzlich, dass sie zusammenfuhr. Sekundenlang blieb sie stocksteif sitzen, lauschte angespannt und wartete darauf, dass ihr Atem sich beruhigte. Dann räumte sie so ordentlich wie möglich die zweite Lade wieder ein und öffnete endlich die unterste.

Darin lag eine Dokumentenmappe aus dunkelbraunem Leder. Sie war schwer und so dick, dass sich die Nähte des Reißverschlusses dehnten, als wollten sie jeden Moment aufbrechen. *J. Albers* war im oberen Drittel in das weiche Leder geprägt. Clara ließ die Fingerspitzen darübergleiten, fühlte die Erhebungen und Vertiefungen an ihrer Haut. J. Albers. J wie Joachim. Der Vater der Zwillinge. Sie hatte seinen Namen oft in den Internet-Artikeln gelesen, die sie vor ihrem Aufbruch recherchiert hatte.

Clara schloss die Finger fest um die Mappe. Jetzt, wo die erste Aufregung über ihren Erfolg langsam verflog, gesellte sich eine neue Art von Aufregung hinzu, als hätte ein nicht zu kleiner Teil von ihr Angst vor dem, was sie in dieser Mappe finden würde. Sie traute sich kaum, den Reißverschluss zu öffnen.

Das Erste, was ihr entgegenfiel, waren Fotos. Familienfotos, ein ganzer Haufen davon. Sie schienen alle aus der gleichen Zeit zu stammen – Joachim Albers mit einem der Zwillinge, im Augenblick der Aufnahme vielleicht neun oder zehn Jahre alt.

Clara stutzte. Nur einer? Rasch blätterte sie die Fotos durch. Tatsächlich. Auf keinem einzigen von ihnen waren Beliar und Keren gemeinsam abgebildet. Ob beim Angeln auf einem See, beim Urlaub unter Palmen, ja sogar auf professionellen Studioporträts, immer war nur ein Zwilling zu sehen. Die naheliegende Erklärung war natürlich, dass der jeweils andere Zwilling die Kamera gehalten hatte, aber irgendetwas sagte Clara, dass es nicht so war. Auf diesen Bildern, dachte sie verwirrt, sah es so aus, als hätte Joachim Albers nur einen Sohn gehabt und nicht zwei. Oder genauer gesagt … Clara blinzelte und hielt sich eines der Fotos dicht vors Gesicht. Dieses Lächeln, zerrissen zwischen an Übermut grenzender Fröhlichkeit und entsetzlicher Einsamkeit … das kannte sie. Besser, als ihr lieb war. Das dort auf den Fotos war Beliar. Immer Beliar. Niemals Keren.

Kerens Worte fielen Clara wieder ein. *Er bleibt nur meinetwegen …*

Mit einer hastigen Handbewegung schob sie die Fotos zur Seite. Darunter lag ein dicker Stapel Dokumente. Alle hatten mit den Zwillingen zu tun, oder auch hier vielmehr: Mit Beliar. Eine Geburtsurkunde, ein Einschulungszertifikat. Ein Zeitungsartikel, in dem Beliar als Erbe der Familie vorgestellt wurde. Nichts über Keren. Nicht ein Wort. Was hatte das zu bedeuten?

Clara warf einen nervösen Blick zum Fenster. Wie spät mochte es sein? Bei dem Gewitterlicht draußen war es unmöglich zu sagen, wie viel Zeit verstrichen war, seit sie sich in den Raum geschlichen hatte. Der Wind hatte an Stärke zugenommen und trieb dicke Regentropfen gegen die Scheibe. Sie musste sich beeilen. Die nächsten Dokumente blätterte sie schneller durch, so schnell, dass sie kaum noch sah, was daraufstand, nur immer wieder den einen, gleichen Namen: Beliar. Beliar. Beliar.

Wo war Keren, verdammt noch mal?

Und dann, ganz unten im Stapel der Dokumente, entdeckte Clara etwas, das sie innerlich erstarren ließ.

Ein Totenschein.

Datiert auf einen Tag vor fast zehn Jahren.

Ausgestellt auf den Namen Keren Albers.

Clara sprang auf. Die Wirklichkeit entglitt ihr, sie konnte es deutlich spüren. Wie von selbst lag die Kamera in ihrer Hand, versuchte festzuhalten, was nicht greifbar war. Fotos von Fotos, von Dokumenten, sie war hier, sie hatte es wirklich gesehen, und sie hatte auch Keren gesehen …

Klick.

Klick.

Klick.

Der Blitz füllte das Zimmer, leuchtete im unverhüllten Glas der Fensterscheiben. Und dort, in der Spiegelung, war sie. Ein lächelndes Mädchen, blass, mit dunkelblauen Augen wie tiefe Brunnen.

Clara. Willst du mit mir kommen?

Clara schrie.

Und sie floh. Floh über den langen Flur, wo sie aus jedem Fenster das Mädchen mit den dunklen Augen anlächelte, das ihr leise singend die Hand entgegenstreckte. Sie floh durch das Heulen des Windes und die ächzenden Treppen hinab, bis sie endlich, endlich in das Zimmer stürzte, das sie seit ihrer Ankunft in der Villa bewohnte.

Irgendjemand – Britta vielleicht, oder Alicja – hatte dort in weiser Voraussicht die Vorhänge zugezogen. Clara war nie zuvor so froh darüber gewesen. Mit zittrigen Knien kroch sie unter die Bettdecke und klammerte sich an ihre Kamera wie eine Ertrinkende.

»Wer seid ihr?«, flüsterte sie in die gewittrige Stille. »Wer seid ihr bloß?«

* * *

Als Beliar erwachte, war es immer noch dunkel. Trotzdem wusste er, dass der Tag längst begonnen haben musste. Der Glasboden des Spiegelzimmers war kalt und hart, er fühlte sich wie zerschlagen – und trotzdem seltsam lebendig. Mühsam richtete er sich auf und spürte Knochen, von denen er nicht einmal gewusst hatte, dass er sie besaß. Sekundenlang horchte er in die Schwärze, die ihn umgab. Aber er brauchte den Namen seines Bruders nicht auszusprechen. Er wusste auch so, dass er allein war. Eine kalte Hand schien nach seinem Nacken zu greifen. So lange er sich erinnern konnte, war er noch niemals allein aufgewacht. Wo war Keren? Als er eingeschlafen war, hatte Beliars Kopf in seinem Schoß gelegen. Jetzt war er fort, und Beliar spürte mit untrüglicher Gewissheit, dass etwas nicht stimmte.

Er tastete nach der Kerze und fand nur einen heruntergebrannten Stummel. Aber das war vielleicht besser so. Das Bild, das die Spiegel am Abend zuvor gezeigt hatten, hatte sich auch ohne Licht in seine Netzhaut gebrannt. Und er wurde das schreckliche Gefühl nicht los, dass diese merkwürdige Energie, die durch seine Adern floss, etwas damit zu tun hatte, wie Keren das Spiel mit Clara spielte. Anders als sonst. Es war alles anders, und das war gefährlich.

Hastig stand Beliar auf. Er musste Keren finden. Es ging ihm nicht gut, Beliar wusste es so sicher, wie er atmete. Ohne noch einen Augenblick zu zögern, kam er auf die Füße und lief den Gang zurück und die Treppe hinauf. Ein schmaler Streifen blassen Lichts fiel durch den Türspalt. Beliar blinzelte, als er auf den Flur des Dienstbotentraktes trat, und legte die Hand über die Augen. Aus der Küche hörte er das Klappern von Töpfen und das Zischen von Fett in einer Pfanne. Bald schon Mittagszeit? So spät? Wie hatte er so lange schlafen können?

Er eilte den Gang entlang in die Eingangshalle. Das Rauschen von Regen und Wind empfing ihn. Ein Sturm. Schon wieder. Für einen Moment fühlte Beliar den fast unwiderstehlichen Drang, die Tür aufzureißen und einfach hinauszulaufen in das Unwetter, sich den tobenden Naturgewalten auszusetzen und den Regen all die nagenden Gedanken wegwaschen zu lassen. Aber er musste zu Keren. Keren brauchte ihn. Er wandte sich ab und hastete die Treppe hinauf, immer zwei Stufen auf einmal nehmend.

Doch auf dem Flur vor Claras Zimmer blieb er erneut stehen. Er glaubte sie dort drinnen hören zu können, obwohl es im Zimmer still war. Fast meinte er sogar, sie zu riechen, ihren weichen und doch etwas kühlen Duft, und ihren warmen Atem an seinen Wangen zu spüren. Beliars Herz stolperte kurz und schlug dann schneller.

Clara. Sie war wirklich noch hier, wie Keren gesagt hatte.

Warum war sie geblieben?

Ein Knistern lag in der Luft, wie feines Wellenkräuseln. Ein Nachhall von Gesang, plätschernd wie Wasser über nassem Gestein. Beliar erstarrte.

Sie war hier gewesen. Und es war noch nicht lange her. Aber war das der Grund, warum Clara ...?

Hatte sie sich etwa schon verliebt? So schnell?

Nein, bitte. Bitte, bitte nicht so schnell. Ein Bleiklumpen schien plötzlich auf Beliars Brust zu liegen. *Ich kann das jetzt noch nicht.*

Der Drang, auf der Stelle zu ihr hineinzugehen, sie zu umarmen, ihr zu sagen, wie froh er war, dass sie ihn nicht verlassen hatte, war überwältigend. Schon stand er vor der

Tür, die Hand gehoben, um zu klopfen. Aber etwas hielt ihn zurück. Ein Ziehen in seiner Kehle, wie eine seltsame Übelkeit. Beliar hustete unterdrückt – und im Zimmer erstarrte etwas.

Beliar wollte sich abwenden, fliehen, ehe sie ihn bemerkte. Aber es war schon zu spät. Die Tür öffnete sich bereits und Claras blasses Gesicht erschien in dem Spalt.

»Beliar.« Sie klang überrascht. Unsicher. Verschreckt? Vielleicht. Aber nicht seinetwegen. Er sah es in ihren Augen. »Hast du gut geschlafen?«

Beliar starrte sie an. Sie trug wieder die gleichen Kleider wie am Tag ihrer Ankunft. Eine weite, kurze Hose, ein Shirt und eine dünne Strickjacke mit Blumenmuster, dazu Wanderstiefel und die asymmetrisch geflochtenen und zerzaust geknoteten dunkelgoldenen Locken. Es war sehr eigene Kleidung, ausdrucksstark und zugleich irgendwie unförmig. Und doch schien sie plötzlich anders zu fallen, schien sie nicht mehr ganz so sehr in einen Kokon aus Unnahbarkeit zu hüllen.

Beliars Hals fühlte sich plötzlich trocken an. Er durfte sie nicht so anstarren, er durfte ihr keine Angst machen. Und er musste zu Keren, Keren litt.

Aber er ging nicht. Noch nicht.

»Du bist noch hier«, hörte er sich sagen und spürte, wie seine Wangen sich röteten. »Warum?«

Claras Gesicht wurde ebenfalls eine Schattierung dunkler. »Ich …«, setzte sie an und brach ab. Dann hob sie die Schultern und senkte den Blick.

Beliar konnte ihren Anblick nicht eine Sekunde länger ertragen. So unauffällig er konnte, atmete er tief ein. »Ich muss zu Keren«, brachte er hervor. »Wir sehen uns sicher beim Essen.«

Ohne noch eine Antwort abzuwarten, drehte er sich um und stürmte die Treppe hinauf. Im Nacken spürte er ihren verwirrten Blick. Sollte sie denken, was sie wollte. Er durfte sich ihr nicht nähern. Nicht jetzt, mit allem, was er gerade für sie zu empfinden begann.

Erst auf dem Flur im zweiten Stock wurde er langsamer und lehnte sich schließlich gegen die Wand, um wieder zu Atem zu kommen. Was war passiert? Warum sah Clara ihn so an? Hatte Keren sie dazu gebracht? Natürlich hatte er das. Er hatte seinen Zug geführt, wie er es immer tat. So spielten sie das Spiel, seit vielen Jahren. Aber hatte er denn nicht gemerkt, dass es diesmal anders war? Er musste mit Keren reden, dachte Beliar, er musste ihn überzeugen, das Spiel abzubrechen oder zumindest zu verzögern, bis er sich und seine Gefühle wieder im Griff hatte. Sonst würde es diesmal furchtbar schiefgehen.

Oder hatte Keren etwa vor …

Lebendig, Beliar. Sehr lebendig.

Ein eisiger Schauer rieselte durch Beliars Brust, als er es begriff. Natürlich hatte Keren gemerkt, was in ihm vorging, wenn Clara in der Nähe war. Er konnte vor seinem Zwilling nichts verbergen. Und Keren hatte entschieden, nichts dagegen zu tun.

Nein!

Beliar ballte die Faust und richtete sich auf. Claras große Augen sahen ihn an und eine Hitzewelle brandete durch seinen Körper.

Er würde das nicht zulassen.

Keren musste leben.

Mit einem Ruck riss er die Tür zu ihrem gemeinsamen Schlafzimmer auf. »Keren!«

Sein Bruder saß am Fenster und starrte mit leerem Blick in den Regen hinaus. Er drehte sich nicht um, als Beliar in den Raum stürmte. Reglos blieb er sitzen, als hätte er seinen Bruder nicht einmal bemerkt.

Schwer atmend blieb Beliar kurz hinter der Schwelle stehen. »Wo bist du gewesen? Warum bist du gegangen?«

Noch immer wandte Keren sich nicht um. »Ich wollte dich nicht wecken«, sagte er nur. Seine Stimme klang seltsam flach.

Vorsichtig ging Beliar zum Fenster hinüber, trat dicht an seinen Zwilling heran, bis nur noch ein einziger Schritt sie von einer Berührung trennte. Aber zum ersten Mal seit sehr langer Zeit zögerte er, die letzte Distanz zu überwinden. Weil er plötzlich das untrügliche Gefühl hatte, dass Keren ihn in diesem Moment von sich fernhalten wollte. Beliars Kehle wurde eng. Mit einem Mal fühlte er sich schrecklich hilflos.

»Deine Haare sind nass«, stellte er leise fest.

Keren strich sich mit einer bedächtigen Handbewegung eine feuchte Strähne aus der Stirn. »Ich habe gebadet. Mir war kalt.«

Beliar spürte, wie sich in seinem Magen ein schmerzhafter Knoten bildete. Der Abstand zwischen ihm und seinem Bruder war unerträglich. Und trotzdem wagte er nicht, die Hand auszustrecken, um Keren zu berühren. Auch wenn er selbst nicht hätte benennen können, was ihn davon abhielt.

»Wir müssen aufhören«, flüsterte er.

Jetzt endlich drehte Keren sich um. Beliar zuckte zurück. Das Gesicht seines Bruders schien unnatürlich bleich, und die Schatten, die Beliar am Vorabend im Spiegel gesehen hatte, schimmerten durch die helle Haut auf seinen Wangen.

»Keren … was hast du getan?«

Keren schüttelte den Kopf und ein schmales Lächeln erschien in seinen Mundwinkeln. »Nichts. Ich fühle mich nur nicht wohl, das ist alles. Ich denke, vielleicht werde ich krank.«

Lüge.

Beliar starrte seinen Zwilling fassungslos an. In ihrem ganzen Leben hatte Keren ihn noch nie belogen. »Lass das sein!«

Das Lächeln verschwand so schnell, wie es gekommen war. Kerens Schultern sanken herab und ein Seufzer schlüpfte über seine Lippen. »Verzeih«, murmelte er. »Das war falsch von mir.« Er stand auf und überbrückte so endlich den Abgrund, der zwischen ihnen gewesen war. Seine Hand berührte federleicht den Oberarm seines Bruders.

»Keren, du …« Beliar riss ihn an sich, kaum dass der erste Kontakt hergestellt war. »Tu das nie wieder!«

Sanft strich Kerens Hand über seinen Rücken. »Verzeih mir«, wiederholte er. »Ich wollte dir nicht wehtun.«

Endlose Sekunden standen sie eng umschlungen da, spürten die Gegenwart des anderen, ihre Einheit, die zu stören so qualvoll war.

»Mir tut es auch leid«, flüsterte Beliar. »Sie ist … sie ist so … Keren, hilf mir! Ich weiß nicht, was ich tun soll!«

Keren legte den Kopf auf seine Schulter. »Das ist doch gut, Beliar. Es ist so, wie es sein soll.«

Beliar hatte das Gefühl, nicht atmen zu können. »Aber es wird dich umbringen«, wisperte er tonlos. »Sie … es ist zu viel. Wir müssen aufhören. Es wird eine andere kommen, die …«

Nun wand sich Keren aus seiner Umarmung und sah Beliar gerade in die Augen. Sein Blick war so dunkel und unendlich traurig, dass Beliar glaubte, innerlich zerreißen zu müssen.

»Mein dummer Bruder.« Keren strich ihm liebevoll über die Wange. »Glaub mir, es ist richtig so. Willst du den Rest deines Lebens hier gefangen sein?«

Verzweifelte Wut raste mit unerwarteter Gewalt durch Beliars Körper. Mit einer schroffen Bewegung schlug er Kerens Hand zur Seite. »Das hast du nicht allein zu entscheiden!« Die Worte brachen lauter hervor, als er beabsichtigt hatte, aber er hatte nicht die Kraft oder auch nur den Willen, sich zu bremsen. »Wer gibt dir das Recht, dich zu opfern? Warum willst du mich verlassen?«

Kerens Hand sank herab. Sein Gesicht verzerrte sich zu

einer schmerzlichen Grimasse, als hätte Beliar ihm Messer statt Worte entgegengeschleudert. »Das also denkst du?« Er schüttelte leicht den Kopf. »Dann bist du noch dümmer, als ich dachte.« Er wandte sich ab und starrte erneut aus dem Fenster.

Beliar biss sich auf die Lippe, bis er Blut schmeckte. Kerens Rücken war sehr aufrecht, starr beinahe, und schrecklich abweisend. Er hatte ihn verletzt, das wusste Beliar. Aber er konnte keines seiner Worte zurücknehmen. Weil sie die furchtbare Wahrheit waren.

»Mach endlich die Augen auf«, sagte Keren leise. »Wärst du wirklich glücklich, hier mit mir allein zu sein? Für den Rest deines ganzen verdammten Lebens?«

Beliar spürte, wie er zu zittern begann. All die Jahre der Verzweiflung, der Einsamkeit ... nein, er war nicht glücklich. War es niemals gewesen. Aber er hatte Keren, und nur das allein zählte. Es gab nichts, was wichtiger sein konnte. Warum begriff Keren das denn nicht?

»Ich lasse dich nicht gehen«, flüsterte er rau. »Und das weißt du ganz genau.«

Keren legte eine Hand an die Fensterscheibe. Sein schmaler Finger zeichnete die Spuren des Regens nach, die über die matte Spiegelung seines Gesichts rannen – so verschwommen, dass die entstellten Konturen kaum zu erkennen waren.

»Ich denke nicht, dass sie noch gehen wird. Dafür ist es schon zu spät.« Seine Stimme war noch immer sanft, aber Beliar hörte eine Schärfe darin, die er von seinem Bruder nicht kannte. »Und wenn sie wirklich bleibt, was willst du dann tun? Sie doch opfern? Oder warten, bis sich die Sache in einem unvorsichtigen Moment von selbst erledigt? Du kannst sie nicht vor *ihr* beschützen, das ist dir klar, oder? Und mich … auch nicht.«

Beliar rang nach Atem. Ein Felsbrocken schien plötzlich auf seiner Brust zu liegen. »Hör auf.«

»Du könntest es nicht. Gib es zu, Beliar. Du kannst sie nicht mehr aufgeben. Jetzt, wo du weißt, wie lebendig du sein könntest. Und dass du es ohne sie nie sein wirst.«

Beliar packte seinen Bruder an der Schulter, drehte ihn herum und zwang ihn, ihn anzusehen. »Hör auf, habe ich gesagt!«

Keren erwiderte seinen Blick, ohne zu blinzeln. »Du könntest es nicht«, wiederholte er tonlos. »Du würdest daran zugrunde gehen.«

»Sie ist nicht anders als alle anderen«, flüsterte Beliar und wusste, dass er sich selbst belog. »Sie ist es nicht wert, dich herzugeben.«

Wieder erschien dieses blasse Lächeln auf Kerens Gesicht.

»Also schön, Beliar. Wie du willst.« Seine Schulter unter Beliars Fingern war noch immer hart vor Anspannung. »Ich wollte es dir eigentlich nicht sagen, aber du lässt mir keine Wahl. Ich habe mich längst entschieden. Wir spielen das Spiel diesmal anders. Du und ich, gegeneinander. Du wirst sie lieben – ich verspreche es dir. Wenn mir das nicht gelingt, hast du gewonnen. Dann kannst du sie wegjagen oder opfern, wie du willst – mir ist egal, was dann mit ihr passiert.«

Beliar schüttelte stumm den Kopf. Jetzt war ihm danach, zu weinen. »Bitte, Keren. Tu das nicht.«

Keren musterte ihn einen Moment lang aufmerksam. Seine Miene wurde weicher und endlich gab er seine starre Haltung auf. »Vertrau mir, Beliar. Siehst du denn nicht, was es bedeuten könnte, wenn du sie gewinnst und sie dich?« Er griff nach Beliars Hand und verschränkte seine Finger mit denen seines Bruders. »Ich bin dieses Lebens so müde. Und du auch. Wenn wir dieses Spiel auf meine Art zu einem Ende bringen, sind wir frei. Und ich werde immer bei dir sein.« Er legte seine Hand auf Beliars Brust. »Da drin bleibe ich immer. Das habe ich dir doch versprochen.«

Beliar konnte seinen Widerstand nicht länger aufrecht halten. Er zog seinen Bruder an sich und vergrub das Gesicht an seiner Schulter. »Ich weiß nicht, was richtig ist«, flüsterte er. »Ich weiß nicht, was ich denken soll. Ich weiß nicht, was ich fühlen soll. Ich weiß es einfach nicht.«

»Dann hör auf zu denken«, sagte Keren sanft. »Das Fühlen kommt von ganz allein. Vertrau mir nur. Dann wird alles gut.«

Beliar schwieg und umarmte seinen Bruder noch etwas fester. Und Keren hielt still, ließ zu, dass Beliar in seinen Armen bebte und zitterte und verzweifelte. Er war hier. Er würde nicht gehen. Zumindest noch nicht jetzt.

Minuten später erst löste sich er sich vorsichtig aus Beliars Umklammerung. »Du solltest dich allmählich umziehen.« Spöttisch zupfte er an Beliars noch vom Schlaf zerknittertem Hemd. »Das Mittagessen wird bald fertig sein, und so kann ich mich mit dir nicht sehen lassen.«

Beliar runzelte die Stirn. Er spürte, dass Keren noch etwas vorhatte. »Wohin gehst du?«

Keren hob die Schultern, wie um die Sache als nebensächlich abzutun, und lächelte. »Ich sehe nach Clara.« Er beugte sich leicht vor und berührte mit seinen Fingern kurz die Furchen auf Beliars Stirn, wie um sie zu glätten. »Ich treffe dich beim Essen. Und sei pünktlich.«

Beliar schluckte. Er wollte widersprechen – aber er fürchtete, Keren noch einmal zu verletzen, die gerade so mühevoll gekittete Einheit ein weiteres furchtbares Mal zu erschüttern.

Vertrauen. Er hatte seinem Zwilling immer vertraut, und er würde es auch jetzt tun.

Kerens Lächeln wurde ein wenig breiter. Er wusste zu genau, was Beliar dachte. »Bis gleich, mein dummer Bruder.«

Und noch ehe Beliar etwas erwidern konnte, war er bereits aus dem Raum.

* * *

Die Tür zu Claras Zimmer war geschlossen. Auf dem Gang war es dunkel, die Vorhänge zugezogen. Der Sicherheit wegen. Nur eine einzelne Kerze am Treppenaufgang spendete mattes Licht. Keren atmete tief durch, um sich zu sammeln. Dann klopfte er vorsichtig an.

Es dauerte eine Weile. Dann ertönte ein zögerliches »Ja?« von drinnen. Keren unterdrückte ein leises Lachen. Claras schroffe Art hatte sich gewandelt, seit sie hier war. Sie war vorsichtiger geworden – aber auch nachdenklicher. Keren gefiel das ausgesprochen gut.

Leise betrat er den Raum. Clara saß auf dem Bett, ihre Kamera in der Hand. Keren runzelte leicht die Stirn. Diese Kamera. Vielleicht war sie ein Problem.

»Ich hoffe, ich störe nicht«, sagte er.

Clara hob die Brauen. Ein sarkastisches Funkeln war in ihre Augen getreten. »Du siehst ja, wie überaus beschäftigt ich bin.«

Keren blieb auf der Schwelle stehen. »Ich wollte dich zum Mittagessen abholen.«

Er sah Clara kurz die Lippen zusammenpressen. »Ehrlich gesagt, hatte ich mich schon gefragt, wann du wieder auf der Matte stehen würdest«, sagte sie dann. Aber ihre Stimme klang ein wenig belegt.

»Bin ich so berechenbar?« Keren lachte leise. »Das wusste ich nicht.« Er machte noch einen Schritt in den Raum hinein und schloss die Tür hinter sich.

»Also isst du mit uns?«, hakte er nach, als Clara stumm blieb.

Eine Weile schien Clara mit ihren Gedanken beschäftigt. »Es wird uns wohl wenig weiterbringen, wenn ich mich hier im Zimmer verstecke, nicht wahr?«, fragte sie schließlich zurück.

Keren nickte. »Das kann man so sagen.« Vorsichtig, um sie nicht in Bedrängnis zu bringen, näherte er sich dem Bett noch ein wenig mehr. »Erlaubst du dann vielleicht, dass ich dir ein paar Ratschläge zu deiner Kleiderwahl für diesen Anlass gebe?«

Eine steile Falte erschien auf Claras Stirn und sie sah zum

Kleiderschrank hinüber. »Du meinst, ob du mich anziehen darfst wie eine Puppe? Nein, das darfst du nicht.«

Keren seufzte leise und musterte Clara aufmerksam. »Warum versteckst du dich nur so?«, fragte er behutsam.

Die Falte auf Claras Stirn grub sich noch etwas tiefer in ihre Haut. »Davon, dass ich mich verkleiden soll, war nicht die Rede.«

Keren lächelte schief. »Hast du Angst, jemand könnte dich zu hübsch finden?«

Etwas blitzte in Claras Augen auf, und Keren wusste, dass er einen Nerv getroffen hatte. »Ich will dich nicht verbiegen, Clara«, sagte er sanft. »Ich möchte, dass Beliar sich dir öffnet. Das ist doch unser Ziel, oder? Ich kann und will dabei helfen. Aber du musst schon mitspielen.«

Er sah, wie sich Claras Wangen röteten.

»Was hast du denn zu befürchten?« Keren musterte sie aufmerksam. »Niemand außer Beliar und mir wird dich sehen, und es geht nicht darum, dich in ein Spitzenneglige zu stecken oder so. Also warum erlaubst du dir nicht wenigstens, herauszufinden, ob es dir gefällt, was ich aussuche?«

»Niemand außer Beliar und dir«, murmelte Clara.

Keren verkniff sich ein Lächeln und ging hinüber zum Schrank. Es war riskant, die Tür zu öffnen, das wusste er. Es gab einen Spiegel dort drin. Aber er vertraute darauf, dass Clara ihren Platz auf dem Bett erst einmal nicht verlassen würde. Also richtete er seinen Blick nach vorn und ignorierte die verzerrte Version seiner selbst, die im Spiegel seinen Bewegungen folgte. *Sie* hingegen war diesmal nicht zu sehen.

Sie zeigte sich Keren ohnehin nicht besonders oft, sie hatte kein Interesse an ihm, stritt sich lieber mit Beliar. Aber Keren wusste auch so, dass sie da war. Irgendwo in den Spiegeln. Immer in Erwartung der nächsten Seele, die ihr versprochen war.

Diesmal nicht. Du weißt es nur noch nicht.

Langsam ließ er seinen Finger von Kleiderbügel zu Kleiderbügel gleiten. Er suchte etwas Bestimmtes, das sich natürlich nicht zufällig im Schrank befand. Keren hatte lange darüber nachgedacht, was er Clara vorschlagen könnte, um sie für Beliar liebenswert zu machen, und er hatte eine ganze Weile gebraucht, bis ihm eingefallen war, in welche Richtung er dafür denken musste.

Sie musste ein wenig so werden wie er. Und dabei doch sie selbst bleiben. Also ... Was würde er anziehen, wenn er Clara wäre?

Mit diesem Gedanken im Hinterkopf fiel es ihm tatsächlich erstaunlich leicht, etwas Passendes zu finden: Einen Jumpsuit aus weichem grauem Leinen. Nicht zu viel Ausschnitt, nicht zu figurbetont, fast schon kühl. Und dazu, im scharfen Kontrast, ein schmaler Gürtel, geflochten aus Lederschnüren und dünnen Tüchern in Orange, Gelb und Rot.

Feuerfarben.

»Was hältst du zum Beispiel hiervon?«

Clara begutachtete das Kleidungsstück misstrauisch. »Du meinst also, ich sollte mich umziehen.«

Keren hob belustigt die Brauen und schloss die Schranktür, sperrte den verräterischen Spiegel zurück in die Dunkelheit. »Wenn du mich so direkt fragst: Ja, das meine ich. Und sag mir, wenn ich mich irre, aber hattest du dich nicht bereit erklärt, meinen Anweisungen zu folgen?« Er zwinkerte ihr zu, um die Spitze in seinen Worten zu überspielen. Clara musste jetzt noch nicht wissen, wie entschlossen Keren in dieser Angelegenheit wirklich war. Er würde nicht erlauben, dass sie sich ernsthaft gegen ihn sperrte – aber das würde sie früh genug erfahren, falls sie es versuchte.

Er ging mit dem Jumpsuit zum Bett hinüber und legte ihn vor Clara auf die Matratze, ehe er sich danebensetzte. »Also, willst du es versuchen?«

Eine ganze Weile lang betrachtete Clara das Kleidungsstück. Und dann endlich nickte sie zögernd. »Na schön. Wie du meinst.«

Die Bewegung, mit der sie nach dem Bügel griff und vom Bett aufstand, wirkte ein wenig abgehackt, aber entschlossen. Keren lächelte still und beobachtete, wie Clara im Badezimmer verschwand. Tatsächlich hätte er gern dabei zugesehen, wie sie sich umzog und die Verwandlung vonstattenging. Aber das hätte sie garantiert falsch verstanden und sich höchstwahrscheinlich sofort zurückgezogen. Woher sollte sie auch wissen, dass Keren nicht das geringste körperliche Interesse an ihr hatte? Das war Beliars Part und Keren vermisste ihn nicht. Umso mehr faszinierte ihn die Vorstellung, zu beobachten, wie Clara aus ihrer Haut in eine andere schlüpfte.

Er tat es nicht. Stattdessen wartete er.

Nach einer Weile öffnete sich die Badezimmertür erneut. Keren konnte nicht verhindern, dass ein Lächeln auf seinem Gesicht erschien.

Er hatte sich nicht getäuscht. Der Jumpsuit war perfekt. Es war nicht so, dass er aus Clara einen weiblichen Keren machte, weil sie ihn nun mal auf ihre Art trug – den Gürtel ein wenig asymmetrisch gebunden, ein Träger halb über die Schulter gerutscht. Dazu diese kaum zu bändigenden mattgoldenen Locken, die noch immer in diesem unsäglichen Zopfgummi steckten. Ihr starker Wille gab dem Outfit seinen ganz eigenen Ton, und doch … Da war ein Stück von ihm an ihr. Seine Farben. Nicht genug, als dass Beliar es gleich erkennen würde. Aber genug, um ihn Clara gegenüber ein wenig offener zu machen. Zumindest hoffte Keren das.

Keren stand auf. »Nicht schlecht«, bemerkte er. »Es steht dir noch besser, als ich erwartet hatte.«

Clara presste ein wenig unwillig die Lippen aufeinander. »So, findest du?«

Keren lachte leise. »Was würdest du davon halten, dich zu kämmen?«

»Du bist wohl niemals zufrieden.«

Das Lachen erstarb in Kerens Hals. »Nur sehr selten«, gab er ernst zu. »Aber es ist doch wohl auch nicht deine Art, halbe Sachen zu machen, oder?«

Clara seufzte ergeben. Dann holte sie eine Bürste aus ihrem Rucksack und zerrte das Band aus ihren Haaren, dass die wirren Strähnen auf ihre Schultern fielen. Mit fast groben Bewegungen zog sie die Bürste durch ihren dicken

Schopf, riss an Knoten und rupfte ganze Büschel aus, bis die Haare im matten Licht vom Fenster her schimmerten.

»Besser?« Sie warf die Bürste aufs Bett. Auf ihren Wangen waren tiefrote Flecken erschienen, aber ihre Miene war gefasst und beinahe ein wenig ungeduldig.

Keren ließ seinen Blick mehrmals über die neue Clara wandern. Dann griff er in seine Tasche und trat einen Schritt näher. »Perfekt«, sagte er leise. »Zumindest fast.« Er zog ein Lederband hervor, an der ein ungeschliffener Obsidian baumelte. Schwarz wie Kohle und Ruß. »Darf ich?«

Er sah sie schlucken und ahnte, dass er nahe daran war, zu weit zu gehen. Beinahe konnte er hören, wie sie in Erwägung zog, vor ihm zurückzuweichen. Aber sie tat es nicht, sondern blieb kerzengerade stehen, wo sie war.

Keren trat hinter sie. »Nimm deine Haare hoch«, wies er sie sanft, aber bestimmt an. Claras Schultern hoben sich ein wenig, als sie etwas tiefer als nötig einatmete. Aber sie widersprach nicht. Stumm griff sie nach hinten und hob die lockigen Strähnen etwas an, um ihren Nacken freizugeben. Auch ohne dass er sie berührte, spürte Keren die Wärme, die ihre Haut verströmte, und ihr lebendiger Duft drang in seine Nase. Seine Fingerspitzen begannen zu kribbeln, und er kämpfte gegen den Drang, den Atem anzuhalten. Sie war zu nah, eindeutig zu nah. Mit bedächtigen Bewegungen legte er das Band um ihren Hals und knotete die Enden zusammen. Dann trat er ein wenig zu hastig einen Schritt von ihr zurück. »Jetzt bin ich zufrieden«, erklärte er und zwang sich zu einem Lächeln. »Und du?«

Clara schwieg. Und als sie sich zu ihm umwandte, glitzerte etwas in ihren Augen. Zweifel vielleicht. Oder Trotz?

»Ich weiß nicht«, murmelte sie endlich. »Es fühlt sich fremd an.«

Keren ließ sich ebenfalls etwas Zeit mit der Antwort. »Aber das muss es nicht«, sagte er dann. »Du bist immer noch sehr du selbst, glaub mir.«

Clara wandte den Blick ab und Keren sah ihren linken Mundwinkel verärgert zucken. »Weißt du, es ist nun mal so, ich mag meinen Style, wie er ist. Stell dir vor, ich mache mir sogar richtig *Gedanken* darum, wie ich mich anziehe«, bemerkte sie, und eine Spur ihrer üblichen Schroffheit schwang in den Worten mit.

Keren schloss kurz die Augen und beschloss, ihren Einwurf zu übergehen. »Entspann dich, Clara. Es ist nur für heute.« Er lächelte spöttisch. »Du machst noch einen Knoten in deine Finger, wenn du nicht aufpasst.«

Mit sichtlicher Willensanstrengung löste Clara ihre Hände voneinander. Ihr Blick flog zum Kleiderschrank, und Keren ahnte, dass sie nur zu gern in den Spiegel gesehen hätte. Aber diese Blöße würde sie sich nicht geben, solange er dabei war.

»Ich wäre jetzt gern noch ein paar Minuten allein«, sagte sie schließlich.

Keren zögerte. Konnte er riskieren, ihrem Wunsch nachzukommen? Was, wenn sie sich einfach wieder umzog, sobald er den Raum verließ?

Clara runzelte ärgerlich die Stirn. »Bitte«, wiederholte sie mit Nachdruck. »Du hast, was du wolltest. Jetzt gib mir wenigstens noch ein paar Minuten, um mich von deinem Psychoterror zu erholen, verdammt.«

Gegen seinen Willen musste Keren lachen. »Du bist fantastisch, Clara. Wie du willst – ich treffe dich dann beim Essen. Aber nur wenn du mir versprichst, die Sachen anzubehalten.«

Claras Schultern waren angespannt, ihr Kinn herausfordernd gereckt. »Jetzt hör mir mal zu. Ich habe gesagt, ich mache, was du für richtig hältst. Aber *du* hast gesagt, dass ich das Experiment jederzeit abbrechen kann. Und wenn du nicht willst, dass ich das jetzt sofort tue, dann solltest du zumindest ein bisschen Rücksicht auf mich nehmen.«

Keren senkte den Kopf, um ein weiteres Lachen zu verbergen. »Schon gut. In Ordnung. Du hast gewonnen.« Er wandte sich ab und griff nach der Türklinke. »Dann bis später, Clara.« Er verkniff sich einen letzten Blick, um ihren Ärger nicht noch weiter zu befeuern. Dann verließ er leise den Raum.

Auf dem Flur blieb er noch etliche Sekunden stehen. Mit geschlossenen Augen zwang er sich, langsam zur Ruhe zu kommen. Er fühlte sich ausgelaugt wie nach mehreren Stunden harter körperlicher Arbeit. Diese Hitze ... diese energische, zornige Lebendigkeit – so wunderbar Clara war, und so perfekt sie für Beliar sein würde, so erschöpfend war es für Keren, sich in ihrer Nähe aufzuhalten. Mit ihr zu reden. Sie zu *berühren*. Seine Knie zitterten und sein Herz raste. Am liebsten hätte er sich hingesetzt, den Rücken an die kühle Wand gelehnt. Aber dafür war keine Zeit. Es gab noch einiges zu erledigen. Wenn ihm nur nicht so schwindelig gewesen wäre, dass der Rand seines Sichtfelds bereits schwarz flimmerte.

Keren biss die Zähne zusammen und richtete sich auf. Er würde es schaffen. Er musste. Denn über eines war Keren sich nun sehr sicher, ganz gleich, was Beliar gern darüber denken wollte: Clara war das Elend sehr wohl wert. Sie war alles wert, was auch immer es kosten würde, und das ließ in all der Erschöpfung ein warmes Licht der Hoffnung leuchten.

Sie würde seinen Bruder retten.

Es war Zeit für den nächsten Schritt.

KAPITEL II
Kerens Farben

Als Clara kurz darauf das Speisezimmer betrat, war von den Zwillingen noch nichts zu sehen. Der Raum sah genauso aus wie beim ersten Mal: Die drei Gedecke, die Kerzen und die fest geschlossenen Vorhänge. Selbst der Wind, der ums Haus heulte, schien der gleiche zu sein. Hätte sie es nicht besser gewusst, Clara hätte ohne Weiteres geglaubt, es wäre nicht Mittag, sondern bereits Abend. Und nicht irgendein Abend. Jener *erste* Abend. Als hätten die Tage dazwischen überhaupt nicht stattgefunden. Sie fröstelte bei dem Gedanken.

»Also, da bin ich.«

Sie erhielt keine Antwort. Zögernd machte sie einen weiteren Schritt in den Raum hinein und blieb abermals stehen. Waren die Zwillinge noch nicht da? Na spitze, jetzt stand sie hier dumm rum, in diesem Outfit, das Keren ihr verpasst hatte. Am liebsten hätte Clara sich irgendwo versteckt, sich wenigstens hingesetzt, damit sie zumindest nicht ganz so auf dem Präsentierteller stand. Aber allein an diesem riesigen Tisch zu sitzen, ging auch gar nicht. Hoffentlich kamen sie bald, auch wenn die Vorstellung sie ziemlich nervös machte. Clara hatte sich fest vorgenommen, die Brüder mit dem zu konfrontieren, was sie gefunden hatte, und was sie eben, allein im Zimmer mit Keren, einfach nicht über die Lippen gebracht hatte. Dass Keren angeblich tot war … sie verstand es einfach nicht, und es jagte ihr eine geradezu lächerlich große Angst ein. Vielleicht wegen dem, was sie danach gesehen hatte. Überhaupt, das Fenster. Normalerweise hätte sie sich ja dorthin stellen und nach draußen schauen können, während sie wartete … Aber allein bei dem Gedanken begann Claras Herz zu rasen. Das Gesicht in den Fensterscheiben flackerte vor ihrem inneren Auge auf. Die Welt um sie schien zu blinzeln, und im nächsten Moment erkannte sie, dass sie schon vor dem Fenster stand und ihre Hand sich langsam nach den schweren Gardinen ausstreckte …

»Clara.«

Als sich hinter ihr die Tür öffnete, fuhr Clara herum und ließ den Vorhang fallen, als hätte sie sich daran verbrannt. Auf der Schwelle standen die Zwillinge, synchron und spiegelbildlich wie eh und je. Sie trugen noch immer Jeans, trotzdem waren sie fast zu elegant für Claras Geschmack, in ihren hellen Hemden und den dunkelblauen Sakkos. Und noch etwas fiel Clara auf. Sie hatte bereits am Morgen gedacht, dass Keren ein wenig blass aussah. Jetzt aber, wo er neben Beliar stand, wirkten seine Wangen geradezu eingefallen. War das auch schon so gewesen, als er sie auf ihrem Zimmer besucht hatte?

»Schön, dass du da bist.« Beliar trat zu ihr ans Fenster. »Du wartest hoffentlich noch nicht lange?«

Etwas funkelte in seinen Augen. Clara spürte, wie sich eine Gänsehaut in ihrem Nacken ausbreitete. Gefiel ihm, was er sah? Gefiel ihm, wie *verändert* sie war? Wie sein Bruder sie verändert hatte?

Als er seine Hand auf ihren Rücken legte, war sie warm und zitterte fast unmerklich.

Sie ließ sich von Beliar zum Tisch führen und erlaubte ihm, ihr den Stuhl zurechtzurücken. *Wie bei einer feinen Dame,* dachte sie und hätte fast nervös gekichert, obwohl ihr allein schon ihr Lächeln gekünstelt und aufgesetzt vorkam. *Was für ein Theater.*

Und sie genoss es.

Sie wollte es selbst nicht glauben, aber sie genoss es. Sie genoss es, wie eine Dame behandelt zu werden, und sie genoss es sogar, wie Beliar seinen Blick offenbar kaum von ihr lösen konnte. So ungewohnt und beklemmend es war, so aufregend war es auch – und sie wollte nicht, dass es aufhörte. Clara fühlte, wie leichte Übelkeit ihr die Kehle hinaufstieg, und sah Hilfe suchend zu Keren. Der aber musterte sie nur mit seinem stillen Lächeln und nahm neben Beliar Platz.

Beliar griff inzwischen nach einer Karaffe und einem Glas und schenkte Clara Wasser ein. »So kommen wir also wieder hier zusammen.« Er lächelte ihr zu.

Clara spürte, wie sich ihr Mund wie von selbst zu einem schiefen Grinsen verzog. »Ja. Wer hätte das gedacht.«

»Wir sind es gar nicht gewöhnt, dass jemand länger als drei Tage hier ist.« Keren strich sich die Haare aus der Stirn und hob selbstironisch die Schultern.

Clara sah, wie Beliars Gesicht sich für Sekundenbruchteile verfinsterte. Doch in diesem Augenblick öffnete sich die Tür, hinter der, wie Clara inzwischen wusste, der Dienstbotentrakt und die Küche lagen. Bernhard, der Butler, rollte einen Wagen mit drei Tellern herein.

»Reibekuchen mit Lachs und Kräuterquark an Rucolasalat mit Kirschtomaten.« Er stellte erst vor Clara, dann vor Beliar und Keren je eine der Platten ab. »Ich wünsche den Herrschaften einen guten Appetit.« Mit einer leichten Verbeugung verließ er den Raum so schnell, wie er gekommen war.

»Ja dann – guten Appetit.« Der Schatten war von Beliars Gesicht verschwunden. Und noch immer gab sein Blick Clara nicht einen Moment lang frei.

Clara zwang sich, ihre Augen von ihm loszureißen, und griff nach ihrem Besteck.

Jetzt komm mal runter. Beruhig dich, Clara.

Aber das war leichter gedacht als getan. Um genau zu sein fiel es ihr schwer, überhaupt noch an etwas anderes zu denken als an das Kribbeln, das Beliars Blick in ihr wachrief und ihren Magen von innen auszubrennen schien. Das Gefühl betäubte sogar die Gedanken an ihren Ausflug ins Obergeschoss. Hilflos stocherte Clara in ihrem Salat herum, ohne sich auch nur zu einem einzigen Bissen überreden zu können.

»Du musst etwas essen, Clara.« Kerens Stimme war sanft. Trotzdem zuckte Clara bei ihrem Klang zusammen. Sie hob den Kopf – nur um festzustellen, dass auch Keren sie offenbar schon die ganze Zeit beobachtete. Da war eine tiefe, dunkle Traurigkeit in seinen Augen. Eine Traurigkeit, wie sie sie bisher nur von Beliar kannte. In diesem Moment wäre sie um ein Haar wieder unsicher geworden, mit welchem der Zwillinge sie gerade sprach, und beinahe hätte Clara sich an ihrem Atem verschluckt. Woher nahm sie eigentlich diese Sicherheit, dachte sie plötzlich, dass sie wirklich immer den Zwilling vor sich gehabt hatte, von dem sie geglaubt hatte, dass er es war? Wenn sie sie nun doch täuschen konnten, ohne dass sie es wusste? Der Gedanke ließ ein eigenartiges Schwindelgefühl in ihr aufsteigen. Sie zwang sich, ruhig weiterzuatmen. Nein. Die beiden waren so verschieden, es war unmöglich, dass sie sie verwechselt hatte.

Keren neigte sich ein kleines Stück vor und musterte sie aufmerksam. »Du siehst heute wirklich ein bisschen blass aus. Passt du auch gut auf dich auf? Du wirst noch krank, wenn du nichts isst.«

»Und das sagst ausgerechnet *du*?« Ein scharfes Klirren ertönte, als Beliars Gabel aus seiner Hand auf den Teller fiel. Seine Stimme bebte vor unterdrückter Wut – und jetzt sah Clara, dass auch die Brüder ihr Essen bisher nicht angerührt hatten. »Hörst du eigentlich selbst, was du da redest? Du hast verdammt noch mal kein Recht, *irgendwem* zu sagen, dass er auf sich aufpassen soll!«

Clara starrte Beliar verblüfft an. In diesem Tonfall hatte

sie ihn noch nie mit Keren sprechen hören. Und erst jetzt fiel ihr auf, dass die Zwillinge ungewöhnlich weit voneinander entfernt saßen – immer noch nah genug, dass es ihr nicht sofort ins Auge gesprungen war. Aber zugleich weit genug, dass die vielen beiläufigen Berührungen, die sie gewöhnlich teilten, unwahrscheinlicher wurden. Jetzt allerdings legte Keren seine Fingerspitzen auf Beliars Arm. Bleiche Finger. Ausgezehrt geradezu, mit Nägeln, die am unteren Rand bläulich angelaufen schienen. Oder lag das am Licht?

»Beliar.« Nur der Name. Das war alles, was Keren sagte. Aber für Beliar schien es unendlich viel mehr zu bedeuten. Von einem Moment auf den anderen spürte Clara seinen Blick nicht mehr, spürte, wie diese ganze glühende Aufmerksamkeit sich auf Keren richtete, sodass es fast ein Wunder war, dass dieser nicht in Flammen aufging. Die Zwillinge starrten sich an, wie in einen wortlosen Kampf verstrickt.

Den Keren schließlich gewann.

Beliars Schultern sackten herab, und er senkte den Kopf, um auf seinen Teller zu starren. Keren schloss seine Hand um die Faust seines Bruders – eine so sanfte, liebevolle Geste, dass sich bei dem Anblick ein Kloß in Claras Kehle bildete. Was war mit den beiden los? Kerens Worte im Kaminzimmer fielen ihr wieder ein. Er konnte das Haus nicht verlassen, und deswegen war auch Beliar gezwungen, zu bleiben. Weil er seinen Zwilling niemals freiwillig zurücklassen würde. Und nun Beliars empfindliche Reaktion auf das Wort »krank«. Etwas schien sich in Claras Kopf zusammenzufügen. Die Todesurkunde in der Mappe …

Noch ehe sie den Gedanken zu Ende bringen konnte, stand Keren auf.

»Tut mir leid«, sagte er und lächelte ihr entschuldigend zu. »Mir geht es heute nicht so gut. Ich lege mich besser etwas hin. Beliar wird sich bestimmt fabelhaft um dich kümmern.«

Clara sah, wie sich Beliars Schulterlinie bei diesen Worten anspannte, und spürte, wie auch ihre eigene Nervosität mit Wucht zurückkehrte. Er wollte sie mit Beliar allein lassen? War das etwa Teil seines Plans? Oder ging es ihm wirklich schlecht? Vielleicht, dachte Clara, war es eine Mischung aus beidem. Aber das machte es nicht besser. Sie war noch nicht so weit, dachte sie fast panisch, sie konnte jetzt nicht mit Beliar allein sein, nicht in diesem Kostüm, und nicht mit diesem Blick!

Aber Keren schien ihr stummes Flehen nicht zu bemerken. Er sah nur seinen Bruder, der inzwischen die Hände in den Schoß gelegt hatte, wo Clara nicht erkennen konnte, was er tat. Obwohl sie ahnte, dass er sie noch immer zu Fäusten verkrampft haben musste, so steif, wie er dasaß.

»Mach dir keine Sorgen«, bat Keren leise und legte für einen winzigen Augenblick die Hand auf Beliars Schulter. »Ich ruhe mich nur ein bisschen aus, dann geht es mir besser. Hörst du? Ich verspreche es dir.«

Mit einer Bewegung, die geradezu abgehackt wirkte, griff Beliar nach dem Teller, der unangetastet auf Kerens Platz stand, und hielt ihn seinem Bruder entgegen. »Wenn du es nicht selbst isst«, sagte er mit erschreckend spröder Stimme, »werde ich persönlich raufkommen und dich füttern.«

Keren lachte ein lautloses Lachen. »Ach, wirklich? Klingt verlockend. Vielleicht lasse ich es darauf ankommen.« Er wandte sich zu Clara um. »Also dann. Vielleicht kannst du ihn ja überzeugen, dass er sich zu viele Sorgen macht.« Er nickte ihr noch einmal zu und übersah dabei ein weiteres Mal ihre lautlose Bitte, sie nicht mit Beliar allein zurückzulassen, nicht jetzt, nicht hier, auf gar keinen Fall! Und diesmal war Clara sich sicher, dass er sie absichtlich ignorierte. Dann griff er nach dem Teller, den Beliar ihm noch immer mit unbewegter Miene hinhielt. Ein letztes Mal sah Clara, wie seine Finger die seines Bruders streiften. Dann schloss sich leise die Tür hinter ihm.

Eine ganze Weile war es still im Zimmer. Nur der Wind pfiff noch immer um die Hausecken und der Regen prasselte in Böen gegen die Scheiben.

Beliar war in sich zusammengesunken und starrte mit leerem Blick auf seinen noch immer unangetasteten Teller. Clara wagte kaum, ihn anzusehen, aber sie konnte den Blick auch nicht abwenden. Er sah so verloren aus, dachte sie und spürte, wie das Mitgefühl schwer auf ihrer Brust lastete.

»Keren«, sagte sie schließlich leise. Beim Klang des Namens fuhr Beliars Kopf in die Höhe. Brennende Augen richteten sich auf Clara. Sie schluckte und musste alle Kraft aufbringen, die sie hatte, um nicht klein zu werden unter diesem Blick. »Ist er … sehr krank?« *Und hat diese Krankheit etwas mit dem Totenschein zu tun, der im Arbeitszimmer eures Vaters liegt?* Aber die letzte Frage wagte sie nicht zu stellen. Noch nicht.

Endlose Sekunden lang sagte Beliar nichts, starrte sie nur an. »Was hat er dir erzählt?« Seine Stimme klang rau.

Clara schüttelte den Kopf. »Nichts. Er sagte nur … er sagte, er könne dieses Haus nicht verlassen. Und du würdest seinetwegen hierbleiben. Ist das wahr?«

»Jetzt wird mir einiges klar.« Beliars Brust hob und senkte sich schwer, als hätte er Schwierigkeiten, zu atmen. Er presste die Lippen zusammen, bis sie nur noch ein farbloser Strich waren. Dann schüttelte er zornig den Kopf.

»Hör ihm nicht zu«, brachte er mühsam hervor. »Ganz egal, was er dir erzählt, hör nicht auf ihn. Nicht ein Wort. Du solltest schon längst nicht mehr hier sein, Clara.«

Clara biss sich auf die Unterlippe. Schmiss er sie gerade raus? Seine Augen sagten etwas anderes.

»Aber ich möchte dir doch helfen«, flüsterte sie, heiser vor Wut über so viel Undankbarkeit. »Dir … und Keren auch.«

Ein tonloses Lachen zitterte in Beliars Kehle, so bitter, dass es Clara einen Schauer über den Rücken jagte.

»Was ist daran so komisch?« Sie ballte die Hände zu Fäusten, dass sich ihre Fingernägel schmerzhaft in ihre Handflächen gruben.

Doch Beliar schüttelte nur erneut den Kopf, schloss die Augen und befreite Clara für einen Moment von seinem schrecklich starren Blick.

»Frag nicht.«

»Aber …«

»Frag nicht!«

Clara zuckte zusammen.

Noch einmal atmete Beliar tief durch. Dann erschien ein schmales Lächeln auf seinem Gesicht. »Tut mir leid. Bitte entschuldige. Es ist bloß … nichts, worüber ich sprechen kann. Weil ich dich nicht …« Er brach ab, als sei er erschrocken über das, was er beinahe gesagt hätte. Mit einer etwas abgehackten Bewegung griff Beliar nach seinem Besteck. »Iss jetzt. Bitte.«

Zögernd nahm auch Clara ihre Gabel wieder auf. Aber ihr Hals war wie zugeschnürt. Sie würde keinen einzigen Bissen hinunterbekommen, das wusste sie, ohne es auch nur versucht zu haben. Mit einem dumpfen Laut legte sie die Gabel zurück auf den Tisch.

»Nein. Sag's mir. Weil du mich nicht – was?«

Beliar hielt mitten in der Bewegung inne. Seine Hand zitterte, aber er sah Clara nicht an. »Du weißt nicht, was du da wissen willst.«

Mit einem Ruck stand Clara auf. Ihr Stuhl schabte laut über das Parkett. Es war genug. Wirklich genug. Genug Heimlichtuerei, genug Verschweigen, genug von allem. Sie ertrug das nicht eine Sekunde länger. »Oh doch, das weiß ich. Und jetzt spuck's endlich aus«, wiederholte sie barsch. »Was wolltest du gerade sagen?«

Mit einem Knall fuhr Beliars Hand auf die Tischplatte. *»Weil ich dich nicht verletzen will, verdammt!«*

Clara zuckte unter der Lautstärke seines Schreis zusammen. Auch Beliar war jetzt aufgesprungen. Keuchend stand er vor ihr, die Augen immer noch flackernd, in einer verzweifelten Wut, die ihn von innen heraus zu zerreißen schien. Er presste die Hände auf die Tischplatte, als wolle er sie zerbrechen.

»Ich werde Keren nicht verraten«, flüsterte er heiser. »Auch nicht für dich. Und deshalb hau endlich ab.« Seine Stimme erstarb.

Eine ganze Weile konnte Clara ihn nur wortlos anstarren. In ihr stritten die widersprüchlichsten Gefühle. Wut. Mitleid. Angst.

Und das überwältigende Bedürfnis, über den Tisch hinweg die Hand an seine Wange zu legen und die unsichtbaren Tränen fortzuwischen, die sie in seiner Stimme hörte.

Langsam schüttelte Beliar den Kopf. »Hör auf damit …« Er verzog gequält das Gesicht. »Du darfst mich nicht so ansehen.«

Clara presste die Lippen zusammen. *Warum?*, wollte sie fragen. *Warum tust du dir das an? Warum lebst du hier oben ganz allein mit einem Bruder, der seit fast zehn Jahren tot ist?*

Aber sie brachte es nicht über die Lippen.

In diesem Augenblick öffnete sich mit einem Ruck die Seitentür. »Beliar!«

Clara fuhr zusammen, und auch Beliar richtete sich augenblicklich auf. Gleichzeitig drehten beide sich um.

Auf der Schwelle stand Alicja. Tiefe Sorgenfalten hatten sich in ihre Stirn gegraben. »Entschuldigen Sie bitte die Störung – aber Sie sollten nach Ihrem Bruder sehen.« Ihr Tonfall war so eindringlich, dass sich selbst Clara die Nackenhaare aufstellten. »Er ist in den wilden Garten gegangen.«

»Was?« Beliar starrte sie an, als sei ihm gerade der Teufel persönlich erschienen. Im Zimmer schien es mit einem Schlag eisig kalt zu werden. Was eben noch zwischen ihnen in der Luft geknistert hatte, zerriss wie ein überdehntes Gummiband. »Das kann nicht sein!«

Alicja schüttelte den Kopf. »Britta hat den Müll vor die Tür gebracht. Da hat sie ihn gesehen. Sie sagt, sie hätte ihn gerufen, aber er hat nicht reagiert. Dann hat sie ihn aus den Augen verloren.«

Sekundenlang war es unheimlich still. Nur das Heulen des Windes und das Klatschen der Regentropfen auf der Scheibe war überlaut zu hören.

Dann kam Leben in Beliar. »Wo ist Britta?« Er war schon auf dem Weg zur Tür.

»Sie wartet in der Küche.«

Beliar schien sie kaum noch zu hören. Hastig drängte er sich an der Haushälterin vorbei aus dem Raum und stieß sie dabei regelrecht zur Seite.

Für einen Moment blieb Clara wie gelähmt neben dem Tisch stehen. Keren war draußen? Bei diesem Sturm? In seinem Zustand? Aber das war …

»Folgen Sie ihm.« Alicjas Stimme riss sie aus ihrer Starre. »Wenn Sie wirklich helfen wollen – lassen Sie die zwei jetzt nicht allein. Bitte.«

Es dauerte einen Moment, bis ihre Worte zu Clara durchdrangen. Dann nickte sie Alicja zu – und rannte los. Ihre Schritte klangen laut auf dem gefliesten Boden des Dienstbotentraktes. Die Tür zur Küche stand offen. Am Tisch saß

Britta und sah mit schreckensstarrer Miene zu Beliar auf, der sich vor ihr aufgebaut hatte wie ein Todesengel. Tränen rannen über ihr Gesicht, und sie machte sich so klein, als hätte sie Keren höchstpersönlich in den Garten hinausgetrieben.

»Wo ist er?« Jedes von Beliars Worten war ein leiser Schrei. Hinter den beiden schlug der Regen mit unverminderter Heftigkeit gegen das kleine Fenster neben der Tür, die in den Garten führte.

»Herr Albers … es tut mir so leid, ich … ich habe gerufen, aber Ihr Bruder … ich habe mich nicht getraut, ihm nachzulaufen. Ich glaube, er war auf dem Weg …«

Beliar hörte schon gar nicht mehr zu. Mit drei großen Schritten war er bei der Hintertür und riss an der Klinke. Doch die Tür rührte sich nicht.

»*Schlüssel!*«, brüllte Beliar.

»Beliar …« Alicja kam hinter Clara in den Raum gestürzt, den Schlüssel schon in der Hand.

Aber es war Clara, die Beliar sanft, aber bestimmt an der Schulter fasste.

Beliar erstarrte mitten in der Bewegung. Dann drehte er sich langsam um.

»Ich komme mit.« Clara zwang sich, zu lächeln, obwohl ihr Herz und ihre Gedanken rasten. »Geh du nicht auch noch allein da raus.«

Sie sah Beliar schwer schlucken. Aber er widersprach nicht, als Clara Alicja den Schlüssel aus der Hand nahm und die Tür öffnete.

Ein gequältes Lächeln erschien auf Beliars Gesicht. Für einen Augenblick schien er mit sich zu ringen. Dann zog er sein Sakko aus und hielt es Clara hin. »Na schön. Aber zieh das an. Nicht, dass du auch noch … krank wirst.« Die letzten Worte erstarben ihm beinahe auf den Lippen.

Clara sah an sich herunter und dann in den Sturm jenseits der Hintertür hinaus. Der dünne Stoff dieses verfluchten Jumpsuits würde innerhalb von Sekunden durchnässt sein.

Verdammt, Keren.

Rasch griff sie nach dem Sakko und streifte es über. Es war warm und roch nach Beliar. Noch.

Als sie in den Garten hinaustraten, schlug ihnen der Wind mit voller Kraft entgegen und peitschte harte Regentropfen in ihre Gesichter. Der Wald an der Mauer ragte düster vor ihnen auf. Die schattenverhangenen Kronen der Bäume rauschten und ächzten und warfen ihnen Blätter und kleine Zweige entgegen.

Während sie neben Beliar über die Rasenfläche lief, riefen sie immer wieder Kerens Namen. Aber ihre Stimmen verloren sich im Tosen des Sturms. Erst als sie in das graue Zwielicht zwischen den Bäumen eintauchten, wurde es etwas ruhiger. Dafür hörte Clara nun umso deutlicher das Bersten und Brechen der Äste, die sich unter der Gewalt des Windes bogen und zu Boden stürzten.

»Keren!«, brüllte Beliar. »Verdammt noch mal, wo steckst du?«

Aber Keren antwortete nicht, und er tauchte auch nirgends zwischen den Bäumen auf. Doch Beliar ließ sich davon nicht beirren. Entschlossen drang er weiter in den wilden Garten vor, mit so weitgreifenden Schritten, dass Clara Mühe hatte, sich an seiner Seite zu halten. Am Ende hätte sie nicht sagen können, wie lange sie unter den düsteren Wipfeln durch den Wald hetzten, der nichts von seiner märchenhaften Schönheit zurückbehalten hatte. Der Regen war längst durch Beliars Sakko und den Jumpsuit gedrungen, und sie war bis auf die Knochen durchnässt, aber sie fror nicht. Beliars Angst um seinen Bruder hatte auch sie so gepackt, dass sie ihr heiß durch die Adern rann. Sie spürte kaum, wie steif ihre Finger waren, und wie das kalte Wasser auf ihren Wangen brannte. Genau wie Beliar schrie sie Kerens Namen, bis sie glaubte, ihre Stimmbänder müssten reißen.

Und noch immer erhielten sie keine Antwort.

Nach einer, wie Clara schien, schieren Ewigkeit tauchte schließlich das Eibengestrüpp vor ihnen auf, das den Weg zum Herzen des Gartens überwucherte. Beliar und Clara blieben stehen. Der süßliche Geruch der kleinen Blumen hing schwer in der Luft. Der Regen schien ihn zu verstärken, statt ihn fortzuspülen.

Clara sah zu Beliar, der wie festgefroren vor dem Nadeldickicht stand, das ihnen die Sicht versperrte. Er hatte die Augen geschlossen und bebte am ganzen Körper, als wisse ein Teil von ihm bereits, was ihn hinter der Eibe erwarten würde.

»Geh«, flüsterte Clara.

Beliar zuckte zusammen. Dann aber nickte er mit verkniffenem Mund und drängte sich als Erster durch die nassen Zweige.

Vor ihnen lag die Lichtung. Selbst unter dem grauen Wolkenschleier hatten die unzähligen Blüten ihre Kelche weit geöffnet, scheinbar unberührt von dem Sturm, der den Regen über sie hinwegpeitschte.

Ein dunkler Fleck mitten in dem rosaweißen Teppich sprang Clara ins Auge und ihr Herz blieb für eine endlose Sekunde stehen.

Ihr Blick flog zu Beliar. Er hatte ihn auch gesehen. Natürlich hatte er ihn gesehen.

»Keren«, wisperte er, nur ein tonloses Krächzen.

Keren.

Doch noch bevor Clara auch nur einen einzigen klaren Gedanken fassen konnte, stürzte Beliar bereits an ihr vorbei, hin zu dem unförmigen Fleck auf der Lichtung.

»KEREN!«

Beliars Bruder lag der Länge nach ausgestreckt in einem Meer aus Blüten. Der Regen hatte seine Haare und seine Kleider durchtränkt, bis sie klitschnass an seinem Körper und in seinem Gesicht klebten. Seine Augen waren geschlossen. Und er atmete nicht.

»Keren …«, flüsterte Beliar, ein heiserer, gebrochener Laut, der seltsam fremd klang, wie ein Sturmflüstern.

Aber Keren rührte sich nicht. Und als Beliar neben ihm auf die Knie fiel und ihn in seine Arme riss, ihn an sich drückte und ein gequältes Stöhnen über seine Lippen kam, da packte Clara kalte Angst.

Angst, dass es vielleicht schon zu spät war. Wie krank war Keren wirklich? Konnte er so einen Sturm überstehen?

Lassen Sie die zwei jetzt nicht allein.

Clara ballte kurz die Fäuste und öffnete sie wieder.

Trau dich. Du kannst das.

Dann kniete sie sich langsam hinter Beliar und legte vorsichtig die Arme um ihn. »Es tut mir leid«, flüsterte sie.

Sie spürte, wie Beliar zu zittern begann, ein stetes, feines Zittern, das durch seinen ganzen Körper lief wie durch Glas, das unter einem hohen Ton vibriert.

»Warum hast du das gemacht?«, murmelte er heiser. »Warum? Du kannst nicht sterben. Hörst du das? Du kannst nicht sterben, Keren! Du kannst nicht …«

Clara umarmte ihn fester und legte den Kopf an seinen Rücken, obwohl sie nicht einmal sicher war, ob er ihre Anwesenheit überhaupt bemerkte.

Da aber packte Beliar plötzlich ihre Hand. Er drückte sie so fest, dass sie glaubte, ihre Finger würden jeden Moment brechen.

»Clara«, stieß er rau hervor. »Hilf mir. Bitte.«

Clara presste die Lippen zusammen und nickte. »Wie?«

Beliar drehte sich zu ihr um. Seine Augen loderten vor Schmerz.

»Wir müssen ihn ins Haus bringen. So schnell wie möglich. Aber ich weiß nicht, ob ich … allein laufen kann.« Er atmete tief durch und lockerte den Griff um ihre Hand, legte Keren sanft zurück auf den Boden, und nun sah Clara, dass Beliars Bruder tatsächlich atmete. Sehr flach nur, und seine Augen waren von blauschwarzen Schatten umgeben – aber er atmete.

»Hilf mir«, wiederholte Beliar.

Clara stand auf und griff nun ihrerseits nach seiner Hand, packte zu, so fest sie konnte. »Dann komm«, sagte sie und zog, bis er taumelnd auf die Füße kam.

Sekundenlang standen sie schwer atmend voreinander, den reglosen Keren zwischen sich. Ein verzweifeltes Lächeln erschien für einen Moment in Beliars Mundwinkeln, und er hob ihre noch immer ineinander verschränkten Hände und drückte einen Kuss auf Claras Finger.

»Danke.«

Dann hob er Keren auf seine Arme und sie verließen gemeinsam die Lichtung, die beinahe Kerens Grab geworden wäre.

Kapitel 12

Ein tiefer Riss

Kerens Herzschlag war weit weg.

So unerträglich weit weg.

Beliar spürte Claras Hand an seinem Arm kaum, als er an ihrer Seite durch den Garten zurück in Richtung Haus wankte. Keren hielt er dabei so fest an seine Brust gedrückt, als hinge sein Leben davon ab. Aber der Herzschlag seines Bruders blieb fern und schwach, ganz gleich, wie nah sie sich körperlich waren.

Alicja und Heinrich erwarteten sie an der Küchentür. Ihre Gesichter waren grau vor Sorge und Kummer. Schon von Weitem konnte Beliar die harten Linien sehen, die sich um Alicjas Mund in die Haut gruben. Er kannte ihre Sorge nur zu gut. Aus dem Herzen des Gartens waren schon so viele nicht lebend zurückgekehrt.

Aber nicht Keren, dachte Beliar verbissen. Keren würde keines dieser Opfer werden. Nicht, solange Beliar es verhindern konnte. Und wenn er noch so dramatisch seinen eigenen Abgang inszenierte, indem er sich in seinem Zustand in den Sturm stürzte – Beliar würde das nicht erlauben.

Er wollte seinen Bruder nicht loslassen. Seine Finger schlossen sich wie im Krampf um die schmalen Schultern, als Heinrich auf ihn zutrat, um ihm Kerens schlaffen Körper aus den Armen zu nehmen. Dabei wusste er selbst nicht, wie er es zustande gebracht hatte, Keren den ganzen Weg durch den Sturm zurückzutragen. Seine Muskeln, nun endlich von ihrer Last befreit, fühlten sich an wie überdehntes Gummi.

»Heinrich bringt Keren in Ihr Zimmer.« Alicjas Stimme war sanft. »Kümmern Sie sich darum, dass Clara sich aufwärmt. Können Sie das für mich tun?«

Beliar nickte matt. In seinem Kopf tobte ein Sturm, schlimmer als der, den sie gerade hinter sich gelassen hatten, und zugleich war in seinen Gedanken alles leer und tot. Wie mechanisch ging er neben Clara her und blieb nicht stehen, bis sie ihr Zimmer im ersten Stock erreicht hatten. Ihre Hand lag noch immer auf seinem Arm.

»Clara«, murmelte er. Erst jetzt spürte er ihre Gegenwart wieder, und mit ihr kam das überwältigende Bedürfnis, sie in seine Arme zu reißen und nie mehr loszulassen.

Ob sie es noch einmal erlauben würde?

Vielleicht.

Vermutlich.

Aber er durfte es nicht.

Nie wieder.

Beliar schloss kurz die Augen. Was tat er? Was dachte er? Warum nur musste es so schmerzhaft sein, sie nicht zu berühren? Trotz aller Verzweiflung hatte es sich so gut angefühlt, ihr nah zu sein. So *richtig*. Beliar spürte, wie seine Kehle eng wurde.

Keren.

Es bringt ihn um.

Am liebsten hätte Beliar seinen Kopf gegen die Wand geschlagen. Was glaubte er eigentlich, erreichen zu können?

Erst in diesem Augenblick wurde ihm bewusst, dass Clara ihn ansah. Mit einem Blick, der bis auf den Grund seiner gepeinigten Seele zu dringen schien.

So warm.

So hell.

Beliar hatte immer geglaubt, es gebe nur einen Menschen auf der Welt, der ihn so tief berühren konnte. Aber das stimmte nicht. Auch wenn ein Teil von ihm das noch immer nicht wahrhaben wollte.

»Du musst dich umziehen«, murmelte er mit belegter Stimme. »Du holst dir sonst den Tod.«

Clara nickte, aber sie rührte sich nicht, obwohl ihre Lippen bleich waren, fast blau. »Dir ist viel kälter als mir«, sagte sie leise.

Beliar fröstelte unwillkürlich, als hätten allein ihre Worte die Empfindungen auf ihn übertragen. Ja, er war tropfnass. Ja, auch er konnte sich den Tod holen. Aber er konnte sie nicht hier zurücklassen, ohne sicher zu sein, dass es ihr gut ging. Er konnte es einfach nicht. Und noch ehe er wusste, was er tat, hatte er die Hand ausgestreckt und streifte ihr das durchnässte Sakko von den Schultern. Auf der nackten

Haut darunter hatten sich die feinen Härchen aufgestellt. Ein Zittern lief bei dem Anblick durch Beliars Körper. Vorsichtig ließ er seine Finger über ihren Oberarm gleiten. Viel zu kühl. »Bitte. Zieh dich um.«

Wieder nickte Clara. Und wieder rührte sie sich nicht. Aber diesmal war es, weil sie unter seiner Berührung erstarrt war.

So blass und kalt …

Ein Bild blitzte vor seinem inneren Auge auf. Clara, wie sie ihn von unten herauf ansah, nur noch ein weißer Schemen im grünen Wasser unter einer Decke aus Glas. Mit leerem, traurigem Blick, der nie wieder in seine Seele dringen konnte.

Nein!

Noch ehe er recht wusste, was er tat, hatte er sie in seine Arme gezogen und presste sie an sich.

Niemals.

Keren hatte es gewusst. Hatte es ausgesprochen, lange bevor Beliar es sich selbst eingestanden hatte. Er konnte es nicht ertragen. Er würde daran zugrunde gehen. Und wenn sie nicht bald von hier fortging …

Clara versteifte sich kurz in seinen Armen. Dann gab sie nach und erwiderte seine Umarmung. Beliar spürte ihre Hände erstaunlich warm durch sein nasses Hemd auf seinem Rücken.

Wem wollte er etwas vormachen?

Er wollte doch nicht einmal mehr, dass sie ging.

Eine Ewigkeit, so schien es Beliar, standen sie so da.

Lauschten ihren eigenen abgehackten Atemzügen und dem ungerührten Rauschen des Regens vor dem Fenster.

Dann stieß er sie weg. Mit aller Kraft, die ihm noch blieb, was nicht viel war. Es reichte kaum für eine jämmerliche Armlänge Abstand.

»Ich muss nach Keren sehen«, brachte er heiser hervor. »Er braucht mich.«

Und mit diesen Worten stolperte er aus dem Zimmer, obwohl er glaubte, das Herz müsse ihm zerspringen.

Er bewältigte den Aufstieg in den zweiten Stock wie in Trance. Sein eigener Atem dröhnte in seinen Ohren. Ihm war heiß und kalt zugleich, und sein Kopf fühlte sich dumpf und leer an. Er konnte weder seine Gedanken noch seine Gefühle ordnen oder benennen. Er wusste nicht einmal, was genau er als Nächstes vorhatte. Wie von selbst führten ihn seine Schritte in die Zimmerflucht, die er mit Keren teilte, ins Schlafzimmer, in dem das gleiche graue Zwielicht herrschte wie im Rest des Hauses.

Sein Bruder lag im Bett. Die bleichen Hände hatte er über der Brust gefaltet, die sich nur langsam hob und senkte. Doch seine Augen waren offen. Und als Beliar auf der Schwelle erschien, setzte er sich mühsam ein Stück auf.

»Beliar ...«

»Bleib liegen«, sagte Beliar und hörte erstaunt, wie fremd ihm seine eigenen Worte in den Ohren klangen. So seltsam abgeklärt, viel zu ruhig für den Aufruhr, der in seinem Inneren wütete. Für den Zorn, der ihn halb betäubte, weil sein

Bruder sich bei klarem Verstand beinahe das Leben genommen hatte. Vor allem aber, weil er nichts davon geahnt hatte, dass er es tun würde. Das, von allen Dingen, quälte ihn am meisten.

Aber Keren verstand. Er verstand ihn immer.

»Es tut mir leid«, sagte er leise. Und wie er so dasaß, die schmächtige Gestalt so verloren in dem großen Bett, da siegte die überwältigende Erleichterung über die Wut. Mit zittrigen Knien fiel Beliar aufs Bett und schloss Keren in die Arme.

»Mach das nie wieder, hörst du? Lass dir das nie wieder einfallen!«

Keren drückte ihn vorsichtig an sich, ohne sich darum zu kümmern, dass sein Bruder noch immer vor Nässe tropfte.

»Du bist eiskalt«, murmelte er. »Wie lange waren wir denn dort draußen?«

Beliar schwieg, weil er die Antwort nicht wusste. Es spielte auch keine Rolle, dachte er. Es war einfach gleichgültig, wie lange es gedauert hatte. Wichtig war nur, dass sie zurück waren, alle drei.

Und dass er sich endlich eingestehen musste, dass es nun zwei Menschen gab, die er nicht verlieren wollte. Der Gedanke zerriss ihn.

»Wie geht es Clara?« Kerens sanfte Stimme ließ ihn zusammenzucken.

»Sie … ich weiß nicht.« Beliar schüttelte den Kopf.

»Beliar. Natürlich weißt du es.« Keren strich ihm eine nasse Haarsträhne aus dem Gesicht.

Beliar presste die Lippen zusammen und schwieg. Ja.

Natürlich wusste er es. Er spürte ihre Angst, aber auch ihre Entschlossenheit und ihre Kraft. Er spürte, dass sie genau jetzt wahrscheinlich furchtbar allein und verunsichert war, dass sie in dieser Stille nach dem Sturm jemanden brauchte, der ihr Halt gab. Aber er *wollte* es nicht wissen.

Zu seiner Erleichterung schien Keren ihn nicht weiter drängen zu wollen, was Clara betraf. Darum protestierte Beliar auch nicht, als sein Bruder aufstand, ins Badezimmer ging, als hätte er nicht vor weniger als einer Stunde noch leblos im Wald gelegen, und mit einem Handtuch zurückkehrte. »Hier. Trockne dich erst mal ab und wärm dich auf.« Keren lächelte schief.

Wie mechanisch griff Beliar nach dem Handtuch. Wie gewohnt er es war, dachte er unwillkürlich, zu tun, was Keren sagte. Selbst jetzt. Selbst heute. Wenn Keren eines Tages nicht mehr da wäre …

Keren schloss seine Hand sanft um Beliars und schob den Arm seines Zwillings nach oben. Das Handtuch fiel über Beliars Augen. Mit einem tonlosen Seufzer rieb er sich die Haare notdürftig trocken.

Keren schob die Hände in die Taschen seiner Trainingsjacke. »Ziehst du dich allein um«, fragte er mit freundlichem Spott, »oder muss ich dir dabei auch behilflich sein? Ich fühle mich gerade ein bisschen schwach.«

Beliar war nicht nach Lachen zumute. Am liebsten hätte er Keren geschlagen. Mühsam schälte er sich aus seiner durchweichten Jeans und dem tropfenden Hemd und warf beides achtlos in den Wäschekorb neben der Tür zum Badezimmer. Keren hatte inzwischen einen zweiten Trainingsanzug aus dem Schrank geholt und warf ihn seinem Bruder zu. »Anziehen«, ordnete er an.

»Nerv nicht«, murmelte Beliar. »Ich bin kein Baby.«

Keren hockte sich wieder aufs Bett und zog die Beine an die Brust. »Stimmt. Aber du denkst zu viel an andere. Es wäre besser, du würdest dich auch mal um dich selbst kümmern.«

Trotz des Lächelns in Kerens Mundwinkeln hörte Beliar den scharfen Vorwurf in seiner Stimme nur zu deutlich. Oh ja. Keren nahm es ihm übel, dass er ihn aus dem Sturm geholt hatte. Es fehlte nicht viel und Beliar wäre ausgerastet. »Ich dachte, dafür habe ich dich«, schnappte er sarkastisch, während er in die Trainingshose stieg und das trockene Shirt über den Kopf streifte.

Auf Kerens Stirn erschien eine kleine Falte. »Schlimm genug.«

Beliar spürte, wie sich in seiner Brust ein glühender Knoten bildete. »Fängst du schon wieder damit an?« Er setzte sich auf die Bettkante und starrte seinem Bruder ins Gesicht. Zwang sich, auch die Schatten unter seinen Augen zu sehen, die er niemals hatte wahrhaben wollen.

Keren hob leicht die Schultern. Seine Lippen waren schmal geworden, aber er wich dem Blick nicht aus. »Ich denke, ich habe meine Position heute mehr als deutlich gemacht. Ich werde gehen, Beliar. Du kannst es nicht ändern. Akzeptier es endlich.«

»Nein.« Beliar neigte sich ein Stück vor, bis er den Atem

seines Zwillings spüren konnte. Es überraschte ihn selbst, wie ruhig er war. Er hatte genug von diesem Streit, er wollte den Abgrund zwischen ihnen nicht wieder aufreißen lassen – vor allem, weil er Keren damit genau in die Hände spielen würde. »Ich gebe dich nicht her, und ich lasse nicht zu, dass du dich opferst.«

Kerens Atem zitterte. »Und was willst du dagegen tun? Du liebst sie doch.«

Beliar schloss die rechte Hand zur Faust, um sein eigenes Zittern zu unterdrücken. »Das spielt keine Rolle. Wir finden eine andere. Ich jage sie weg. Und diesmal mache ich es richtig.«

»Du willst den Spiegel umdrehen.« Kerens Stimme war tonlos. »Das ist gegen die Regeln.«

»Regeln, die wir selbst aufgestellt haben. Wen interessiert's?«

Keren schwieg lange, die Lippen zusammengepresst.

»Ich will dich nicht verlassen, Beliar«, flüsterte er endlich. »Ich will auch nicht sterben. Ich wollte nie sterben. Aber ich will auch nicht länger daran schuld sein, dass du leidest. Begreifst du das denn nicht?«

Beliar nahm sein Gesicht in beide Hände und lehnte seine Stirn an Kerens, spürte die weichen Haare seines Zwillings seine Wange kitzeln. »Wer von uns beiden ist jetzt der Dummkopf, Keren?«

Ein seltsamer Laut kratzte in Kerens Kehle, wie ein ersticktes Stöhnen. »Wir beide, mein dummer Bruder. Wir beide.«

Beliar antwortete nicht mehr. Endlose Sekunden lang blieben sie reglos sitzen, spürten die vertraute Gegenwart des anderen. Aber schließlich schob Keren Beliar von sich. »Geh zu ihr«, sagte er leise. »Tu, was du tun musst.«

Beliar widersprach nicht. Ja, er musste es tun.

Er würde zu ihr zurückkehren. Sich verabschieden. Sie ein letztes Mal spüren, egal wie sehr es schmerzte.

Und sie dann nie mehr wiedersehen.

* * *

Als Beliar gegangen war, ließ Keren sich mit einem Seufzer zurück in die Kissen fallen, der die Last auf seiner Brust kaum erleichtern konnte.

Beliar würde in dieser Nacht nicht zurückkommen. Keren wusste das. Sein Plan war aufgegangen, und Keren wünschte sich wirklich, er hätte es allein aus diesem nüchternen Blickwinkel betrachten können. Was Beliar und Clara heute gemeinsam durchgestanden hatten, hatte sie endlich nahe genug zusammengebracht. Clara hatte ihre Rolle fabelhaft gespielt, obwohl Keren sie nicht einmal in sein Vorhaben eingeweiht hatte, und Beliar war endlich verzweifelt genug, um ihren Trost zu akzeptieren. Ganz gleich, was er behauptet hatte – er würde sie nicht fortjagen, da war Keren sich sicher. Weil er heute, dort draußen auf der Lichtung, in diesem Moment größter Angst und Verzweiflung, endgültig sein Herz an Clara verloren hatte, als sie ihm half – genau wie Keren es geplant hatte. So weit die Theorie.

Die Wahrheit allerdings ging sehr viel tiefer.

Die Wahrheit war, dass er sich wünschte, er hätte dort draußen auf der Lichtung tatsächlich einfach sterben können. Damit er den Weg, der noch vor ihm lag, nicht aus eigener Kraft gehen musste.

Keren fühlte seinen Atem rau durch seine Kehle kratzen, spürte seine Lungen bei jedem Zug in Flammen aufgehen.

Wie schlimm würde es werden?

Wie lange würde es dauern?

Und wie lange würde er noch vor Beliar verbergen können, wie schmerzhaft es wirklich war?

Keren begann zu zittern und zog die Bettdecke über seinen Körper. Er schloss die Augen und versuchte sich vorzustellen, Beliar läge neben ihm, wie er es jede Nacht getan hatte, seit …

Keren unterbrach seine eigenen Gedanken und atmete durch, so tief er noch konnte.

Es hatte keinen Zweck, sich etwas vormachen zu wollen. Der Gedanke, einfach nicht mehr da zu sein, machte ihm Angst. Aber noch schlimmer war das Wissen, sich von seinem Bruder trennen zu müssen. Und zurückzukehren in die Dunkelheit, aus der Beliar ihn so oft gerettet hatte.

Keren spürte einen warmen Tropfen zwischen seinem Nasenbein und dem Augapfel hervorquellen und langsam über seine Wange rinnen. Er hob die Hand und wischte ihn weg.

Rot.

Tiefrot.

Keren starrte auf seinen Finger.

Blut.

Er schloss die Augen und spürte den Schmerz, der sich dumpf in seinem ganzen Körper ausbreitete. Es ging so schnell. Viel schneller, als er gedacht hatte.

Er wusste, er hätte es aufhalten können. Er brauchte nicht mal Beliar dafür. Wie oft hatte er in den letzten Stunden gegen die Versuchung gekämpft, jenes besondere Messer aus dem Schrank zu holen und ihr selbst das Zeichen zu verpassen? Sie zu zeichnen, wie es sonst Beliars Aufgabe war, und dann vor Claras Augen die Vorhänge aufzureißen? Ihr einen Spiegel vorzuhalten, sie ins Wasser zu stoßen, alles wegzuwerfen, was er mit ihr erreicht hatte, damit dieser Schmerz aufhörte? Sie liebte Beliar schon genug, um ein akzeptables Opfer zu sein, da war Keren sich sicher. Er blinzelte und warf einen Blick zum Fenster. *Sie* wusste es auch. Sie wartete nur darauf. Aber Keren gab nicht nach. Diesmal nicht. Dieses Spiel würde endgültig das letzte sein.

Eine fast schmerzhafte Übelkeit schnürte ihm den Magen zu. Keren starrte noch immer auf seine Finger, die dürren Klauen, die durch die transparent gewordene Maskierung hindurchschimmerten. Mehr Blut rann aus seinen Augen und befleckte die weißen Bettlaken. Hätte er einen Spiegel gehabt, er hätte sich selbst kaum wiedererkannt, das wusste er nur zu gut. Oder vielmehr hätte er viel zu viel von seinem wahren Selbst erkannt. Einem Selbst, dem Keren nicht in die Augen sehen konnte.

»Also dann. Willkommen in der Dunkelheit«, flüsterte er in die Schatten, die sich langsam über den Raum legten. »Diesmal für immer.«

Kapitel 13

Ein Bild wie kein anderes

Der Regen hatte aufgehört. Draußen vor dem Fenster war es ruhig geworden. Nur noch ein leichter Wind rauschte in den entfernten Bäumen.

Auch in Claras Brust war der Sturm abgeflaut und hatte eine seltsame Leere zurückgelassen. Es war alles zu viel. Viel zu viel. Sie hatte nicht mal mehr das Gefühl, in ihrem eigenen Körper zu sein. Nachdem Beliar gegangen war, war alle Stärke, die sie für ihn so mühsam aufrechterhalten hatte, schlagartig in sich zusammengefallen. Nur mit Mühe hatte sie sich noch aus dem Jumpsuit geschält und war in ihrer klammen Unterwäsche unter die Decke gekrochen. Hier lag sie nun, aber es war, als würde sie neben sich liegen, in einem anderen Bett, und nur träumen, dass sie hier war, die Haare noch immer nass am Kopf klebend und die Glieder noch immer zitternd, obwohl die Kälte längst aus ihrem Körper hätte weichen müssen.

Dass die Tür sich öffnete, hörte sie kaum. Auch die Schritte, die sich behutsam näherten, drangen kaum zu ihr durch. Und erst als die Matratze unter ihr leicht wippte, wurde ihr bewusst, dass jemand in die Blase aus Unwirklichkeit eingedrungen war, die sich immer weiter um sie ausdehnte.

»Clara.« Die Stimme war vertraut. Sie streichelte Claras aufgewühlte Gedanken wie eine sanfte Berührung.

Langsam drehte Clara sich um und zog die Decke ein Stück nach unten, um ihn ansehen zu können. Er hatte sich umgezogen, trug eine schwarze Trainingsjacke über einem hellen T-Shirt. Seine Haare waren wirr und immer noch feucht, seine Wangen blass. Die eishellen Augen waren im Zwielicht dunkler als sonst und sehr sanft.

»Wie geht es Keren?«, fragte sie leise. »Ist er … okay?«

»Okay … ja, so kann man es wohl nennen«, murmelte Beliar. Vorsichtig streckte er sich neben ihr auf der Decke aus. »Was ist mit dir? Bist du denn okay?« Wieder roch sie die Blumen. Die Blumen, die im Herzen des Gartens wuchsen.

»Ich … weiß es nicht«, murmelte sie. »Ich weiß nicht, was ich denken soll.« Sie seufzte tonlos. »Wahrscheinlich hätte ich einfach niemals hierherkommen sollen.«

Beliar sah sie an – überrascht und irgendwie verletzt. Aber er fing sich schnell wieder. »Denkst du das wirklich?« Er strich ihr eine feuchte Haarsträhne aus der Stirn. Eine Bewegung, so fürsorglich und gleichzeitig selbstverständlich – etwas, das er sonst nur für seinen Bruder tat. Clara starrte ihn an, dachte kurz daran, sich wegzudrehen, der Berührung auszuweichen. Aber sie tat es nicht.

»Vielleicht hast du recht.« Seine Stimme klang nachdenklich und traurig zugleich. »Vielleicht hättest du besser niemals hier auftauchen sollen. Dann wäre jetzt noch alles, wie es immer war.«

Alles, wie es immer war … Clara runzelte die Stirn. Beliars Worte verursachten ein seltsames Ziehen in ihrer Magengegend. Da war ein Zweifel in seiner Stimme, eine leise Unsicherheit. War es denn gut, wenn alles blieb, wie es war? Nach allem, was Clara in diesem Haus bisher erlebt und gehört hatte, wohl kaum. Aber was wusste sie schon? Eigentlich nur, dass sie das, was heute geschehen war, nicht gewollt hatte. Und dass sie sich in gewisser Weise schuldig daran fühlte.

»Und trotzdem«, fuhr Beliar in diesem Augenblick leise fort, »bin ich froh, dass du hergekommen bist. Ich weiß, es ist dumm von mir. Es ist sogar mehr als das. Es ist grausam. Aber ich kann nichts dagegen tun. Wenn ich dich ansehe, wenn ich mit dir spreche, dann will ich einfach … in deiner Nähe sein. Immer. So viel, so oft, so lange wie möglich.«

Es klang so traurig, wie er das sagte. So unsagbar traurig, wo es so unsagbar schön hätte sein können. An einem anderen Ort. Zu einer anderen Zeit, dachte Clara, wenn sie sich da begegnet wären … Und erst jetzt wurde ihr bewusst, dass Beliar schon die ganze Zeit seine Finger über ihre Schulter gleiten ließ.

»Ist das ein Abschied?« Überrascht bemerkte sie, dass sich hinter ihren Lidern Tränen gesammelt hatten.

Aber auch auf diese Frage antwortete Beliar nicht.

»Ich will nur, dass du ein für alle Mal weißt, was ich fühle«, sagte er leise. »Egal was von jetzt an geschieht.«

Clara schluckte trocken. »Und du spielst gerade nicht?« Sie sah in seine Augen, versuchte zu erkennen, was er vorhatte – oder wenigstens einen Anhaltspunkt dafür zu finden, dass sie wirklich nicht träumte. Aber war das überhaupt wichtig?

Beliar schüttelte den Kopf. »Ich denke nicht mal dran.« Er ließ seine Hand ihre Schulterlinie entlang in ihren Nacken gleiten. Leicht und warm lag sie dort. Claras Haut prickelte unter seiner Berührung.

»Bitte, Clara. Ich will nur einmal wissen, wie es ist ... neben dir zu liegen. Dich festzuhalten. Neben dir zu schlafen. Erlaubst du mir das?«

Da war ein seltsamer Schmerz in seiner Stimme. Als wisse er selbst nicht, was er noch glauben sollte. Clara schloss die Augen und lauschte in sich hinein, spürte seine Wärme und das leichte Zittern in seinem Atem.

Doch, dachte sie überrascht und spürte ihr Herz ein wenig schneller schlagen, sie wollte es auch wissen. Nicht nur, um ihm zu helfen. Sondern auch für sich selbst.

»Ist gut«, murmelte sie und rückte eine Winzigkeit an ihn heran. »Du kannst bleiben. Für eine Weile.«

Beliar lächelte, und sie sah ehrliche Erleichterung darin. »Danke.« Sein Gesicht war nun so nah an ihrem, dass sie seinen Atem über ihre Wange streifen fühlte. Eine kleine Ewigkeit lagen sie so beieinander. Schweigend. Atmend und lauschend in eine Stille, die nun, da der Sturm verklungen war, so absolut schien, dass sie ihre Herzen schlagen hören konnten.

Dann berührten seine Lippen ihre, federleicht. Sein Mund war weich, warm und trocken. Der Stoff seiner Trainingsjacke schmiegte sich an Claras nackten Oberarm.

»Du bist immer noch ganz kalt«, flüsterte er. Seine Finger glitten durch ihr Haar. Er hatte den Mund zum Sprechen leicht geöffnet und die Worte flossen zwischen Claras Lippen hindurch in sie hinein. Wie ein warmes Prickeln rannen sie durch ihren Körper und füllten sie mit einer seltsamen Leichtigkeit. Sie schmeckte eine fremde, etwas herbe Note, die sich allmählich mit ihrem eigenen, vertrauten Geschmack mischte, bis sie nicht mehr unterscheiden konnte, welcher Atem zu ihr gehörte und welcher zu ihm.

Wie von selbst öffneten sich Claras Lippen, um mehr von seinem Atem, seiner Wärme aufzunehmen. Sie spürte, wie seine Hand unter der Decke ihren Rücken hinabglitt, bis sie fast ihr Steißbein erreicht hatte, dann weiter abwärts, ihre Hüfte entlang und ein Stück ihren Oberschenkel hinab, und ihr wurde elektrisierend deutlich bewusst, dass sie immer noch beinahe nackt war. Aber der Gedanke verlor sich rasch in der kribbelnden Empfindung von Beliars Berührungen. Seine Lippen lösten sich von ihren, wanderten an der Haut ihres Halses hinab bis zum Schlüsselbein und die Schulter entlang, erkundeten jeden Millimeter, als wolle er sich jeden Fingerbreit ihrer Haut für immer einprägen.

Ich will, dass du weißt, was ich fühle. Egal was von jetzt an geschieht.

Clara grub die Finger in die weichen Haare in seinem Nacken und spürte, wie tiefrote Hitze durch ihre Glieder rann, gepaart mit dem Schrecken, dass sie gerade auf etwas zurauschte, das sie nicht aufhalten konnte. Oder nicht aufhalten wollte.

Egal was geschieht? Was geschieht denn hier mit uns?

Sie öffnete die Augen, um ihn anzusehen. Beliars helle Haut war grau, kühl im schwindenden Rest des Tageslichts, das vom Fenster hereinfiel. Seine Hände und Lippen aber, die sie sanft ertasteten und erforschten, waren lebendig und warm.

Aber es fühlt sich schön an, dachte sie, als sie zuließ, dass sich ihre Augen wie von selbst wieder schlossen. Schön, wie er sie berührte und wieder küsste und wie ihre eigenen Hände und Lippen erst zögernd und unbeholfen, dann aber immer mutiger über seine Haut wanderten; die weiche Glätte spürten und die Wärme. Das Kribbeln in ihrem Bauch breitete sich aus bis in ihre Fingerspitzen, wurde größer, heißer, bis es sie schier überflutete. Verschwommen dachte sie noch, dass sie mehr davon wollte – mehr Wärme, mehr Nähe, mehr …

Und dann dachte sie gar nichts mehr.

Später lagen sie gemeinsam unter der weißen Decke, so dicht, wie Clara noch nie neben jemandem gelegen hatte. Sie fühlte sich leer, erschöpft und gleichzeitig bis zum Bersten gefüllt mit Beliars Gegenwart. Es war eine Empfindung, die alles andere betäubte und die Ereignisse der letzten Stunden eine Ewigkeit entfernt scheinen ließ. Clara betrachtete sein Gesicht, das im Zwielicht so klar gezeichnet schien, als wäre es ein Foto, das jemand zu übereifrig nachbearbeitet hatte. Niemand, dachte Clara, konnte in Wirklichkeit so aussehen. Seine Augen waren geschlossen, aber sie wusste, dass er nicht schlief. Dennoch lag er so reglos, als wäre er überhaupt nicht lebendig, als wäre die Hitze, die von ihm ausging, sein Geruch und die glatte Haut nichts als die viel zu perfekte Imitation eines Menschen.

Angefühlt hatte er sich ganz anders.

Zögernd streckte Clara eine Hand aus und legte sie auf seine Wange. Wenn sie der Linie seines Kiefers bis zu seinem Ohr folgte, würde sie einen winzigen Ansatz rauer Bartstoppeln ertasten können. Aber sie wollte nicht. Sie wollte ihm seine glatte Perfektion lassen, die diesen schwerelosen Moment so unwirklich machte. Und gleichzeitig wollte sie ihn für immer in ihrer Erinnerung verankern.

In diesem Augenblick hob Beliar die Lider und sah sie an. Fragend. Sanft. Und unendlich traurig.

»Darf ich ein Foto von dir machen?«, flüsterte Clara.

Beliar reagierte nicht sofort. Dann lächelte er, aber das Lächeln wirkte seltsam abwesend. »Mit deiner Spiegelreflexkamera?« Er lachte leise, und selbst das klang traurig. »Ja … nur zu. Vielleicht ist das der einfachste Weg.«

Seine Stimme war so spröde. Sie kratzte in Claras Kopf, ein Gefühl wie von einer Nagelfeile am Hals einer Glasflasche, und mit einem Mal hatte sie grässliche Angst davor, aufzustehen und die Magie des Augenblicks zu durchbrechen. Zu begreifen, was sie getan hatten. Und vielleicht einer Realität ins Auge zu sehen, für die sie nicht bereit war.

»Wie meinst du das?« Sie hörte ihre eigene Stimme verdächtig dünn klingen. »Der Weg wohin?«

Federleicht legten sich Beliars Finger an ihre Wange. Sein Blick war ernst und eindringlich. »Zur Wahrheit natürlich. Über Keren und mich. Wer wir sind, und warum wir dieses Spiel spielen, immer wieder. Keren hat dir davon erzählt, oder? Natürlich hat er ... du spielst ja längst mit. Und du spielst gut.« Ein Mundwinkel zuckte gequält. »Aber er hat dir nicht von den Spiegeln erzählt. Zumindest nicht die ganze Wahrheit.«

Etwas in Clara zuckte zusammen, als hätte bei Beliars Worten ein eisiger Finger ihren Nacken berührt. Die Spiegel ...

»Was ist in den Spiegeln?«, flüsterte sie und wusste nicht, ob sie die Antwort wirklich hören wollte. Wieder flackerte das Gesicht des Mädchens vor ihr auf. Die blauschwarzen Brunnenaugen. »Warum erzählst du mir das?«

Ein trauriges Lächeln berührte Beliars Mundwinkel, ein wenig spöttisch, als lache er innerlich über sich selbst. »Merkst du das nicht?«, sagte er leise. »Ich versuche dich von hier zu vertreiben. Mit allen Mitteln. Das ist immer noch ein Abschied, Clara. Und jetzt ist es so weit.«

Die Worte klangen auf eine Art und Weise ehrlich, die Clara die Kehle zuschnürte. Tränen stiegen ihr in die Augen und plötzlich fühlte sie sich sehr nackt.

»Aber warum? Warum jetzt? Gerade nachdem wir ...« Sie konnte es nicht aussprechen. Etwas in ihr begann zu zittern.

Und dann begriff sie es.

Dann bricht er dir das Herz.

Kerens Worte. Er hatte sie davor gewarnt. Er hatte sie nicht belogen. Aber dass es sie in tausend Scherben zerschmettern würde, darauf hatte er sie nicht vorbereitet.

Er wird dich gewinnen. Er gewinnt jeden. Aber nur wenn du ihn *gewinnen kannst, gewinnst du auch das Spiel.*

Clara spürte, wie das Zittern sich in alle Gliedmaßen fortsetzte. Also hatte sie es nicht geschafft. Sie hatte verloren. Und jetzt …

»Warum?« Am liebsten hätte sie geschrien. Aber ihre Stimme versagte ihr den Dienst und ließ ihr nur ein hohles Flüstern.

Beliar sah sie unbeirrt an. Täuschte sie sich oder schimmerten auch in seinen Augen Tränen? »Weil ich dich nicht opfern kann. Nicht mal für ihn. Aber ich kann ihn auch nicht aufgeben.« Seine Stimme schwankte. »Nicht mal für dich. Deshalb musst du gehen. Noch heute Nacht.«

Clara öffnete den Mund und schloss ihn wieder. »Aber …«, brachte sie endlich hervor, »… ich will nicht. Nicht ohne dich. Ich lass dich nicht hier. Wenn du bleibst, bleibe ich auch.« Sie ballte du Fäuste. »Ich hab das schon verstanden, weißt du? Wie dieses Spiel funktioniert, ich bin ja nicht blöd. Aber wenn du glaubst, dass ich so leicht aufgebe, dann irrst du dich gewaltig.«

Etliche Sekunden lang starrte Beliar sie nur an. Dann stand er ruckartig auf und ging zum Fenster hinüber, hielt sich an der Fensterbank fest, als bräuchte er Halt, um aufrecht stehen zu bleiben. Etliche Sekunden stand er dort und starrte in die Scheibe, als führe er ein stummes Zwiegespräch. Dann drehte er sich ruckartig um.

»Mach dein Foto.« Seine Stimme war dunkel und immer noch so schrecklich spröde. »Sieh mich an, durch deinen Spiegel. Und dann entscheide selbst, ob du meine Nähe ertragen kannst.«

Die stille Verzweiflung in seinen Worten traf Clara tiefer, als sie erwartet hatte. Es drängte sie, vehement zu widersprechen. Ihm zu sagen, dass überhaupt nicht zur Debatte stand, dass sie ihn nicht ertragen könnte, jetzt nicht mehr und ehrlich gesagt auch vorher schon nicht – und dass es sie wirklich, wirklich wütend machte, dass er es überhaupt zur Sprache bringen musste, wo es doch nur um ein einziges Foto ging. Aber in diesem Moment sah sie in seinem Blick noch etwas anderes, das ihr die Worte noch im Hals ersterben ließ. Sie sah den anderen Beliar. Den, vor dem sie sich gefürchtet hatte. In diesem Moment waren sie beide hier, und sie wagte nicht zu vermuten, welcher von beiden die Oberhand gewinnen würde.

»Ich kann dich nicht retten, Clara.« Beliars Hand verkrampfte sich um die Kante der Fensterbank. Seine Stimme zitterte. »Ich wünschte so sehr, ich könnte es, aber ich kann nicht. Nicht, ohne Keren zu verlieren. Er stirbt ohne mich, hat er dir das auch gesagt? Ich wette, das hat er dir verschwiegen. Könntest du es ertragen, dafür verantwortlich zu sein, Clara? Könntest du das?«

Clara starrte ihn an, ihre Gedanken rasten.

Nein, das hast du mir nicht gesagt, Keren! Wieso?! Das

hättest du mir nicht verschweigen dürfen! Das ist nicht fair! Ich wäre …

Ihre Gedanken stockten.

Ja, wäre ich? Wäre ich wirklich gegangen?

Allein die Vorstellung erschien ihr in diesem Moment unmöglich.

»Es ist auch egal.« Beliars Körper schien inzwischen bis zum Zerreißen gespannt. »Du musst gehen, so oder so. Also mach jetzt dein Foto. Bringen wir es hinter uns.«

Clara spürte, wie sich in ihrem Nacken kalter Schweiß bildete. Langsam stand sie auf und griff nach der Kamera, die auf dem Nachttisch lag. Ihr Blick fiel auf das Fenster hinter Beliar. Unverhüllt, aber wegen des matten Lichtes ohne Spiegelung. Die Erinnerung an das Gesicht, das sie aus der Fensterscheibe im Arbeitszimmer angelächelt hatte, flackerte vor Clara auf. Das Singen, das Locken, das sie selbst jetzt rief, aus der Dunkelheit … Claras Finger um die Kamera verkrampften sich, als sie begriff. Beliar stand dort nicht zufällig. Wenn sie jetzt blitzte …

»Nein«, flüsterte sie.

»Doch, Clara.« Beliar starrte sie immer noch unverwandt an. Entblößt wie er war, noch immer nur in seiner Unterhose, wirkte er zugleich lauernd, wie eine Raubkatze auf der Jagd, aber auch unendlich nackt und schutzlos. »Du musst es tun.« Er schüttelte den Kopf und für einen Augenblick wurde sein Blick weicher. »Hab keine Angst. Solange ich hier bin, passiert dir nichts. Ohne mein Wort, ohne mein Zeichen … kann sie dir nichts anhaben.«

Clara konnte nichts sagen. Sie konnte sich nicht mal rühren. Wenn seine Worte sie hatten beruhigen sollen – bewirkt hatten sie genau das Gegenteil. Allein dass er aussprach, dass es tatsächlich eine *sie* in den Spiegeln gab. Dass er sie *real* machte, indem er sie in Worte fasste …

Es lähmte sie. Von Kopf bis Fuß.

»Du musst es tun«, wiederholte Beliar, leise und beinahe flehend, als wüsste er genau, was er ihr gerade antat. »Damit du endlich siehst, was ich bin. Damit du verschwindest. Ich kann es nicht ertragen, dass du hierbleibst, weil … ich dich liebe, Clara.«

Clara rang nach Luft.

»Aber ich liebe auch Keren. Und es wird ihn umbringen, wenn ich nicht aufhören kann, dir nah sein zu wollen.«

Noch immer war Claras Kehle wie zugeschnürt. Ihre Finger umklammerten die Kamera, als wollten sie sie zerbrechen. »Ich kann nicht.«

Beliar sah sie noch immer mit diesem seltsam dunklen Leuchten in den Augen an. Sein Lächeln war schmerzlich. »Ich weiß. Ich weiß, was du tust. Du versuchst zu gewinnen, weil Keren dir gesagt hast, dass du mich damit retten kannst. Aber ich habe meine Entscheidung getroffen. Nicht für dich. Und nicht für mich. Sondern für meinen Bruder.«

Claras Augen brannten. Ihr wurde schwindelig.

»Mach jetzt das Foto.« Beliars Atem bebte, als er Luft holte. Clara sah, wie sich das Zittern durch seinen ganzen Körper fortsetzte, bis es sich schließlich auch auf sie übertrug. »Das ist es doch, was du wolltest. Ein Foto, wie es noch nie jemand gemacht hat. Hier hast du es. So etwas wie mich wirst du nie wieder sehen. Nimm es mit, und dann verschwinde von hier. Für immer.«

Oder ich werde dich holen.

Ein Flüstern und Kichern, wie kleine Wellen auf einem See. Clara spürte, wie etwas in ihr erstarrte.

Aber noch bevor sie das Gefühl wirklich fassen konnte, verlor es sich auch schon wieder. Sie wusste, sie hätte irgendetwas antworten müssen. Aber sie brachte keinen einzigen klaren Gedanken zustande.

»Das Foto, Clara«, flüsterte Beliar. »Jetzt.«

Langsam hob Clara die Kamera. Trat ein Stück zurück und sah in den Sucher.

Beliar. Vor dem Fenster. Und dann …

Der Blitz zerriss die Dunkelheit, und für den Bruchteil einer Sekunde zerriss auch die Realität, flackerte wie in einer Bildstörung, und Clara sah …

Sie sah …

Sie sah …

Die Zeit verstrich, ohne sie zu berühren. Clara stand und starrte. Starrte. Starrte. Sie war unfähig, den Blick zu lösen von dieser einsamen, hageren Gestalt. Von den verzerrten Gesichtszügen, der rotbläulichen, brandvernarbten Haut. Hände, verkrümmt, mit Fingern wie Klauen und kohlschwarzen Nägeln. Eine tiefe, schlecht verheilte Wunde zog sich quer über seine Brust. Darunter, blutrot, das kräftig schlagende Herz.

Der Blitz verlosch.

Clara keuchte auf. Reflexartig wich sie zurück, fiel fast und stolperte zurück auf die Füße. Schwer atmend starrte sie Beliar an. Hatte sie das wirklich gesehen? War er …

Nein, dachte sie. *Er ist es nicht.*

Es ist Keren.

Und zugleich, ganz eindeutig, auch Beliar. Sie sah es immer noch. Sah das Grauen, das sein Gesicht im Blitz in der Scheibe entblößt hatte, die Gestalt, die er und sein Bruder im gleichen Augenblick war. Es war nicht zu fassen. Nicht zu begreifen. Doch erstaunlicherweise hatte Clara jetzt keine Angst mehr. In all seiner Nacktheit und all seinem Schmerz schien ihr dieses Gesicht vertrauter, realer als je zuvor. Und wenn sie in diesem Augenblick eine einzige Empfindung verspürte, dann war es der Drang, die Arme um ihn zu schlingen und ihn an sich zu drücken. Ihm wenigstens etwas von seiner Qual zu nehmen und ihn irgendwie zu retten.

»Was ist?« Beliars Stimme, voll bitterem Sarkasmus, zerbrach den Moment. »Warum rennst du nicht schreiend davon?«

Clara ließ die Kamera sinken. Sie sah nicht auf das Foto, das sie gemacht hatte. Sie sah nur Beliar an, Beliar vor dem wieder dunklen Fenster, sah den Schmerz und die Schatten auf dem Gesicht, das sie inzwischen so gut kannte, und wusste, dass sie es nie wieder nicht würde sehen können.

»Was ist mit dir passiert?« Sie machte einen Schritt auf ihn zu. »Wieso …« Sie streckte die Hand aus und hielt inne, als Beliar zurückwich, so viel er noch konnte, den Rücken gegen die Fensterbank gepresst.

»Nicht«, flüsterte er rau, und in seiner Stimme hörte Clara Tränen. »Hör endlich auf damit. Du solltest verabscheuen, was du gesehen hast. Du solltest dich fürchten, du solltest *abhauen*, so weit und so schnell du kannst! Ich kann nicht mehr tun, um … Keren …«

Clara schwieg.

Befrei ihn endlich von mir. Er hat es verdient.

Das waren Kerens Worte gewesen. Aber erst jetzt begriff Clara, was sie wirklich bedeuteten. Es gab noch so viele Rätsel, so viele Fragen, deren Antworten bestenfalls unglaublich sein konnten, aber eines wusste sie:

Diese Worte waren wahr, in jeder nur möglichen Weise.

»Nein«, sagte sie leise, aber fest. »Ich verabscheue dich nicht. Und ich gehe nicht weg. Ich werde alles tun, um dich zu retten. Du musst mich nur lassen.«

In diesem Moment spürte Clara das Glas zerspringen. Sie sah, wie Beliar nachgab und in tausend Stücke zerbarst, bis nichts als ein glitzernder Scherbenhaufen zurückblieb, und sie wusste plötzlich – was auch immer der nächste Tag bringen würde –, dass die Einheit der Zwillinge unrettbar zerstört war. Und es war dieser Moment, in dem Beliar einen Schritt nach vorn machte und sich an den einzigen Menschen klammerte, der in diesem Augenblick in der Nähe war; in dem er das Gesicht an Claras Schulter presste und weinte, während das Zittern von seinem ganzen Körper Besitz ergriff.

Und Clara ließ es zu. Hielt ihn behutsam im Arm, ohne ihn an sich zu drücken. In seinen Haaren roch sie Regen,

Scherben und Schmerz. Sie spürte seine Qual, fast als wäre es ihre eigene. Der Duft der schrecklichen Blumen hing nach all den Stunden noch immer an seiner Haut. Und so legte sie ihre Wange auf sein Haar und ließ ihn weinen, bis er nicht mehr konnte und schließlich, endlich, still wurde.

Als sein Schluchzen verebbt war und er nur noch schwer gegen ihre Schulter lehnte, als sei mit den Tränen alle Kraft aus ihm herausgeflossen, griff sie behutsam nach seiner Hand. »Lass uns schlafen«, murmelte sie. »Dieser Tag muss endlich ein Ende haben.«

Überraschend widerstandslos ließ Beliar sich von ihr aufs Bett ziehen. Er drehte sich auf die Seite und zog die Beine an den Körper. Clara rückte eng an ihn heran und schlang den Arm um seine Hüfte.

»Du gehst nicht weg?«, flüsterte Beliar heiser in die Dunkelheit. »Du bleibst bei mir?«

Clara lehnte die Stirn gegen seine Schulterblätter. »Ich bleibe hier bei dir, keine Angst.« Sie schloss die Augen. In ihrem ganzen Leben war sie noch nie so müde gewesen.

»Danke«, hörte sie Beliar noch murmeln und spürte seine Hand, die sich über ihre legte.

Dann sank schwere Dunkelheit über sie.

* * *

Als Beliar erwachte, war es immer noch dunkel. Clara schlief neben ihm, zusammengerollt wie eine kleine Katze und fast vollständig unter der Decke verschwunden. Ihr Geruch füllte die Luft und ließ Beliars Herz schneller schlagen. Es schmerzte. Als würde ihm eine lange, dicke Nadel tief in die Brust gestochen. Nur mühsam unterdrückte er den Impuls, die Decke von sich zu werfen und aufzuspringen. Stattdessen stand er so leise wie möglich auf.

Auf seinem Weg durchs Zimmer fiel ihm das Fenster ins Auge. Die Vorhänge waren immer noch geöffnet. Fahles Mondlicht fiel herein. Auf Zehenspitzen schlich Beliar hinüber. Eine Taschenlampe lag auf dem Tischchen unter der Fensterbank. Beliar griff danach und wappnete sich. Dann knipste er sie an.

In der verzerrt spiegelnden Scheibe erwartete sie ihn. Immer schön. Immer lächelnd.

Hallo, Beliar.

Das Mädchen mit dem wogenden Haar, fließend wie Wasser.

Guter Trick, das mit den zwei Spiegeln.

Augen wie tiefe Brunnen, die ein glucksendes Lachen spiegelten. Eine Stimme wie gekräuseltes Wasser und Tropfen in einer Höhle. *Woher kanntest du den denn?*

Beliar zuckte die Schultern. »Keren«, murmelte er nur.

Natürlich, wer sonst. Wieder dieses Lachen. *Hast du Spaß? Du behältst dein Spielzeug diesmal ziemlich lange.* Das Mädchen legte den Kopf schief und musterte ihn aufmerksam. *Wann gibst du sie mir?*

Beliar öffnete den Mund. Aber kein Ton kam heraus. Er sah zurück zum Bett, zu Clara. Eine Ahnung ihrer Wärme kribbelte sanft auf seiner Haut. »Bald«, wisperte er endlich und fürchtete, sie würde die Lüge sofort hören. »Nur noch … nur noch ein bisschen.«

Das Mädchen sah ihn an, ohne zu blinzeln. Ihr Lächeln blieb gespenstisch leer.

Sei vorsichtig. Du weißt doch. Wenn du zu lange wartest, gibt es kein Zurück mehr. Ihre Augen verengten sich um eine Winzigkeit. *Oder entscheidest du dich diesmal … etwa wirklich für sie?*

Beliar starrte sie an. Sein Hals war wie zugeschnürt.

Ein plätscherndes Kichern ließ das Glas vibrieren. *Entscheide dich. Mir ist es gleich, wen du mir zum Spielen gibst. Aber du hast nicht mehr viel Zeit. Die Trennung ist fast perfekt. Sieh nur.*

Das Bild des Mädchens verblasste. Und nun sah Beliar …

»Keren? …«

Für einen schrecklichen Moment hatte er das Gefühl, als würde ein Blitz direkt durch ihn hindurchfahren. Wie war das möglich? Warum war Keren dort im Spiegel? Hatte sie …?

Keine Sorge. Er ist noch bei dir. Er steht oben am Fenster, genau wie du. Er wartet auf dich. Aber er ist schwach. Sehr schwach.

Das Bild in der Scheibe verlosch. Keren hatte das Licht ausgeschaltet. Doch seine Augen schienen immer noch in der Dunkelheit zu brennen.

Beeil dich, Beliar, flüsterte das Mädchen. *Gib sie mir, bevor es zu spät ist.*

Mit einem Ruck riss Beliar die Vorhänge vor das Fenster

und floh. Aus dem Zimmer, über den Flur, an all den verhüllten Fenstern vorbei und die Treppe hinauf.

Bis bald, Beliar!, hörte er es hinter dem schweren Stoff wispern. *Ich warte auf dein Zeichen.*

Im Schlafzimmer oben war es finster. Auf zitternden Knien schlich sich Beliar zum Bett und kroch zu Keren unter die Decke. Er konnte seinen Bruder nicht sehen, und das war gut so. Keren wachte auch nicht auf oder tat zumindest so, als Beliar fest den Arm um ihn schlang. Beliar war es gleich. Er wollte jetzt nicht reden. Er wollte gar nichts mehr sehen, hören oder fühlen. Neben ihm keuchte Keren leise, und die Qual in jedem rasselnden Atemzug trieb Beliar Tränen in die Augen.

Ich bin schuld. An allem. Aber ich werde dich nicht verlassen. Ich lasse dich nicht sterben.

In der Dunkelheit des Schlafzimmers klammerte Beliar sich fest an diesen Gedanken, und an den Funken Trost, den er ihm spendete. Keren würde leben. Es war noch nicht zu spät. Diese Gewissheit beruhigte ihn wenigstens so weit, dass er es fertigbrachte, die Augen zu schließen und sich nach der durchwachten Nacht endlich der Müdigkeit zu ergeben.

Er durfte nur nicht darüber nachdenken, was mit Clara geschehen würde, wenn er seine Entscheidung traf.

Als er zum zweiten Mal an diesem Morgen die Augen aufschlug, war es hell. Sonnenlicht drang gedämpft durch die geschlossenen Vorhänge und versprach einen schönen, klaren Tag. Aber für Beliar konnte es kein schöner Tag werden. Nicht, wenn das Erste, was er nach dem Aufwachen sah, sein todgeweihter Bruder war.

Keren saß mit angezogenen Knien und den Rücken gegen das Kopfteil des Bettes gelehnt und beobachtete ihn, mit Augen, die so tief in ihren blutunterlaufenen Höhlen lagen, dass sie wie dunkle Kohlen in den Schatten glühten.

Hastig setzte Beliar sich auf. Sofort erschien ein kleines Lächeln auf Kerens Gesicht.

»Guten Morgen, Schlafmütze. Hattest du eine gute Nacht?«

Beliar konnte nicht antworten. Er konnte Keren nur anstarren. Die Haut seines Bruders war käsebleich, fast gelb, und auf seinen Wangen sah Beliar die Spuren der Narben, die er sonst nur im Spiegel zu Gesicht bekam. Seine Nase wirkte seltsam deformiert, weil das Feuer einen Teil der Nasenflügel verbrannt hatte, und seine Lippen waren schmal und runzlig, fast als hätte er gar keine. Sie zogen sich über den Zähnen zurück und entblößten das Zahnfleisch. Über all dem aber schimmerte wie eine optische Täuschung noch immer die Maske, die Keren mit einem flüchtigen Blick oder aus dem Augenwinkel nach wie vor als den makellosen Menschen zeigte, den Beliar sein Leben lang als sein Spiegelbild gesehen hatte.

Aber jetzt nicht mehr. Und es war seine Schuld.

Kerens Lächeln verblasste. »Hat sie dich etwa immer noch nicht überzeugt?«, murmelte er.

Beliar presste die Lippen zusammen. Etwas in ihm drängte ihn, sich seinem Bruder zu nähern. Ihn in den Arm zu nehmen, irgendetwas zu tun, damit es ihm besser ging. Aber er brachte es nicht über sich, auch wenn er selbst nicht wusste, wieso. Und es schmerzte.

»Ich kann es nicht!«, stieß er endlich hervor. »Begreif das doch, Keren, ich *kann* es nicht! Was du da vorhast, ist unmöglich! Niemand kann dich ersetzen, das weißt du genauso gut wie ich!«

Keren senkte den Blick. »Wenn du dich sehen könntest, Beliar«, sagte er leise, »dann wüsstest du, dass du dich selbst belügst.« Er schüttelte leicht den Kopf und sah wieder auf. Das Lächeln verzerrte sein Gesicht wie eine grausige Grimasse. »Wir sind auf einem guten Weg! Bald ist das endlich alles vorbei.«

»Nein!« Beliar warf die Decken von sich und sprang auf. Mit zitterndem Finger deutete er anklagend auf seinen Bruder. »Verdammt noch mal, Keren, warum? Warum tust du mir das an? Hasst du mich denn so sehr, dass du mich endlich loswerden willst?«

Keren erwiderte seinen Blick, ohne zu blinzeln. »Diese Frage solltest du dir selbst beantworten, mein dummer Bruder.«

Beliars Brust brannte. Es schmerzte, schmerzte, Keren so zu sehen, schmerzte, auch nur an ihn zu denken. Am allermeisten aber schmerzte der riesige Riss, der zwischen ihnen klaffte, und den Beliar nicht überwinden konnte. Jede Berührung, jedes liebevolle Wort, alles, was ihm immer so leicht, so selbstverständlich gewesen war – es schien plötzlich unter seinen Händen zu zerspringen, als wäre sein Bruder, obwohl er doch kaum zwei Armlängen entfernt war, in Wahrheit schon längst nicht mehr da. Heiße Verzweiflung brodelte in seinem Inneren und bahnte sich den Weg seine Kehle hinauf.

»Nein«, stieß er hervor. »Ich gebe dich nicht her. Ich bringe sie in die Grotte, wenn das der einzige Ausweg ist. Jetzt gleich!«

Keren seufzte leise. »Das kannst du nicht, Beliar.«

Beliar ballte die Fäuste. Tränen stiegen ihm in die Augen, als Clara vor seinem inneren Auge erschien, aber er drängte sie zurück. »Und ob ich das kann!« Er griff nach seinen Kleidern und streifte sie mit schroffen Bewegungen über. Er ahnte, dass er sich gerade selbst die größte Lüge seines Lebens erzählte, aber er weigerte sich, sich das einzugestehen. Er konnte das tun! Wenn er nur verzweifelt genug war …

»Ich werde sie los, bevor sie dich umbringt!«

Keren aber schüttelte nur traurig den Kopf. »Nein, Beliar. Das wirst du nicht. Wir wissen beide, dass du es nicht kannst. Außerdem habe ich Alicja gebeten, ihr Zimmer abzuschließen – nur zur Sicherheit, falls dir doch noch eine Sicherung durchbrennt. Und ich werde dir nicht sagen, wo der zweite Schlüssel ist.«

Beliar begann zu zittern. Keren hatte recht. Immer, immer hatte er recht!

Alle Kraft floss aus ihm heraus wie aus einem lecken Fass, bis er es nicht einmal mehr fertigbrachte, aufrecht stehen zu bleiben. Er hockte sich auf den Boden, wo er gerade stand, und betrachtete fassungslos seine letzte Möglichkeit, seinen Bruder noch zu retten, wie sie im dicken Teppich versickerte und unwiederbringlich verschwand.

»Warum?«, wisperte er tonlos und spürte, wie eine Träne an seiner Nase entlangrollte. »Warum, Keren?«

Nun stand auch Keren auf, vorsichtig, als befürchtete er, bei einer zu hastigen Bewegung einfach zu zerbrechen. Er hockte sich neben Beliar auf den Boden, legte einen Arm um ihn und lehnte seine Stirn gegen Beliars Kopf.

»Sei mir nicht böse«, flüsterte er. »Ich kann es nicht mehr ertragen, dich leiden zu sehen. Das ist der einzige Grund.« Seine Hand strich über Beliars Rücken, auf und ab, auf und ab. Eine Beruhigung, der Beliar sich nicht entziehen konnte, sosehr er es auch versuchte. »Es wird alles gut.« Kerens Atem streifte warm sein Ohr. »Ich verspreche es dir.«

Beliar antwortete nicht. Er brachte es nicht einmal fertig, sich an Kerens Schulter zu lehnen, wie er es sonst immer getan hatte. Etwas in ihm war zerbrochen, wogegen keine noch so vertraute Berührung half. Sie standen nicht mehr auf derselben Seite. Und er war machtlos dagegen. Völlig machtlos.

Kapitel 14
Eingesperrt

Clara ging rastlos in ihrem Zimmer auf und ab. Was für ein beschissener Start in den Tag. Erst war sie allein aufgewacht, allein und mit der grässlichen Ungewissheit, ob ihre Begegnung mit Beliar nur ein Traum gewesen war. Dann hatte sie von der Tür her ein Geräusch gehört und sofort gedacht, es müsse Beliar sein, der zu ihr zurückkam. Aber keiner betrat das Zimmer, und als Clara selbst die Tür öffnen wollte, um zu sehen, was das Geräusch verursacht hatte, fand sie die Antwort: Irgendjemand hatte sie eingeschlossen. Sie war im Zimmer gefangen.

Clara verstand das nicht. Was war hier los? Wo war Beliar? Hatte *er* sie eingesperrt? Aber warum?

Schwindelig von dem Gedankenkarussell in ihrem Kopf, setzte Clara sich auf die Bettkante. Sie fühlte sich unfähig zu ordnen, was in ihr vorging. Wenn sie wenigstens Traum von Wirklichkeit hätte unterscheiden können … Ihr Blick fiel auf ihre Kamera, die immer noch auf dem Nachttisch lag.

Das Foto!

Sie hatte Beliar fotografiert. Und Keren. Den echten Keren, obwohl das unmöglich schien.

Clara starrte auf das dunkle Vorschaudisplay und traute sich nicht, das Gerät einzuschalten. Wenn das Foto wirklich auf ihrer Karte war, wie würde sie damit umgehen? Wie *konnte* man mit so etwas überhaupt umgehen? Ihr Finger zitterte über dem Einschaltknopf.

In diesem Augenblick hörte sie etwas. Ein leises Knacken. Jemand hatte einen Schlüssel ins Schloss ihrer Zimmertür gesteckt. Clara schaffte es gerade noch, die Kamera unter ihr Kopfkissen zu schieben, als die Tür auch schon aufschwang und Alicja mit einem Tablett auf der Schwelle erschien.

»Guten Morgen, Clara.« Sie lächelte verhalten. »Ich bringe Ihnen Frühstück.« Sie stellte das Tablett auf den Tisch am Fenster. Aromatisch duftender Tee, frische Brötchen, Butter, Honig und Marmelade. Claras Magen begann zu knurren. Wann hatte sie eigentlich zuletzt etwas gegessen? Das Abendessen war gestern ja ausgefallen …

Alicja nickte ihr zu. »Und bitte entschuldigen Sie die Umstände. Keren hielt es für besser, wenn sie für ein paar Stunden in ihrem Zimmer bleiben – nach allem, was gestern passiert ist.«

Clara runzelte die Stirn. Was zum Geier sollte das alles? Was sollte sie denken, nachdem sie und Beliar sich einander so geöffnet hatten – denn genau das war es doch, was gestern passiert war! Und nun sollte sie eingesperrt werden? Wäre sie nicht so hungrig gewesen, sie wäre vermutlich unfassbar wütend geworden. Aber ihr Magen knurrte inzwischen so sehr, dass sie kaum ihre eigenen Gedanken hören konnte, daher reichte es in diesem Moment nur für einen schwachen Protest.

»Das hat Keren gesagt?« Sie griff nach einem Brötchen und biss schon einmal hinein, ehe sie es kauend mit Butter und Honig bestrich. »Sagen Sie ihm, dass ich ganz gut selbst entscheiden kann, wann mir etwas zu gefährlich wird.«

Denn es konnte nicht gefährlich sein. Nicht nachdem Beliar gestern so an ihrer Schulter geweint hatte. Warmes Mitleid stieg in Clara auf, und noch etwas anderes. Etwas Zartes und sehr Liebevolles, als sie an das Gefühl seiner Haare an ihrer Wange dachte.

Alicja musterte sie mit undeutbarem Blick. »Oh, ich bin sicher, das können Sie. Aber wenn die Herren sagen, dass Sie heute besser in ihrem Zimmer frühstücken sollten, dann komme ich diesem Wunsch natürlich nach.« Sie sah Clara vielsagend an. »Waren Sie eigentlich schon im Obergeschoss?«

Clara ließ das Brötchen sinken. Richtig! Ihre Nachforschungen hätte sie über den sich überschlagenden Ereignissen beinahe vergessen. Sie nickte schnell. »Das war ich. Und ich habe gefunden, was Sie meinten.«

Alicja hob die Brauen. »So, denken Sie? Was haben Sie denn gefunden?«

Clara runzelte die Stirn. »Eine Mappe mit Dokumenten. Sagen Sie, Alicja … warum steht dort drin, dass Keren seit fast zehn Jahren tot ist? Können Sie mir das vielleicht erklären?«

Alicja antwortete nicht sofort. Etliche Sekunden lang starrte sie nur blicklos ins Leere, als sehe sie etwas, das jenseits dieses Raums, ja vermutlich sogar jenseits dieser Zeit lag.

»Wie genau haben Sie sich diese Dokumente angesehen?«, fragte sie schließlich.

Clara schüttelte den Kopf und biss noch einmal in ihr Brötchen. »Ehrlich gesagt, noch gar nicht so richtig«, nuschelte sie mit vollem Mund. »Ich habe alles abfotografiert, damit es schneller geht. Und dann …« Sie hielt inne, als die Erinnerung an das Gesicht im Fenster wieder über sie herfiel. Das Gefühl einer Bildstörung … Clara schauderte. »Alicja.« Sie räusperte sich mühsam. »Ich will jetzt wirklich wissen, was hier los ist. Warum haben Sie gesagt, dass ich mich von Spiegeln fernhalten soll? Ist es wegen dieser …« Sie brach ab. Ihr fiel einfach kein Wort ein, das auf diese Erscheinung gepasst hätte. »Und Beliar, er … ist er …«

Alicja seufzte leise. »Dann haben Sie es also schon gesehen. Hören Sie, Clara. Ich sagte ja bereits, Sie sollten sich gut überlegen, wie viel Sie wirklich wissen wollen. Aber da Sie nun schon so weit vorgedrungen sind … Vielleicht hilft es Ihnen, wenn ich Ihnen eine Geschichte erzähle.«

Clara warf ihr einen überraschten Blick zu. »Eine Geschichte?« Alicjas Miene war so ernst, dass ihr sofort klar war, dies würde nicht irgendeine Geschichte sein.

»Ja.« Alicja lächelte schmal. »Möchten Sie sie hören?«

Clara schloss die Augen. Alicja hatte recht – vielleicht war es nicht besonders klug, zu viel zu genau wissen zu wollen. Vieles von dem, was sie inzwischen über die Zwillinge und dieses Haus herausgefunden hatte, hätte sie am liebsten sofort und für immer wieder vergessen. Aber es gab kein Zurück mehr. Schon längst nicht mehr. Wenn sie Beliar retten wollte, blieb nur der Weg nach vorn. Und das wollte sie. Heute mehr als je zuvor.

»Bitte«, sagte sie deshalb und lehnte sich in dem Sessel zurück. Immerhin, ihr Bauch fühlte sich nun warm, rund und angenehm an. »Wecken Sie mich, wenn ich zwischendurch einschlafe?«

»Das werden Sie ganz sicher nicht. Ich verspreche es Ihnen.«

Clara musterte das Gesicht der Haushälterin sehr genau, versuchte eine Regung darin zu finden, die ihr verriet, was sie nun erwartete. Aber Alicjas Pokerface war völlig undurchschaubar.

Clara seufzte. »Na schön. Fangen Sie an.«

»Also gut.« Sie hörte Alicja noch einmal tief durchatmen, als müsse sie sich sammeln. Dann begann sie zu erzählen.

Kapitel 15

Der Vogel und das Feuer

»Mein Großvater sagte einmal zu mir: »Wahr ist nicht, was du im Spiegel siehst. Wahr ist nur, was man im Spiegel nicht sehen kann. Gib dem Spiegel also keine Macht über dich. Vergiss das nie, Alicja.« Ich sehe ihn vor mir, als sei es gestern gewesen, wie er in seinem Schaukelstuhl saß, das stille Lächeln fast völlig unter dem buschigen Schnauzer verborgen und den dichten Pfeifenrauch vor seinem Gesicht, durch den mich seine wachen Augen eindringlich anfunkelten. Dabei sind seitdem mehr als vier Jahrzehnte vergangen.

Ich war damals noch recht klein, und das Kind, das ich war, begriff den Sinn dieser Warnung nicht. Was für einen Unterschied sollte es denn geben zwischen dem Mädchen, das ich im Spiegel sah, und dem, das davorstand? War das nicht beides ich? Aber vergessen habe ich seine Worte nie.

Als junge Frau glaubte ich dann, mein Großvater meinte gar keinen Spiegel aus Glas, als er das sagte. Ich war fest überzeugt, er spräche von dem Spiegel, den unsere Mitmenschen uns vorhalten, wenn sie auf unsere Worte und Handlungen reagieren.

Doch erst als ich in den Dienst der Familie Albers trat und die Zwillinge kennenlernte, begriff ich wirklich, welche Macht ein Spiegel besitzen kann – nicht nur über den, der hineinsieht, sondern auch über den, der ihn hält. Es war der Sommer des Jahres 2008, in dem alles begann und alles zerbrach. Ein sonniger Tag im Juni, so wie heute – so gewöhnlich, dass zwei kleine Jungen sich von der Langeweile zu einer unglaublichen Dummheit hinreißen ließen …«

* * *

Mit dumpfem Scheppern fiel die Konservendose vom Baumstumpf.

»Volltreffer! Wow, Beliar, du bist ein richtiger Jäger!« Der Junge rannte zum Baumstumpf, hob die Dose auf und stellte sie ein ganzes Stück weiter entfernt auf einen dicken Ast. »Versuch's hier noch mal, ja?«

Sein Bruder, die Steinschleuder noch in der Hand, zuckte die Schultern. »Ich weiß nicht, Keren. Mir ist heiß und ich hab keine Lust mehr, auf die blöde Dose zu schießen.«

Kerens Mundwinkel sanken enttäuscht herab. Aber schon im nächsten Augenblick grinste er ein pfiffiges Grinsen. »Klar.« Er steckte die Hände in die Hosentaschen. »Versteh schon. Dosen sind auch echt langweilig.« Er sah sich um. »Hey, wetten, du traust dich nicht, auf den Vogel zu zielen?« Er deutete auf eine kleine Kohlmeise, die gar nicht weit von der Dose entfernt durchs Geäst hüpfte und flatterte und dabei zwitscherte.

Beliar beobachtete den Vogel skeptisch. »Aber …«

»Los, versuch es.« Keren stemmte herausfordernd die Hände in die Hüften. »Du triffst ja sowieso nicht, so wie der hin und her hüpft. Ich will bloß sehen, wie nah du rankommst.«

»Aber … ich will ihm doch nicht wehtun«, nuschelte Beliar, der nicht wollte, dass sein Zwilling ihn für einen Drückeberger hielt.

»Na, wenn du ihn sowieso nicht triffst, tust du ihm ja auch nicht weh«, erklärte Keren mit bestechender Logik. »Komm schon. Bitte, Beliar. Nur einmal.«

Beliar seufzte. Er konnte nie Nein sagen, wenn Keren etwas vorschlug. Außerdem, zugegeben, wollte er jetzt auch wissen, ob er den Vogel zumindest fast *treffen konnte. Er legte einen Stein ein. Zielte …*

Tunk.

Es war ein kräftiger, schneller Schuss, und er holte die Kohlmeise mit Wucht aus dem Baum. Sie flog noch weiter als die Dose. Aber sie schepperte nicht. Sie machte nur tunk.

»Nein! Das hab ich nicht gewollt!« Beliar rannte los, so schnell er konnte. Da lag es im Gras, das winzige Vögelchen, ganz reglos. Sein Köpfchen war blutig und ein Flügel schien verknickt.

Beliar starrte auf den kleinen Körper und hob ihn mit zitternden Händen auf. Tränen stiegen ihm in die Augen.

»Er ist tot«, flüsterte er. »Keren, er … ich … ich hab den Vogel getötet!«

Sein Bruder war sofort bei ihm. Gemeinsam starrten sie auf den winzigen Leichnam in Beliars Hand.

»Beliar, das … das war nicht deine Schuld«, sagte Keren. Seine Stimme klang ganz wackelig.

»Was machen wir denn jetzt?« Die Worte kratzten in Beliars Hals. »Wenn Vater das merkt …«

Bei der Erwähnung des Vaters wurde Kerens Miene starr. Sein Arm aber, den er um seinen Zwilling legte, war ganz sanft. »Wir sagen ihm einfach nichts davon. Weißt du was, wir beerdigen ihn einfach, okay?«

Beliar wischte sich über die Augen und schniefte. »Aber wenn Bruno ihn ausgräbt?« Ihm wurde ganz schlecht, wenn er sich nur vorstellte, wie der eifrige junge Jagdhund das tote Vögelchen stolz zu ihrem Vater apportierte. Allein bei dem Gedanken an die Prügel und das Geschrei hätte er sich am liebsten geduckt – eine Angst, die sogar sein Schuldgefühl gegenüber der armen Kohlmeise in den Hintergrund rücken ließ.

»Stimmt. Warte.« Keren dachte nach. »Ich weiß. Wir verbrennen ihn.«

Beliars Augen wurden groß. »Verbrennen?«

Keren nickte. »Na klar, dann kann ihn garantiert keiner mehr finden. Und ich weiß auch schon, wo.«

Der Schuppen stand weit hinten im wilden Garten, am Rand einer kleinen Lichtung voller Blumen. Früher war er ein Gartenhäuschen gewesen, das die Mutter der Zwillinge eingerichtet hatte, um dort gemütliche Nachmittage am schönsten Ort des ganzen Anwesens zu verbringen, den sie »Das Herz des Gartens« getauft hatte. Sogar eine kleine Küche hatte es in dem Häuschen gegeben. Aber seit sie bei der Geburt der Zwillinge gestorben war, wurde es kaum noch benutzt. Nur der Gärtner Heinrich bewahrte dort in der Schnittsaison einige Geräte auf, damit er sie nicht ständig durch den ganzen Park schleppen musste, aber die meiste Zeit über war das Häuschen verlassen.

Keren und Beliar hatten der Meise auf dem alten Esstisch in einem Suppenteller ein Bett aus Zweigen, trockenen Holzspänen und Zeitungspapier zurechtgemacht und den toten Vogel obenauf gelegt. Nun sprach Beliar mit geschlossenen Augen ein paar letzte Worte.

»Bitte entschuldige, du armer Vogel. Ich wollte dir nicht wehtun. Na ja, und sterben solltest du natürlich auch nicht. Es tut mir wirklich leid.« Er zögerte und sah Hilfe suchend zu seinem Bruder. »Was soll ich noch sagen?«

Keren zuckte die Schultern. Auch er war jetzt nervös, spähte immer wieder über Beliars Schulter aus dem Fenster, ob sich auch niemand dem Schuppen näherte. »Ich glaub, das reicht. Zünd ihn an.«

Beliar nickte beklommen. Seine Finger zitterten ein bisschen, als er die Streichholzschachtel aus der Hosentasche kramte, die er aus der Küche geklaut hatte. War das nicht alles eine ziemlich dumme Idee? Zumindest ein bisschen?

Mit einem Ratschen und Zischen leuchtete die Flamme auf, und Beliar ließ erschreckt das Hölzchen fallen. Es landete zwischen Spänen und Papier, die sofort aufflackerten, aber nicht hoch loderten und genauso schnell wieder herunterbrannten.

Keren musterte das kleine Feuer kritisch.

»So wird das nichts«, meinte er nach einer Weile. »Vielleicht brauchen wir dickere Zweige. Oder gleich ein paar kleine Scheite.«

»Ich suche welche.« Beliar war schon auf dem Weg zur Tür.

Wenn er ehrlich war, konnte er sowieso nicht gut hinsehen, wie das Feuer die arme Meise versengte, und eigentlich wollte er nur, dass das jetzt alles schnell vorbei war.

»Okay.« Keren nickte. »Ich schau so lange in den Schränken nach, vielleicht finde ich noch etwas, das uns hilft. Spiritus oder so. Das hier war mal eine Küche, hier muss es doch was zum Feuermachen geben.«

»Ist gut, ich geh.«

Aber auf der Schwelle drehte Beliar sich noch einmal um. Das Bild des wütenden Vaters ließ ihn einfach nicht los. »Keren … meinst du echt, er wird nichts merken?«

Keren war bereits halb in einem der Schränke unter der alten Spüle verschwunden. Jetzt tauchte er wieder auf und lächelte, auch wenn es ein bisschen gequält aussah – auch er musste Vaters Zorn fürchten, bekam er ihn doch so viel öfter und härter zu spüren als sein Bruder. Aber er lächelte trotzdem.

»Keine Sorge, Beliar. Ich hab dich zu dem Mist überredet, und jetzt bring ich das auch in Ordnung. Hol du nur das Holz. Alles wird gut, okay?«

Beliar nickte, obwohl ihm immer noch übel war vor Angst. »Okay.«

Dann ging er, um das Holz zu holen.

Oder zumindest hätte er das getan, wenn nicht in diesem Augenblick seine ganze Welt in Stücke gerissen worden wäre.

Er hatte kaum die Hütte verlassen, als es hinter ihm knallte. Eine Druckwelle fegte über Beliar hinweg und ließ ein dumpfes Piepen in seinem rechten Ohr zurück. Er stolperte, fing sich, sah zurück zum Schuppen …

Flammen schlugen aus dem Fenster, züngelten hinauf und leckten am Dach. Drinnen hörte er Keren schreien, ein so markerschütterndes Schreien voller Pein und Schmerz, dass es kaum noch menschlich klang.

»Keren!«

Ohne auch nur einen einzigen Gedanken an die Gefahr zu verschwenden, stürzte Beliar zur Schuppentür und riss sie auf.

Er prallte gegen eine Wand aus Hitze und taumelte zurück. Flammen loderten, versengten ihm Haare und Augenbrauen, und er konnte in der Hitze nichts sehen. Beliar hustete und keuchte.

»Keren!«

Wie betäubt starrte Beliar auf das Inferno. Keren hatte zu schreien aufgehört, und spätestens jetzt wurde Beliar klar, wie dumm ihre Idee wirklich gewesen war.

Und weil er nichts weiter wusste, was er hätte tun können, rannte er los, um Hilfe zu holen.

* * *

»Keren hätte an diesem Tag sterben müssen.« Alicjas Stimme klang seltsam flach, als sie diesen Teil der Geschichte erreicht hatte. »Die alte Gasflasche in der verlassenen Küche war leck, durchgerostet – woher hätten die Jungen das wissen sollen? Aber es wurde ihnen zum Verhängnis.«

Clara schluckte. Ihr Hals fühlte sich eng an. »Aber er hat überlebt?«, flüsterte sie und fühlte sich fast, als würde sie Alicja um die Antwort anbetteln – dabei hatte sie doch selbst so oft mit Keren gesprochen. Ihn gesehen, gehört …

Sie hatte ihm sogar die Hand gegeben! Ja, sie erinnerte sich fast zu genau, wie es sich angefühlt hatte. So glatt und zerbrechlich …

Eine Gänsehaut kroch über ihren Rücken.

Alicja seufzte leise. »Ja und nein. Sein Leben wurde gerettet. Aber die Ärzte sagten, er würde für immer entstellt sein.« Sie zögerte. »Sagten Sie nicht, Sie hätten es schon gesehen?«

Clara dachte an die Nacht, als Beliar bei ihr gewesen war. An das, was sie gesehen hatte im Sucher ihrer Kamera, im Blitzlicht des doppelten Spiegels. Keren. Wo sie eigentlich Beliar hätte sehen müssen.

Alicja nickte ihr zu, als könne sie Claras Gedanken sehr gut nachfühlen.

»Sie werden bald alles verstehen. Hören Sie nur weiter zu. Der Vater der Zwillinge raste vor Wut und Schmerz. Sie wissen ja bereits, dass seine Frau bei der Geburt der Zwillinge starb. Genauer gesagt: bei Kerens Geburt. Erica Albers war eine zarte, schmale Frau. Die Schwangerschaft hat sie sehr belastet, und die Geburt des zweitens Kindes verursachte eine Blutung, die sie nicht überstanden hat. Herr Albers … hat Keren das nie verzeihen können. Natürlich hat er versucht, sich nichts anmerken zu lassen, aber Sie wissen sicher, was man über Kinder und ihre feinen Antennen sagt. Wie dem auch sei …« Alicja holte tief Luft, als bräuchte sie für den nächsten Teil der Geschichte eine besondere Stütze. »Nach dem Vorfall setzte in seinem Kopf irgendetwas aus. Er beschwor es als schicksalhaftes Zeichen und beschloss, sich und der Welt weiszumachen, Keren wäre tatsächlich gestorben. Also erkaufte er sich das Schweigen und die Lügen der Ärzte und sperrte seinen eigenen Sohn in den Keller. Ohne Tageslicht. Ohne Gesellschaft. Niemand durfte zu ihm, weder die Angestellten noch sein armer Bruder. Nur ich durfte dreimal täglich zu ihm nach unten, um ihm Essen zu bringen. Während der alte Herr sein Leben mit Beliar weiterlebte, als hätte er seit jeher nur einen einzigen Sohn gehabt.«

Deshalb der Totenschein. Deshalb all die Fotos mit Beliar allein. Clara wischte sich über die Augen und spürte einen Tränenfilm auf ihrem Handrücken. Ihr fehlten die Worte.

Wieder nickte Alicja, als wüsste sie genau, was in Clara vorging. »Zwei Jahre«, sagte sie leise. »Zwei Jahre war er dort unten. Bis Beliar einen Weg fand, ihn zu befreien.«

Clara schluckte mühsam die Tränen hinunter. »Wie?«

Und wo ist dieser grausame Vater jetzt?

Alicja hob mit einem schmalen Lächeln die Schultern. »Ich würde ja sagen, fragen Sie ihn am besten selbst. Aber …« Sie sah vielsagend zur Tür. »Ich werde Sie gleich wieder einschließen müssen. Ich vertraue Keren in seinem Urteil. Es ist sicher nur vorübergehend. Aber so lange werden Sie warten müssen.«

Clara gab keine Antwort. Sie hätte widersprechen sollen. Aber gerade war sie sich gar nicht so sicher, ob sie überhaupt wirklich mehr hören wollte. »Kommen Sie denn bald wieder und leisten mir Gesellschaft?«

Alicja nickte. »Natürlich, Clara. Bleiben Sie stark. Sie haben meine Bewunderung.«

Damit stand sie auf und ließ Clara wieder allein.

Kapitel 16
Flucht nach vorn

Trotz Alicjas Versprechen musste Clara eine ganze Weile allein in ihrem Zimmer ausharren. Der Vormittag verging, der Mittag und auch ein großer Teil des Nachmittags. Und die ganze Zeit über ging ihr die Geschichte der Zwillinge nicht aus dem Kopf, bis sie schließlich keinen einzigen Gedanken mehr hatte, den sie noch nicht dazu gedacht hatte. Trotzdem konnte sie nicht aufhören. Sie lag auf dem Bett, unfähig, auch nur zu versuchen, sich mit irgendetwas abzulenken – als es leise an der Tür klopfte.

Clara fuhr in die Höhe. Fantasierte sie jetzt auch noch?

Das Klopfen wiederholte sich nicht. Langsam stand Clara auf und ging zur Tür hinüber.

»Clara?«

Clara blieb stehen.

»Keren?«

Wieder blieb es eine Weile still hinter der Tür. Dann hörte sie wieder seine Stimme. »Kann ich mit dir reden?«

Clara schluckte. Ihr Hals war plötzlich trocken. »Klar. Komm rein.«

Sie hörte ihn auf der anderen Seite angestrengt atmen. »Nein.« Er klang bitter. »Das wollen wir uns lieber ersparen.«

Clara runzelte verwirrt die Stirn. »Na gut … dann schieß los.«

»Zuallererst wollte ich mich bedanken, dass du dich so liebevoll um Beliar gekümmert hast.«

War da ein feines Lächeln in seinen Worten? Clara erstarrte. Hatte Beliar …?

»Tut mir leid, wenn das Thema zu persönlich ist.« Das Lächeln war sofort wieder aus Kerens Stimme verschwunden. »Keine Angst, er hat mir keine Einzelheiten erzählt oder so. Aber Beliar ist mein Zwillingsbruder. Natürlich merke ich, wenn ihm etwas dermaßen viel bedeutet wie euer Treffen gestern Nacht. Gut gespielt, Clara. Wirklich gut.«

Das Blut schoss Clara in die Wangen. »Das ist kein Spiel mehr«, flüsterte sie.

Keren schwieg eine Weile. »Das ist sogar noch besser«, sagte er endlich. Zitterte seine Stimme? War er traurig? Oder erleichtert? »Es macht mich glücklich, zu sehen, dass er dich liebt. Glaubst du mir das?«

Clara starrte die Tür an und wünschte wirklich, sie hätte Keren bei diesem Gespräch ins Gesicht sehen können. Beliar … liebte sie. Ja, das hatte er selbst gesagt. Aber Clara erinnerte sich auch daran, dass Beliar selbst keineswegs glücklich darüber gewesen war.

»Ich weiß, worüber du dir Sorgen machst«, klang Kerens Stimme dumpf durch das Holz der Tür. »Aber es läuft alles so wie geplant, vertrau mir. Beliar wird bald verstehen, dass es so das Beste für uns ist. Für uns beide. Wir brauchen nur noch ein bisschen Geduld. Das ist alles.«

Clara biss sich auf die Unterlippe. Sie wollte etwas sagen, aber es fiel ihr schwer. »Ich weiß nicht«, sagte sie endlich leise und spürte einen Stich in der Brust, als sie begriff, dass es die Wahrheit war. »Ich weiß es einfach nicht, Keren. Ehrlich gesagt bin ich mir gerade gar nicht mehr so sicher, dass Beliar mit mir kommen wird. Auch wenn du dir das noch so sehr wünschst.«

Oder ich.

Keren antwortete nicht gleich. »Enttäusch mich nicht, Clara«, sagte er schließlich, und seine Stimme klang ungewohnt kühl dabei. »Ich zähle auf dich, das weißt du. Du wirst jetzt nicht aufgeben, oder?«

Die Härchen in Claras Nacken stellten sich auf. Es schwang etwas unbestreitbar Bedrohliches in seinen Worten mit. Aber sie hatte jetzt wirklich genug Zeit mit den Zwillingen verbracht, um sich von so etwas nicht mehr einschüchtern zu lassen. Zumindest nicht zu sehr. »Dann erklärst du mir besser ganz schnell, wieso du es so dringend für nötig hältst, mich hier einzuschließen«, konterte sie. »Das spricht ja auch nicht gerade für großes Vertrauen.«

Wieder war es eine Weile still hinter der Tür. Dann seufzte Keren, und die Bedrohung verschwand so schnell wie sie gekommen war. »Entschuldige. Ich bin ziemlich durch mit den Nerven. Aber um mal von etwas anderem zu sprechen: Warst du eigentlich schon in Vaters Arbeitszimmer? Und hast du alles gefunden, was du gesucht hast?«

Clara zuckte unwillkürlich zusammen. Wie meinte er das nun wieder? Wusste er von dem Schlüssel, den Alicja ihr gegeben hatte? Dachte er etwa …

Aber Keren sprach schon weiter. »Schon gut, Clara. Du brauchst nicht über Ausreden nachzudenken. Ich weiß sowieso, dass du den Schreibtisch geöffnet hast – ehrlich gesagt, war ich derjenige, der Alicja gebeten hat, dir den Schlüssel zu geben. An uns rückt sie ihn nicht raus, weißt du, sonst hätte ich das ganze Zeug wahrscheinlich längst verbrannt.« Er lachte, leise und bitter. »Vielleicht kannst du dir vorstellen, wieso.«

Claras Brust fühlte sich seltsam eng an bei seinen Worten. Oh ja, inzwischen konnte sie sich das sogar sehr gut vorstellen. Und noch so viel mehr.

»Jedenfalls«, fuhr Keren fort, »dachte ich, es könnte dir helfen, wenn du ein paar Dinge erfährst. Deshalb habe ich sie auch gebeten, dir die Geschichte von dem Brand zu erzählen. Ich dachte, es wäre besser, keine Geheimnisse zu hinterlassen, wenn ich … gehe. Also frag mich ruhig, was immer du wissen willst.«

Clara schluckte. Da war so viel Traurigkeit in Kerens Stimme. So viel Bedauern und Schmerz. Er meinte es ernst. Vielleicht zu ernst. Er war nicht so nett zu ihr, weil er sie so gern hatte, das begriff Clara sehr gut. Sondern weil sie wirklich seine letzte Hoffnung war. Und sie wollte lieber nicht wissen, was geschehen würde, wenn sie diese Hoffnung enttäuschte.

»Letzte Nacht, als Beliar bei mir war, habe ich ein Foto gemacht«, sagte sie langsam. »Von ihm. Und ich habe gesehen … also ich glaube …« Sie holte tief Luft. »Ich habe dich gesehen, Keren. Und ich verstehe nicht, wie das möglich sein soll.«

Auf der anderen Seite der Tür war es wieder eine Weile still. Als Keren weitersprach, klang er erschöpft. »Es ist so vieles möglich, Clara. Und das allermeiste davon kann niemand wirklich verstehen. Glaub mir, ich wünschte, das alles hätte nicht passieren müssen. Ich wünschte wirklich … er hätte mich nicht so sehr gehasst.«

Kerens Stimme starb. Endlose Sekunden war es sehr, sehr still. Noch nie, dachte Clara, hatte sie Keren so menschlich klingen hören. Sie dachte daran, was Alicja erzählt hatte – dass er zwei Jahre in einen Keller gesperrt gewesen war, und ihre Brust wurde eng. Aber sie konnte nicht fragen. Sie brachte es einfach nicht über die Lippen. Es erklärte so vieles.

»Na, es spielt keine Rolle mehr.« Kerens Stimme hatte ihren nüchternen Ausdruck zurückgewonnen. »Er ist längst tot. Und was das betrifft, was du in der Kamera gesehen hast … ich bin Beliars Spiegelbild. In sehr vieler Hinsicht. Darum ist es ja so wichtig, dass du … ihn endlich von mir befreist. Und von *ihr*.«

»Von ihr?«, flüsterte Clara.

»Ja. Du weißt sicher, wen ich meine. Ich kann mir nicht

vorstellen, dass du sie nach all den Tagen noch nie gesehen hast.«

Das Mädchen im Spiegel.

Clara räusperte sich, aber auch danach war ihre Stimme nur ein heiseres Krächzen. »Wer ist sie?«

Keren schwieg einen Moment. »Das Lächeln im Wasser«, sagte er dann. »Die Stimme im Regen. Sie wohnt in der Quelle unter dem Haus. Sie ist die …« Er seufzte tonlos. »… Sie ist die, die dich holen wird, wenn Beliar sich aus lauter Verzweiflung und Schuldgefühlen doch noch entscheiden sollte, dich für mich zu opfern. Wie sie auch all die anderen geholt hat, weil Beliar einen Pakt mit ihr geschlossen hat – um mich zu retten. Ich habe es dir schon einmal gesagt, er tut das alles nur für mich. Und deshalb, um auf deine Frage zurückzukommen … ist es besser, wenn du da drinbleibst, solange ich es für richtig halte. Damit er dich nicht in einem ungünstigen Moment in die Finger bekommt.«

Er wartete eine Weile. Doch Clara konnte in diesem Moment nichts sagen, nichts tun, nichts denken. Sie war wie erstarrt.

Beliar … konnte sie opfern. Für Keren.

Würde er das tun?

Würde er?

»Also«, sagte Keren irgendwann in ihr leeres Schweigen hinein. »Ich gehe dann mal zurück zu ihm.« Seine Stimme war nun wieder sehr behutsam und freundlich. »Mach dir nicht zu viele Sorgen. Er ist gerade sehr aufgewühlt, aber er wird es irgendwann einsehen müssen. Bitte hab nur noch ein bisschen Geduld. Nicht für mich. Aber für ihn.«

Clara spürte ihre Knie nachgeben. Langsam ließ sie sich mit dem Rücken an der Tür herunterrutschen.

»Schlaf ein bisschen«, sagte Keren inzwischen. »Oder versuch es zumindest. Und warte nicht auf Beliar. Du kannst dir sicher sein, dass er zu dir will, aber gerade ist dafür kein guter Zeitpunkt.« Clara hörte ihn schief lächeln bei diesen Worten. »Danke für alles, was du bisher für ihn getan hast, Clara.«

Clara hörte, wie sich leise Schritte entfernten. Draußen dämmerte es inzwischen und Dunkelheit kroch von den Ecken her ins Zimmer. Der Boden wurde allmählich hart und unbequem unter ihrem Hintern, aber sie blieb sitzen, bis die Dunkelheit schließlich auch in ihren Kopf gedrungen war.

Was sollte sie nur tun? Wohin sollte sie von hier aus gehen? Dabei wünschte sie sich doch nur, dass Beliar endlich zurückkommen und sie in den Arm nehmen würde. Dass sie gemeinsam einen Weg suchen könnten, heil aus dieser Dunkelheit herauszukommen, wie sie es in der letzten Nacht so klar vor sich gesehen hatte. Doch das schien in diesem Moment sehr weit weg.

Als sie es nicht mehr aushielt, einfach nur dazusitzen, fasste Clara einen Entschluss. Sie konnte nicht bloß darauf warten, was als Nächstes geschah. Etwas fehlte, ein wichtiges Puzzleteil, das sie nicht kannte und verstehen musste. Aber dazu musste sie aus diesem Käfig heraus. Und es gab in diesem Haus nur einen Menschen, bei dem sie sich eine Chance ausrechnen konnte, ihr dabei zu helfen.

Am nächsten Tag wäre Clara am liebsten unter ihrer Bettdecke geblieben. Obwohl die Sonne auch heute von einem wolkenlosen Himmel strahlte, fühlte sie sich niedergedrückt und kraftlos. Trotzdem quälte sie sich aus dem Bett, und sei es nur, um zu prüfen, ob die Tür immer noch abgeschlossen war.

Das war sie.

Offenbar hielt Keren es immer noch nicht für einen guten Zeitpunkt, eine erneute Begegnung mit Beliar zu riskieren.

Glücklicherweise klopfte Alicja an die Tür, um das Frühstück zu bringen, ehe Clara darüber verzweifeln konnte. »Guten Morgen, Clara.«

Clara murmelte einen Dank, während Alicja das Tablett mit dem Frühstück auf den Tisch beim Fenster stellte. Der Duft von frisch gebackenen Brötchen, Erdbeeren und Tee stieg ihr in die Nase.

»Sie sehen entschlossen aus heute Morgen«, bemerkte die Haushälterin.

Clara griff nach einem Brötchen und dem Buttermesser. »Was bleibt mir auch anderes übrig? Leisten Sie mir Gesellschaft?«

Alicja lächelte verhalten. »Selbstverständlich.«

Clara erwiderte das Lächeln ein wenig angestrengt. Tatsächlich setzte sie in diesem Moment all ihre Hoffnungen in Alicja, obwohl sie schon halb damit rechnete, dass es zwecklos sein würde. Aber ihr Versuch musste warten, bis sie mit dem Frühstück fertig war. Sie würde ihre Kraft brauchen.

Endlich schob sie mit einem kleinen Seufzer den leeren Teller von sich und lehnte sich in ihrem Stuhl zurück. »Eins muss man Ihnen ja lassen. Ihre Küche ist wirklich verdammt gut.«

Alicja hatte sie aufmerksam und schweigend beobachtet. Jetzt aber kehrte das Lächeln auf ihr Gesicht zurück. »Schön, dass es Ihnen geschmeckt hat. Ich werde Hilde gern ausrichten, dass Sie ihre Brötchen mochten.« Sie stand auf, um das leere Geschirr zu stapeln. »Dann gehe ich jetzt wieder an die Arbeit.«

Clara holte tief Luft. »Alicja?«

Alicja hielt inne und betrachtete Clara unter gehobenen Brauen. »Ja, Clara?«

Clara lächelte, wie sie hoffte, beschwichtigend. »Ich weiß, Keren hat gesagt, ich soll hier drin bleiben. Aber ich glaube, ich drehe bald durch, wenn ich noch länger die gleichen vier Wände sehen muss. Denken Sie, es wäre möglich, dass ich eine Runde im Garten spazieren gehe? Nur ganz kurz?«

Alicja antwortete nicht sofort. Sie sah plötzlich sehr ernst und nachdenklich aus.

»Ich bin mir nicht sicher, ob das eine gute Idee ist, Clara«, sagte sie schließlich, und an ihrem Blick sah Clara, dass die Haushälterin sie sofort durchschaut hatte. Na wunderbar. Dann konnte sie das Theater ebenso gut sein lassen.

»Bitte«, versuchte sie es noch einmal. »Ich habe wirklich

lange darüber nachgedacht. Ich muss einfach noch mal zu der Lichtung. Der Schuppen, von dem Sie erzählt haben, stand doch da, oder? Es kann nur da gewesen sein.«

Alicja kräuselte nachdenklich die Stirn. »Sie müssen das verstehen«, sagte sie dann. »Ich möchte wirklich für Sie tun, was ich kann, aber … Ich muss auch den Herrschaften gegenüber folgsam sein. Schon um mich selbst zu schützen. Und Sie genauso.«

Clara biss sich auf die Unterlippe. Das klang vernünftig. So vernünftig, dass Clara es kaum ertrug.

»Wo ist denn Keren? Und Beliar?«, fragte sie.

Alicja seufzte. »Ich habe sie heute noch nicht gesehen«, erklärte sie, »daher bin ich mir nicht sicher, wo die beiden stecken. Ich könnte Ihnen raten, im Keller nachzusehen. Aber wenn ich ehrlich bin, möchte ich nicht, dass Sie das tun.«

Der Keller. Clara schloss kurz die Augen. Ihr war sofort klar, dass Alicja wohl nicht den Vorratskeller oder die Waschküche meinte. Die Erinnerung an die Nacht, in der sie im Dunkeln vor der angelehnten Tür gestanden und den verzerrten Stimmen gelauscht, den Duft der winzigen Blumen gerochen hatte, stieg in ihr auf. Clara fröstelte. Nein, wenn *sie* ehrlich war, war sie auch nicht besonders scharf darauf, dort hinunterzugehen. Aber sie wollte Antworten. Und zwar jetzt. Clara stand auf.

»Also schön, ich ergebe mich. Ich denke auch, es ist besser, wenn ich warte, bis Keren zu mir kommt. Dann werde ich ihn fragen. Aber ich möchte in den Garten gehen. Egal was

Sie sagen. Ich muss hier mal raus, und wenn es nur für eine Viertelstunde ist. Sonst werde ich verrückt, und das kann auch niemand wollen. Wenn Beliar im Keller ist, kann doch nichts passieren, oder? Wie wäre es, wenn Sie runtergehen und Schmiere stehen? Sie können ihn doch bestimmt in ein Gespräch verwickeln, bis ich wieder sicher im Zimmer bin.«

Alicja musterte sie sekundenlang mit scharfem Blick. Schließlich seufzte sie. »Also schön. Einverstanden. Am Ende kann ich Sie ja sowieso nicht aufhalten.«

* * *

Es war kalt im Keller.

Keren hatte sich in den stillen Raum zurückgezogen, der neben dem Spiegelzimmer lag. Ein Raum, den Beliar nie betrat, weil er ihn fürchtete. Aber gerade heute war Keren das ganz recht so. Es schmerzte ihn, so zu denken, aber er ertrug die Gesellschaft seines Bruders derzeit nicht besonders gut. Auch das war ein Zeichen ihrer fortschreitenden Trennung, ein untrüglicher Hinweis, dass Keren mit seinem Plan Erfolg hatte. Nach und nach entwickelte er Beliar gegenüber denselben Widerwillen, den er auch bei der Berührung aller anderen Menschen verspürte. Keren erinnerte sich kaum, dass er sich jemals nach der Nähe anderer Personen gesehnt hätte. Im Gegenteil. Deshalb mochte er die schweigende Dunkelheit des Kellers, die er einst so gefürchtet hatte, nur beleuchtet von einem einzigen Halogenstrahler, der ihn sehen ließ, was seine Finger taten. Ja, es war kalt hier, so kalt, dass sein Atem in dichten weißen Wolken kondensierte, wann immer er die Nase aus dem Kragen seines dicken Mantels befreite. Aber Keren störte das nicht. Kalt war ihm ohnehin ständig. Was ihn sehr viel mehr ärgerte, war das unablässige Zittern seiner Finger, das es ihm so schwer machte, die Nadeln an der richtigen Stelle anzusetzen.

Ein wenig ungeduldig legte Keren sein Werkzeug beiseite und lockerte die Handgelenke. Er hatte das schon so oft getan. Jedes Mal, wenn ein neues Opfer bevorstand, wie ein Ritus, seine ganze persönliche Art, zu begreifen und Abbitte zu leisten für das, was sie diesen Menschen antaten, er und sein Bruder. Aber heute fiel es ihm zum ersten Mal schwer. Vielleicht weil er immer noch glauben wollte, dass diese Abbitte bei Clara nicht nötig sein würde.

Er zwang seine Hand zur Ruhe und ließ die Nadel behutsam ins Brustgefieder der Kohlmeise gleiten. Zwei Tropfen des Formaldehydgemisches an jede Seite des Brustkammes, in die Ober- und Unterschenkel, Bauchhöhle, Gehirn, und schließlich durch den Schnabel in die Augen.

Rasch setzte Keren den toten Vogel auf einen kleinen Stab, drehte das Köpfchen zurecht und glättete das weiche Gefieder. Noch während er arbeitete, spürte er den winzigen Körper unter seinen Fingern langsam steif werden.

Keren atmete erleichtert auf, ließ sich auf seinen Stuhl sinken und lehnte sich zurück, um in aller Ruhe zu beobachten, wie der Vogel in seiner Pose erstarrte.

Nachdenklich betrachtete er die Meise, die mit ihren glänzenden Knopfaugen so aussah, als könne sie jederzeit blinzeln und davonfliegen. Ein trauriges Lächeln schlich sich auf seine Lippen. Ja, sie war hübsch geworden, Claras Kohlmeise. Die hübscheste von allen.

Mit einem kleinen Seufzer stand er auf und streckte die kalten Glieder, die in ihren Gelenken knackten. Seine Muskeln schmerzten und seine Sehnen waren steif. Er musste für eine Weile aus der Kälte, zumindest bis in den Spiegelraum. So weit entfernt, wie Beliar inzwischen von ihm war, würde sein Zwilling vielleicht nicht einmal bemerken, dass Keren sich dort aufhielt.

Der Gedanke bohrte sich unerwartet tief in seine Brust, wie ein vom Rost stumpfes Messer, das jemand mit Gewalt zwischen seine Rippen stieß. Brüsk wandte er sich ab und verließ den Keller. Die Tür fiel mit einem dumpfen Laut hinter ihm ins Schloss.

Auch im Spiegelzimmer war es kalt. Aber Keren störte das nicht.

Kapitel 17

Tausend Scherben

Seit Stunden, so fühlte es sich an, stand Beliar am Fenster der Zimmerflucht, die er und Keren teilten, und starrte hinaus in den Garten. Er war an diesem Morgen schon mit einem schlechten Gefühl aufgewacht, einem Ziehen und Schmerzen tief in seinen Eingeweiden, das sich in einen spitzen Splitter verwandelte, als er Kerens zerschundenes Gesicht neben sich auf dem Kissen sah. Sein Bruder hatte fast am anderen Ende vom Bett gelegen, fest in ein Ende der großen Decke gewickelt und weit genug entfernt, dass Beliar ihn nicht einmal berühren konnte, wenn er den Arm ausstreckte. Der Anblick tat Beliar in der Seele weh. Und das lag nicht nur daran, dass seinem Bruder inzwischen kaum mehr als ein leichter Schatten seiner Maskierung geblieben war. Beliar kannte Kerens wahre Gestalt so gut wie sich selbst, er hatte sie unzählige Male in den Spiegeln im Keller gesehen. Es war etwas anderes, was ihn so schmerzhaft traf, etwas, das sehr viel tiefer ging und empfindlich an der so unerschütterlichen Liebe rüttelte, die ihn mit seinem Zwilling verband: Beliar war wütend, wütend und verletzt, weil Keren sich über alles hinwegsetzte, was Beliar sagte. Weil er entschieden hatte, dass Clara Beliar retten musste, und ihn deshalb einfach von sich stieß, ohne auch nur zu fragen, ob Beliar das überhaupt wollte. Und Beliar wusste nicht, ob dieser Riss je zu kitten sein würde. Er wusste nur, dass er auf keinen Fall zulassen konnte, dass Keren starb. Er konnte ihn nicht gewinnen lassen, nach all den Jahren, die sie zusammen durchlitten hatten, durfte er jetzt nicht einfach gehen. Und wenn das bedeutete ... Beliar schloss die Augen und spürte Tränen hinter seinen Lidern brennen. Wieder dachte er daran, wie er an diesem Morgen aufgestanden war, noch lange ehe Keren aufwachte, und wie so oft in den letzten Tagen zu der Tür gegangen war, die Claras Zimmer verschloss. Er hatte davorgestanden, mit all dieser quälenden Verzweiflung im Bauch, und war kurz davor gewesen, zu versuchen, das massive Eichenholz einfach zu zerschlagen. Ein sinnloses Unterfangen, wie er wusste. Dann hatte er darüber nachgedacht, Alicja zu suchen und sie zu zwingen, ihm den Schlüssel zu überlassen. Aber auch dazu hatte er sich am Ende nicht durchringen können, ohne zu wissen, was ihn eigentlich davon abhielt – was ihn noch viel wütender machte. Also war er zurück ins Schlafzimmer gegangen, um sich mit Keren zu streiten. Schon wieder. Ein sinnloser, furchtbarer Streit, bei dem sie sich ein ums andere Mal ihre sich immer wiederholenden Argumente an den Kopf warfen, ohne dass einer von ihnen einen Fingerbreit nachgegeben hätte. Es endete damit, dass Keren ging, noch ehe sie sich versöhnen konnten. In den Keller, zu seinen toten Vögeln.

Der Vogel wartet, hatte er gesagt. *Ich will nicht, dass er verfault.* Aber Beliar war klar, dass dies nicht der wahre Grund sein konnte. Keren ging, weil er seine Gesellschaft nicht länger ertrug. Und das war schlimmer als alles andere.

Beliar wusste schon nicht mehr, wann sein Bruder ihn zuletzt berührt hatte. Und auch nicht, wann er sich das letzte Mal so wunderbar sicher und eins mit sich und dieser hässlichen Welt gefühlt hatte, wie es ihm nur in Kerens Gesellschaft möglich war.

Und in jener Nacht mit Clara, flüsterte eine gnadenlose Stimme in seinem Kopf, die viel zu sehr nach Keren klang. Auch in ihren Armen hatte er sein Leben leben und lieben wollen. Und mehr noch, er hatte sich mit allen Sinnen lebendig gefühlt, hatte *ihr* Leben gespürt und etwas davon in sich aufgenommen. So hatte er sich nie zuvor gefühlt. So weit war er noch nie gegangen. Und dennoch ...

Beliar riss das Fenster weit auf und versuchte vergeblich, seinen erhitzten Kopf an der frischen Luft zu kühlen. Es half überhaupt nichts. Im Gegenteil. Die Sommerhitze bewirkte nur, dass ihm obendrein noch übel wurde.

Er knallte das Fenster wieder zu und blieb mit hängenden Armen mitten im Zimmer stehen. Er konnte nichts tun. Er war machtlos. Bald würde alles vorbei sein.

In diesem Moment sah er aus dem Augenwinkel eine Gestalt über den Rasen rennen. Eine schmale Silhouette mit wehenden, zerzausten Haaren, die im Sonnenlicht leuchteten.

Clara.

Beliar stürzte zurück ans Fenster und starrte nach draußen. Wo lief sie hin? Was hatte sie vor? Und was noch viel wichtiger war: Sie war nicht in ihrem Zimmer!

Beliar spürte, wie sein Atem schneller und flacher wurde und sein Herz Unmengen von Adrenalin durch seine Adern pumpte. Seine Finger verkrampften sich um die Fensterbank, dass die Gelenke knackten. Clara. Sie war frei. Und Keren war nirgendwo zu sehen.

Es ist noch nicht zu spät. Ein plätscherndes Flüstern, sanft und lockend. *Du kannst ihn noch retten.*

Und seine eigenen Gedanken: Wenn er nur verzweifelt genug war …

Mit einem Ruck wandte er sich vom Fenster ab und stürmte hinüber ins Schlafzimmer. Wenn er es jetzt nicht tat, würde er es nie tun.

Im Sekretär an der Wand, in einer Schublade unter der Schreibfläche, lag ein Messer. Ein besonderes Messer, aus einem einzigen Kristall geschliffen, spiegelnd und schimmernd wie ein Prisma.

Beliar glaubte ein leises Lachen zu hören, als er es in die Hand nahm, glucksend und plätschernd wie winzige Wellen auf einem See.

Ist es endlich so weit? Gibst du sie mir jetzt?

Das Mädchen im Wasser wartete. Dort in der Spiegelung der Klinge wartete sie und lächelte.

Beliar schloss die Augen und spürte sein Innerstes erzittern. »Ja«, flüsterte er. »Es ist so weit.«

Als er die Augen wieder öffnete, war das Mädchen fort und er sah sich selbst in der Klinge – sein makelloses Gesicht, frei von allen Wunden und Narben, und doch hatte er das Gefühl, Keren in die Augen zu sehen. Dem Keren, den er kannte und liebte. Dem Keren, der es für richtig hielt, alle aus dem Weg zu schaffen, die ihren Kreis betraten und ihre Einheit bedrohten. Beliar schloss die Hand fest um den Griff des Messers. Doch, es war richtig. Diesen Keren würde, *musste* er zurückholen. Egal was es kostete.

Er war verzweifelt genug.

* * *

Die Eibenzweige zur Seite zu schieben, kostete Clara mehr Überwindung, als sie erwartet hatte. Den Weg bis hierher hatte sie wie von selbst gefunden, ohne auch nur einmal darüber nachzudenken, in welche Richtung sie sich wenden, welchen ins Unterholz abzweigenden Pfad sie wählen musste. Doch schon etliche Hundert Meter vor dem Gebüsch, das den Blick auf die Lichtung versperrte, hämmerte ihr Herz, dass sie fürchtete, es würde ihr jeden Moment die Rippen brechen. Und nun, wo sie vor den tiefgrünen Zweigen stand, stach jeder Atemzug in ihrer Brust, dass ihr übel davon wurde. Dabei war dort doch nichts, dachte sie. Nur Blumen, Wald und Wind. Und trotzdem – als der Duft der kleinen Blüten Clara in die Nase stieg, war sie sicherer als je zuvor, dass sie hier genau richtig war, um endlich alles zu verstehen.

Clara atmete noch einmal tief durch, kniff die Augen

zusammen und drängte sich durch das Dickicht. Einer der Zweige schnellte zurück und hinterließ eine Schramme auf ihrer Wange.

Als sie die Augen wieder öffnete, lag die Lichtung vor ihr, friedlich in Sonnenlicht gebadet. Zögernd machte Clara einen Schritt nach vorn, und dann noch einen und noch einen. Die Sonne streichelte ihren Rücken unter der dünnen Strickjacke. Der kleine Bach, der die Wiese teilte, begleitete glucksend das Singen der Vögel in den Bäumen wie eine sanfte Hintergrundmelodie. Alles schien still und harmonisch, und doch … Es war, als würde ein Schatten über der Idylle liegen. Er trübte das Licht und hinterließ einen schalen Geschmack auf der Zunge.

Die Laube zog Clara wie magisch an. Bei ihrem ersten Besuch mit Beliar auf der Lichtung hatte sie bereits bemerkt, wie ungewöhnlich die Konstruktion war, mit ihrem Sockel und den Treppen aus Bruchstein, die nicht ganz zu dem filigranen Schnitzwerk der Laubenkuppel passen wollten. Langsam stieg Clara die Stufen hinauf, ihre Kamera fest in der Hand. Die Dielen im Inneren der Laube knarrten unter ihren Sohlen. Unter dem höchsten Punkt der Kuppel blieb sie schließlich stehen und drehte sich langsam um sich selbst. Hier, in diesem zauberhaften Lichtspiel, hatte sie mit Beliar gestanden. Hier hatte sie seine Tränen gesehen.

Der Schuppen stand weit hinten im wilden Garten, am Rand einer kleinen Lichtung voller Blumen.

Clara schloss die Augen und atmete tief ein. Unter dem

berauschenden Duft der winzigen Blüten glaubte sie plötzlich noch etwas anderes zu riechen. Altes Holz, verwittert und verkohlt. Und Wasser. Tiefes, dunkles Wasser.

Es war hier. Genau hier.

Clara schlug die Augen wieder auf und trat auf die Wand der Laube zu. Ein Geflecht aus schmalen Holzstreben, verwoben mit den allgegenwärtigen Ranken der Blumen. Verwittert. Verkohlt. Ja. Es konnte nicht anders sein. Dies war nicht nur eine Laube. Es war das, was die Zwillinge aus den Überresten des Schuppens gemacht hatten. Und dort, unter der Luke im Boden …

Clara sah auf den Bach, der glitzernd die Wiese teilte, und glaubte ein leises Kichern zu hören.

Tiefes, dunkles Wasser.

Mit beiden Händen packte Clara den gusseisernen Ring in der Mitte der Luke und zog. Die Falltür war schwer, aber nicht so schwer, dass sie sie nicht mit etwas Entschlossenheit aufbekommen hätte. Darunter kam eine Treppe zum Vorschein, aus rohem Stein gehauen, die in eine ungewisse Dunkelheit hinabführte.

In diesem Moment hatte Clara ein eigentümliches Déjà-vu. Ein Gefühl, als hätte sie schon einmal genau hier gestanden, an dieser Treppe, und den fahlen Lufthauch auf den Wangen gespürt, in der Nase den Duft nach Blumen und dumpfer Feuchtigkeit.

Wie an der Treppe. An der Treppe zum Keller.

Claras Herz schlug ihr bis zum Hals. Schwer atmend stand sie auf der Schwelle und starrte hinab.

Ich muss es wissen. Ich muss es jetzt einfach wissen.

Und so setzte sie den Fuß auf die Treppe und stieg hinab in die atmende Finsternis.

Kapitel 18

Das Mädchen im Wasser

Es war kalt dort unten. Frostkalt, als sei am Fuß der Treppe ein Stück tiefsten Winters gefangen, das auch die grellste Sommerhitze draußen nicht erreichen konnte. Clara sah ihrem Atem nach, der in weißen Wolken den schwarzen Schacht hinuntertrieb, und verschränkte die Arme vor der Brust. Unter der Strickjacke stellten sich die Härchen auf ihren Unterarmen auf. Keine Wärme. Kein Licht … oder? War dort unten nicht … etwas? Ein unstetes, schwaches Leuchten? Clara blieb stehen, schloss die Augen und versuchte, ihr pochendes Herz zu beruhigen. Waren das die Zwillinge? Sollte sie wirklich …?

Wenn nicht jetzt, dann wirst du es nie tun.

Das Licht reichte kaum aus, um auch nur die nächsten zwei Stufen vorauszusehen. Sie lief die Treppe hinunter, so schnell sie es wagte, und hatte schon bald den letzten Rest Sonnenlicht, der von oben hereindrang, hinter sich gelassen. Stufe um Stufe tastete sie sich voran, immer an der Wand entlang. Der Stein war uneben unter ihren Füßen, und die Kanten abgetreten und rutschig.

Als die Stufen plötzlich endeten, wäre Clara beinahe gestolpert. Sie stand in einem Gang, der vor ihr einen leichten Knick machte und weiter hinten unter einem Steinbogen endete. Mattes, tanzendes Licht schien hindurch. Clara fühlte sich von dem Licht angezogen wie eine willenlose Motte, während gleichzeitig ihre Beine so bleischwer und steif zu sein schienen, dass jeder Schritt sie unglaublich viel Kraft kostete. Die Kälte war hier unten noch beißender und zog ihr durch Mark und Bein, bis sie nicht einmal mehr zittern konnte.

Clara schob die steifgefrorenen Hände unter die Achseln und zwang sich, einen Schritt vor den anderen zu setzen, und immer noch einen und noch einen. Ihre Schuhsohlen verursachten leise, dumpfe Geräusche auf dem Steinboden.

Ein großer Raum öffnete sich vor ihr – oder vielmehr: eine Grotte, fast vollständig ausgefüllt von einem See. Die Wasseroberfläche war ruhig wie ein großer Spiegel, und das Licht, das aus seiner Tiefe zu dringen schien, tanzte an der gewölbten Felsdecke. Auf der anderen Seite lag ein zweiter Ausgang, nicht mehr als ein ausgewaschener Tunnel im Fels. Und dort, eine Kerze in der Hand, stand eine grauenhafte Gestalt und sah Clara mit ausdruckslosem Gesicht entgegen.

Ein Entsetzensschrei steckte in Claras Kehle, aber sie konnte ihn nicht herauslassen. Es war, als ob aller Atem, alle Stimme bei dem Anblick in ihr gefangen wäre. Und dann erkannte sie ihn.

Keren.

Seine Haut, schon vorher so hell, dass sie fast weiß schien, war nun bleich und stumpf wie Kreidestaub. Rötlich-blaue Brandnarben zogen sich über Gesicht und Arme, an den Rändern schon schwarz. Sein ganzer Körper wirkte eingefallen und kraftlos, als seien Muskeln und Fleisch unter der Haut verschrumpelt und hätten kaum mehr als das Skelett zurückgelassen. Seine Wimpern überschatteten die blutunterlaufenen Augen, dass sie wirkten wie zwei leblose Löcher ohne Grund, in denen sich nur noch das Licht der Kerze spiegelte wie kleine flackernde Punkte.

Langsam wich der Schrecken. Sie hatte ihn schon so gesehen, dachte Clara. In ihrem Zimmer. Mit Beliar. Aber dies war keine Spiegelung. Dies war echt.

»Hallo, Clara.« Die rissigen Lippen verzerrten sich zu einem Lächeln, und für den Bruchteil eines Augenblicks schimmerte, wie ein zu langes Blinzeln, der Keren hindurch, den Clara kennengelernt hatte. »Was machst du denn hier?«

Clara brauchte mehrere Anläufe, ehe sie antworten konnte. Und als sie endlich ihre Stimme wiederfand, war sie krächzend und dünn, halb erfroren und halb erstickt.

»Keren«, brachte sie heraus. »Du … Ich wollte …« Sie brach ab. Ihre Stimme gehorchte ihr einfach nicht.

Keren seufzte leise und schüttelte traurig den Kopf. »Du hättest nicht herkommen sollen. Jetzt wird es nicht lange dauern, bis er auch hier ist. Warum hältst du deine Versprechen nicht, Clara? Wir sind noch nicht so weit. Du machst noch alles kaputt.«

Clara rang nach Luft. Sie hätte in diesem Moment auf dem Absatz umdrehen wollen, fliehen, rennen, so weit sie konnte. Aber sie konnte sich nicht einen Millimeter bewegen.

»Willst du es denn so unbedingt wissen? Was Beliar getan hat, um mich zu retten? Was uns untrennbar aneinander gebunden hat, und wie?« Keren sah sie mit einem langen Blick an. Und so entstellt sein Gesicht auch war, es sah bei aller Scheußlichkeit immer noch traurig aus.

Clara schaffte es kaum, zu nicken. Vielleicht weil sie sich plötzlich gar nicht mehr so sicher war, ob sie es wirklich wissen wollte.

»Die Tür war immer verschlossen«, flüsterte Keren. Seine Stimme war kaum mehr als ein tonloser Hauch, trotzdem füllte sie die Grotte komplett aus. »Ich hatte kaum Licht, nur das Nötigste zu essen – aber unendlich viele Spiegelbilder. Damit ich nie vergessen sollte, warum ich dort unten eingesperrt war. So grausam war mein Vater.« Er machte einen Schritt nach vorn und starrte in die spiegelnde Oberfläche des Sees. »Jeden Tag ... jede Nacht ... ich kannte den Unterschied sehr schnell nicht mehr. Ich weiß nicht, wie lange, aber ... ich habe aufgegeben. Sehr bald. Beliar allerdings nicht. Er fühlte sich schuldig, weil er es war, der das Feuer angezündet hat. Weil er diesen dummen Vogel getötet hat.« Keren lachte ein freudloses Lachen. »Dabei hätte er ohne mich nichts davon jemals getan. Er ist nicht so, er ist nur ... leicht beeinflussbar, weißt du? Niemand weiß das besser als ich. Und niemand hätte je durch ihn geopfert werden müssen, wenn ich damals zugelassen hätte, dass er mich einfach in der Dunkelheit verschwinden lässt. Aber ich … wollte nicht verschwinden.« Seine Stimme brach und er sah zur Decke. Clara folgte seinem Blick. Und erst jetzt erkannte sie die winzigen geflügelten Körper über dem Eingang der Grotte. Kohlmeisen. Sicher zehn oder mehr, mitten im Flug erstarrt oder auf kleinen Vorsprüngen sitzend. Das Licht von Kerens Kerze spiegelte sich in den Glasaugen.

Ausgerechnet Kohlmeisen.

»Ich will immer noch nicht gehen«, flüsterte Keren. »Deswegen musst du ihn endlich vor mir retten, Clara.«

Clara schloss kurz die Augen. Kerens Anblick, so einsam und allein dort am Rand des Sees, beobachtet von toten Vögeln, war mehr als sie ertragen konnte.

»Beliar gab nicht auf«, fuhr Kerens Stimme hinter ihren geschlossenen Lidern fort. »Und irgendwann fand er den Weg hierher. Stand dort am Ufer, genau wie du jetzt. Und er fand *sie*.«

Das Mädchen im Spiegel.

»Schau ins Wasser«, wisperte Keren. »Dann wirst du es verstehen.«

Und Clara öffnete die Augen, trat einen Schritt nach vorn.

Und sie sah.

* * *

Der Junge kniete am Ufer des Sees. So nah. Er war so nah. Dort hinter dieser Wand war sein Bruder. Fast konnte er ihn atmen, sein schwaches, vernarbtes Herz schlagen hören. Doch der Fels zwischen ihnen war kalt, feucht und unnachgiebig.

Noch nie in den zwei Jahren seiner Suche hatte er sich so hoffnungslos gefühlt.

Der Junge starrte auf sein Spiegelbild im Wasser. Das Spiegelbild, mit dem er seit jenem Tag sprach, das nicht mehr er selbst war, sondern sein verlorener Bruder. Er sah niemals sich selbst, war niemals allein. Und jeden Tag erinnerte ihn dieses Bild daran, was er geschworen hatte. Doch jetzt, in diesem Moment, zweifelte er zum ersten Mal daran, ob er dieses Versprechen würde halten können. Tränen fielen aus seinen Augen und ließen das Bild seines Bruders erzittern und verschwimmen. Verbissen wischte der Junge sich über die Augen.

Und als sich das Wasser wieder glättete, war sein Bruder verschwunden.

An seiner Stelle war ein Lächeln.

Du suchst einen Weg? Ich kann ihn dir zeigen.

Die Augen des Jungen wurden groß. Er konnte nicht antworten. Stattdessen spürte er, wie sanfte Finger seine Gedanken betasteten. Wie sie daran zupften und sie streichelten, bis in ihm alles auf seltsame Art ganz ruhig wurde.

Wasser ist ein lebendiger Spiegel, und Spiegel haben große Macht. Ich kann die Pforte zu deinem Bruder öffnen, und mehr noch. Wenn du bereit bist, deine Schönheit zu teilen, mein hübscher Junge, kannst du dafür einen Teil seiner Schmerzen auf dich nehmen, für die du dich so schuldig fühlst. Ihr werdet wieder eins sein, einer des anderen Spiegelbild. Du auf der einen Seite des Spiegels. Er auf der anderen.

Der Junge starrte das Mädchen im Wasser mit offenem

Mund an, wie es sich wiegte und kräuselte und lächelte. Lächelte. Lächelte. Lächelte.

Und erst da bemerkte er, dass er ebenfalls lächelte. Ein Lächeln, das ihm Frieden gab.

»Kannst du das wirklich?«, wisperte er.

Natürlich. Du musst mir nur die Erlaubnis geben. *Ein Lachen, perlend weich und lockend.* Oh. Und es gibt natürlich eine Bedingung.

»Welche?«, wollte er fragen, doch seine Zunge gehorchte ihm nicht, und ihm wurde klar, dass es ihm egal war. Es konnte keinen Preis geben, der zu hoch war, wenn nur sein Bruder ...

Ihr dürft euch niemals trennen und mein Reich niemals verlassen – oder der Spiegel wird brechen. Aber keine Angst, ich helfe euch. Gib mir nur jeden, der eure Einheit zerstören oder euch von hier fortbringen will. Eine Seele, die dich liebt, ist die größte Gefahr für euch. Sie musst du mir geben, jede von ihnen. Dann wird euch niemals mehr jemand trennen. Bist du damit einverstanden?

Der Junge nickte, noch ehe sie ausgesprochen hatte. »Niemand soll uns trennen. Niemand.«

Dann gib mir jetzt die Hand.

Schon fühlte er das kristallklare Wasser seine Finger umspülen. Wie in Trance sah er zu, wie sich zwei schmale weiße Hände aus dem Wasser reckten. Sie legten sich an seine Wangen, ein Gefühl wie kühle Wassertropfen, die über seine Haut rannen.

Trink von mir.

Lippen wie sanftes Wellenkräuseln legten sich auf seine, tropften in ihn hinein, ein tiefer, süßer Geschmack auf seiner Zunge, in seiner Kehle, und dann war das Wasser in ihm. Es füllte ihn aus, umschlang ihn, zog ihn hinab in lichtlose Finsternis, um kurz darauf mit unglaublicher Kraft durch ihn hindurch- und aus ihm herauszuströmen. Er war blind, und er sah zugleich, sah und spürte, wie das Wasser gegen die Felswand brandete, sich hineinfraß, einen Gang hindurchgrub und ihn hineinspülte, wirbelnd, strudelnd, und ihn schließlich in die Dunkelheit spuckte.

Beliar schrie. Aber es kam kein Ton aus seinem Mund. Nur Wasser, gurgelnd und sprudelnd … und lächelnd.

Sieh mich an, nur mich.

Wie ich dich ansehe, und niemanden sonst.

Wir, das ist ein Kreis, der uns umschließt. Eine Linie, die niemand übertreten darf.

Wer es versucht, ist verloren.

Er fand sich auf Stein liegend wieder. Ein letzter Kuss auf seine Stirn, ein einzelner Tropfen, der warm über seine Schläfe rann.

Es ist vollbracht. Nenne mir jetzt das erste Opfer.

Seine Gedanken waren willenlos. Das Bild seines Vaters stieg auf. Zerrann.

Wieder ein plätscherndes Kichern. Und das Gefühl eines spiegelglatten Messers in seiner Hand.

Gute Wahl. Nun musst du ihn nur noch zeichnen.

Dann war das Wasser fort und das Mädchen mit ihm.

Und als Beliar wieder zu Sinnen kam, hörte er seinen Bruder neben sich atmen.

* * *

Clara starrte ins Wasser. Sie fühlte, schmeckte, roch, und doch spürte sie alles wie aus weiter Ferne.

»So hat es angefangen«, sagte Keren leise. »Siehst du, obwohl Beliar mich gerettet hat, bin ich eigentlich nie aus der Dunkelheit herausgekommen.«

Clara versuchte immer noch zu verarbeiten, was gerade durch ihr Hirn geschossen war wie ein Gewittersturm.

»Ist sie noch hier?«, flüsterte sie.

Keren nickte langsam. »Immer. Überall. Aber Beliar ist der Einzige, mit dem sie spricht. Er ist derjenige, der den Pakt geschlossen hat.« Er verzog das entstellte Gesicht zu einem bitteren Grinsen. »Es war natürlich nicht so einfach. Es wäre leicht gewesen, einfach hierzusitzen und unser Dasein in Einsamkeit zu fristen. Nachdem unser Vater erst verschwunden war – welche liebende Seele hätte sich schon zwischen uns stellen sollen? Aber nicht nur, dass alle unsere Bediensteten, die zu dem Zeitpunkt im Haus waren, das Grundstück nicht mehr verlassen konnten … *sie* wollte mehr. Sie holte andere Menschen zu uns ins Haus. Menschen, die zu liebenden Seelen werden mussten. Für sie. Damit ich weiter existieren konnte. Menschen wie dich.«

Clara begann innerlich zu zittern, während sie allmählich das ganze Ausmaß des Paktes begriff. »Dann sind sie tot? Alle, die …«

Keren nickte. »Sie lockt sie an, soviel ich weiß. Wenn sie etwas Neues braucht, ein neues Spielzeug, eine neue Seele, was weiß ich. Sie lockt sie ins Haus und das Spiel beginnt. Wie das läuft, weißt du ja mittlerweile.« Er machte einen

Schritt auf Clara zu. Das Wasser umspielte die Spitzen seiner nackten Füße und der Wasserschein flackerte auf seinem entstellten Gesicht. »Ich hatte gehofft, es müsste diesmal nicht dazu kommen. Ich hatte wirklich sehr darauf gehofft, du könntest Beliar schon vorher überzeugen, mit dir fortzugehen. Dann hättest du dir all das hier erspart. Aber nun lässt es sich wohl nicht mehr ändern.« Er streckte den Arm aus. »Weißt du, es war von Anfang an klar, wenn wirklich eines Tages nur einer von uns übrig bleiben sollte, dann würde er das sein. *Er* würde sich vielleicht irgendwann verlieben und sich so von mir trennen. Die Menschen berühren und sich von ihnen berühren lassen – er kann das. Ich nicht. Offen gesagt, finde ich Menschen sogar regelrecht ekelhaft. Aber ich wusste immer, dass es für Beliar anders ist. Dass die Nähe anderer Menschen für ihn überlebenswichtig ist. Und ich wollte, dass er glücklich ist, natürlich wollte ich das, immer schon. Aber wie ich schon sagte, ich hänge auch an diesem … diesem Leben, wenn man es so nennen will, verstehst du? Daher schien mir das Spiel lange Zeit wie ein annehmbarer Kompromiss. Etwas Liebe für ihn. Ein paar Monate Existenz für mich. Und *sie* war auch zufrieden, weil sie bekam, was sie wollte.« Keren seufzte. »Ich hätte wissen müssen, dass die Rechnung auf Dauer nicht aufgeht. Aber ja, ich habe zugelassen, dass er sie für mich opfert. Alle. Sieh noch mal ins Wasser. Da wirst du sie sehen.« Keren wies mit dem Finger auf den See – und obwohl Clara es noch immer nicht wollte, konnte sie nicht anders, als dem Fingerzeig mit dem Blick zu folgen.

Und dort schwammen sie. Unscharfe Schemen, wie verzerrte Abbilder in einer Zugfensterscheibe, wenn es draußen schon dunkel war. Frauen. Männer. Jungen. Mädchen. Verloren, flehend, auf ewig gefangen, und zwischen ihnen: Dieses Lächeln …

Meine Spielzeuge. Sind sie nicht schön?

Claras Kopf war wie leer gefegt, nicht imstande zu begreifen, was sie da sah.

Stattdessen hörte sie etwas. Eine Tür, die in der Ferne aufschwang und gegen die Wand schlug.

Auch Keren hob den Kopf und schien zu lauschen. Ein schmales Lächeln stahl sich auf seine Lippen. »Ah, Beliar ist auf dem Weg. Pünktlich wie immer.«

Beliar. Clara wurde schwindelig, als sie begriff, was Keren meinte. Wer sich hier näherte, war nicht der Beliar, der in der Nacht bei ihr gewesen war. Der sie hatte fortjagen wollen, um sie zu schützen, und der an ihrer Schulter geweint hatte. Sondern der, vor dem sie sich fürchten musste. Der verzweifelte Beliar, der alles zu tun bereit war für seinen Bruder, an dessen Elend er die Schuld zu tragen glaubte. Alles. Er liebte sie, das hatte er gesagt. Aber erst jetzt wurde Clara wirklich klar, wie gefährlich das war.

Keren bewegte sich nun überraschend schnell, mit einer Geschmeidigkeit, die nicht zu seinem gebrechlichen Körper passen wollte. Innerhalb von Sekunden hatte er die Strecke bis zu Clara zurückgelegt und stellte sich vor sie, den Blick wachsam auf den Durchgang zum Haus gerichtet. »Bleib hinter mir«, flüsterte er. »Ich werde dich beschützen, so gut ich kann, aber du musst mitspielen. Mein Bruder liebt dich. Aber wir können nur gewinnen, wenn du ihn auch liebst.«

Clara starrte ihn ungläubig an. Dachte er wirklich, dass sie *diesen* Beliar lieben konnte? Wo alles, was sie empfinden konnte, blanke Angst war?

Ihr blieb keine Zeit für weitere Gedanken. Keren drängte sie zurück bis zu dem Gang, der hinauf in die Laube führte. Ein Windzug kräuselte die Wasseroberfläche.

Und dann war er da, stand im Durchgang hinter dem See und starrte ihnen über das Wasser hinweg entgegen. Schwer atmend, die Wangen erhitzt und die Augen glühend in wilder Entschlossenheit. In einer Hand hielt er eine Kerze, in der anderen das gläserne Messer. Es spiegelte den Schein der Kerzenflamme, wie es schon Kerens Augen getan hatten. Beliars Blick flog von Keren zu Clara und wieder zurück, unstet, wie suchend.

»Keren!« Seine Stimme, die wohl laut und energisch hätte sein sollen, kratzte heiser in seiner Kehle, als lägen unsichtbare Hände um seinen Hals, die ihm die Luft abdrückten. »Geh zur Seite. Wir müssen das beenden. Jetzt!«

Keren wich nicht einen Schritt von der Stelle. Sein Körper war wie eine Schranke, die Clara von Beliar trennte. Und von dem Messer.

»Mein dummer Bruder.« Seine Stimme war ganz sanft. »Das hast du schon so oft gesagt. Und du hast recht, wir werden es beenden. Hier und jetzt.« Clara hörte das Lächeln in seinen Worten. »Die Spiegel haben es dir längst verraten, oder? Ich habe gewonnen. Es ist vorbei.«

Beliar machte einen staksigen Schritt nach vorn, und dann noch einen und noch einen, bis er sie fast erreicht hatte.

»Du weißt nicht, was du da verlangst.« Seine Stimme war dunkel vor Trauer und Zorn. »Ich kann nicht ohne dich leben, Keren, ich *kann es nicht*!«

»Hör auf«, sagte Keren sanft. »Es ist alles gut, Beliar, glaub mir.«

Beliar schüttelte heftig den Kopf. »Du verstehst es nicht, oder? Du kannst keinen Menschen finden, dessen Leben mir wichtiger sein könnte als deins. Nicht mal … nicht mal sie.« Seine Hand mit dem Messer zitterte, und er sah Clara noch immer nicht an. »Begreif es doch endlich! Ich habe alles versucht. Ich habe versucht, sie zu retten, ich habe versucht, sie wegzujagen, weil … weil du natürlich recht hattest, weil du immer recht hast, weil sie … weil sie so wunderbar ist. Aber glaubst du wirklich, ich könnte glücklich sein, wenn du tot bist? Du nennst mich dumm, dabei bist du derjenige … Verdammt, Keren! *Geh jetzt aus dem Weg!*«

Clara konnte Kerens Gesicht nicht sehen. Aber sie hörte seiner Stimme an, wie sehr es ihn schmerzte. »Also gut, Beliar.« Er trat ein Stück zur Seite. »Dann beweis es mir. Zeig mir, dass du wirklich die Wahrheit sagst. Wenn du sie opfern kannst, hast du gewonnen.«

Clara keuchte erschrocken auf und machte unwillkürlich noch einen Schritt rückwärts. Sie und Beliar standen sich nun direkt gegenüber, ohne auch nur den geringsten Schutz. Clara spürte nun wieder sehr deutlich die Kälte hier unten, die ihr tief unter die Haut bis an die Knochen drang und sie am ganzen Körper lähmte. Nur Beliars Augen brannten noch immer, als er sie nun endlich direkt ansah. Sie brannten – und waren doch voller Tränen.

Sie merkte kaum, wie Keren hinter sie trat. Seine Hände, überraschend kräftig für seine ausgemergelte Gestalt, packten ihre Arme und drehten sie grob auf ihren Rücken. Clara schnappte nach Luft und versuchte, sich aus dem Griff zu winden, aber vergeblich. Keren hielt einen ihrer Arme mit links fest, während er seinen rechten Unterarm über ihren Kehlkopf legte und sie ins Hohlkreuz zog.

»Na los, Beliar«, flüsterte Keren dicht an ihrem Ohr. »Tu es. Verpass ihr das Zeichen und dann schmeiß sie in den See wie all die anderen.«

Clara konnte sich nicht rühren. Sie starrte Beliar an, der das Messer gehoben hatte und auf sie zukam, noch immer mit diesen seltsam steifen, staksigen Schritten, als koste es ihn unendliche Mühe.

»Beliar«, flüsterte Clara verzweifelt. »Nein! Bitte …« Jetzt endlich brach sich die Panik ihren Weg durch den Frost in ihrem Inneren. Todesangst, begriff Clara, war nicht kalt. Sie war brüllend heiß.

Beliar blieb vor ihr stehen. So dicht, dass sie die Wärme spüren konnte, die seine Haut abstrahlte. Eine Wärme, die ihr so überwältigend vertraut war, obwohl seine Nähe, ihre gemeinsame Nacht, in diesem Moment ein Leben weit entfernt schien. Ungewollte Tränen drängten sich in Claras Augen.

»Warum? Warum, Beliar?«

Beliars Gesicht verzog sich schmerzhaft. Die Tränen liefen jetzt auch über sein Gesicht. »Verzeih mir, Clara. Verzeih. Ich wollte das nicht, ich … ich kann … ich kann nicht … Es ist nur ein kleiner Schnitt. Nur ein Zeichen, damit sie dich erkennt. Es tut nicht weh. Ich verspreche es dir.«

Das war es, dachte Clara. Ihr Todesurteil. Aber sie wollte nicht sterben! Nicht so, halb in der Luft hängend in Kerens vor Anspannung zitterndem, aber eisernem Griff, und nicht mit diesem vor Schmerz und verzweifelter Entschlossenheit verzerrten Gesicht vor Augen. Noch einmal wehrte sich Clara mit aller Kraft gegen die Hände, die sie hielten, wand sich und zerrte mit der freien Hand an dem Unterarm, der ihren Kehlkopf unerbittlich immer weiter eindrückte, je mehr Widerstand sie leistete. Sie konnte nicht atmen!

Und dann stieß Keren sie nach vorn und trat ihr in die Kniekehlen, dass sie zu Boden sackte. Clara keuchte und schnappte japsend nach Luft, die Hände fest auf den Fels gepresst. Wasser schwappte über ihre Finger wie ein Kichern. In der Tiefe sah sie die bleichen, wogenden Locken einer jungen Frau treiben. Clara wurde übel. Doch noch ehe sie sich hätte übergeben können, hatte Keren sie bereits erneut gepackt. Er schob beide Arme unter ihren Achseln hindurch und verschränkte seine Hände in ihrem Nacken. Der Druck war so stark, dass Clara das Gefühl hatte, ihr Genick könnte jeden Moment brechen. Kerens Oberkörper presste sich fest an ihren Rücken und hinderte sie allein mit seinem Gewicht daran, aufzustehen.

»Mach endlich, Beliar!«, zischte er. »Wie lange willst du noch zögern, wenn du doch so entschlossen bist? Ich kann sie nicht ewig halten.«

Im Spiegel des Wassers konnte Clara sehen, wie Beliar auf sie herunterstarrte. Das Messer hatte er noch immer erhoben. So stand er da wie eine lebensgroße Kriegerstatue, eingefroren im letzten Moment vor dem Angriff. Sein Gesicht war ein Ausdruck einziger Qual, die Augen weit aufgerissen, die Lippen zu einem farblosen Strich zusammengepresst. Er verharrte dort – endlos, wie Clara schien.

Bis schließlich ein Beben durch seinen Arm lief, seine Finger sich wie im Krampf öffneten und das Messer klirrend zu Boden fiel.

Alle Spannung wich mit einem Mal aus Beliars Körper. Sein Arm fiel, wie das Messer gefallen war, und für einen Augenblick glaubte Clara, er würde ebenfalls auf die Knie gehen. Er tat es nicht, er blieb stehen. Aber nichts an ihm war mehr aufrecht oder gar entschlossen.

»Ich kann es nicht«, wisperte er. Fassungslos, als würde er in sich hineinhorchen, den Worten nachspüren, ob sie wirklich wahr sein konnten. »Du hattest recht, Keren. Ich … ich kann es nicht.«

»Na endlich.« Ein gereiztes Schnaufen ertönte hinter Clara. Der Griff um ihren Nacken löste sich, und der Druck verschwand, als Keren sich aufrichtete und wieder auf die Füße kam. Erleichterung durchfuhr sie wie eine Welle von Schüttelfrost.

Keren bückte sich und hob das Messer auf, wog es in der

Hand und betrachtete es nachdenklich. Dann sah er Clara an und lächelte schief.

»Geh schon mal rauf«, sagte er, und seine Stimme duldete keinen Widerspruch. Diesmal nicht. »Das ist jetzt eine Sache zwischen uns.«

Und Clara widersprach nicht. Sie rannte einfach los.

* * *

Als Clara fort war, wandte Keren sich wieder seinem Bruder zu. Das gläserne Messer lag noch immer in seiner Hand. »So. Und da wir so weit nun schon gekommen sind – was hast du jetzt vor?«

Beliar schüttelte den Kopf. Er sah Keren nicht an, aber das musste er auch nicht. »Ich weiß es nicht.« Selbst seiner Stimme fehlte jetzt jede Kraft. Seine Hände zuckten, als wollte er nach etwas greifen, das er doch nicht zu fassen bekam. »Ich weiß es nicht. Aber du darfst nicht sterben, Keren. Du darfst nicht … nicht …« Ein tonloses Schluchzen ließ seine Schultern beben.

Keren musterte ihn schweigend und warf dann einen Blick auf den steinernen Bogen zu dem Gang, wo Clara verschwunden war. Sein vernarbtes Gesicht wurde seltsam weich. Es war Zeit, dachte er. Zeit für die Wahrheit, so bitter sie auch war. »Aber ich bin doch schon längst tot, Beliar«, flüsterte er.

»Was?« Beliars Kopf ruckte in die Höhe.

Keren lächelte verzerrt. »Hast du es wirklich nie gesehen? Mein dummer Bruder …« Er schüttelte den Kopf. »Wie hätte ich denn überleben sollen? Allein in der Dunkelheit, mit all den Wunden? Ich habe dort nicht gelebt, höchstens existiert, eine Weile … aber ich habe es schon Clara gesagt. Ich habe ziemlich schnell aufgegeben.«

»Du lügst.«

»Nein.« Kerens Stimme war sanft. »Es ist die Wahrheit. Und es ist Zeit, dass du ihr ins Auge siehst.«

Und ich auch.

»Frag Alicja. Sie weiß es. Sie weiß, wie lange das Essen, das sie brachte, unangetastet blieb.«

Etwas in Beliar zuckte. Wankte. Sein Gesicht verzerrte sich im Kampf gegen das Begreifen.

»Aber ich habe dich doch gefunden.« Seine Stimme bröckelte. »Als ich in den Spiegelraum kam, da … warst du da. Du hast geatmet. All die Jahre hast du geatmet. Gesprochen. *Ich habe dein Herz schlagen hören, Keren!*«

»Nein«, flüsterte Keren. Er machte einen Schritt auf Beliar zu und streckte die Hand nach ihm aus. Doch sie verharrte kurz vor seinem Gesicht, als sei dort eine unsichtbare Barriere, die er nicht überwinden konnte. »Was du gefunden hast, war nur ein Abbild. Das, was in den Spiegeln von mir übrig war. Und das, was von mir in *dir* übrig war. Sie hat es zusammengesetzt, für dich. Damit du ihr die Seelen bringst.« Er seufzte leise. »Ich habe dich immer geliebt, mein dummer Bruder. Aber ich war nie wirklich hier.«

Beliar starrte Keren an, als wären seine Worte dünne Nadeln, die sich tief durch Fleisch und Muskeln in sein Herz gruben.

»Tu das nicht.« Sein Adamsapfel bewegte sich sichtbar, als er schluckte. Tränen stürzten aus seinen Augen über sein Gesicht. »Hör auf damit, Keren. Hör verdammt noch mal auf, dich zu verabschieden!« Seine Stimme verklang zu einem tonlosen Wispern, das hohl an den Wänden der Grotte vibrierte. »Es ist mir egal, ob du lebst. Ob du mein Spiegelbild bist, ein Geist oder nur ein Hirngespinst. *Es ist mir völlig egal!* Lass uns nach Hause gehen! Lass uns wieder werden, wie wir waren!«

Keren stand reglos da, die Augen noch immer lichtlos bis auf die zuckenden Spiegelungen der Kerzenflamme. Das Messer glänzte in seiner Hand.

»Es tut mir leid.« Noch nie hatte seine Stimme so traurig geklungen. »Wir können nie mehr werden, wie wir waren. Ich habe mich schon zu lange an dieses Scheinleben geklammert, und ich bin … müde. Wirklich, Beliar. Ich danke dir. Ich danke dir, dass du so um mich gekämpft hast. Dass ich leben durfte … oder so etwas in der Art. Aber du hast jetzt Clara. Diese Kohlmeise wird nicht sterben. Hörst du? Ich verlasse mich auf dich.« Er lächelte matt. »Ich liebe dich, mein dummer Bruder. Werde glücklich.«

Er hob das Messer in einer bedächtigen, fließenden Bewegung. Und ohne ein Stocken, ohne ein einziges Zögern, zog er die Klinge in einem tiefen Schnitt über seine Handfläche und ließ sich rückwärts ins flache Wasser fallen.

* * *

Es war, als würde die Luft im Raum erstarren. Beliar starrte auf den fallenden Körper seines Bruders, wie das Wasser über ihm zusammenschlug, die Hand noch immer fest um den Griff des Messers geschlossen.

Und das Wasser regte sich. Schon reckten sich schlanke Arme heraus, das Lächeln, *ihr* Lächeln, spiegelte sich im Lichterspiel an der Grottendecke.

Nein!

Beliar stürzte zu seinem Bruder, packte ihn bei den Schultern, zerrte ihn halb an Land und in seine Arme.

Keren!

Der Schrei verließ seine Kehle nicht, sein Mund war wie versiegelt. Er starrte Keren in die Augen, die flackerten und sich bereits trübten.

Keren …

Tränen stiegen ihm in die Augen. »Nicht …« Er erkannte seine Stimme kaum wieder, sie klang hohl in seinem Brustkorb wider, der sich leer anfühlte, als sei ihm soeben das Herz herausgerissen worden.

Kerens Mundwinkel zuckten. Ein Lächeln und Ausdruck qualvollen Schmerzes zugleich. Seine linke Hand bewegte sich schwach, als versuche er das Messer loszulassen. Er brauchte nichts zu sagen. Beliar nahm die steifen, verkrümmten Finger in seine, drückte sie behutsam, obwohl ihm vielmehr danach war, sich an ihnen festzuklammern, ob er sie dabei zerquetschte oder nicht. Aber Keren erwiderte den Druck nicht. Seine Augen starrten durch Beliar hindurch, und in ihnen sah Beliar bereits *ihr* Lächeln. Das Wasser kam, unaufhaltsam. Es füllte seinen Bruder, löste ihn auf, nahm ihn mit, Stück für Stück, wie all die anderen zuvor.

So habt ihr euch also entschieden. Wie schade.

»Nein …!« Beliar klammerte sich an Kerens Hand. Ihre Haut, Kerens kalt und Beliars glühend heiß, war ihre letzte, ihre einzige Verbindung. Und doch hatte Beliar sich seinem Zwilling noch nie so nah gefühlt.

Es war vorbei. Er konnte ihn nicht retten.

Keren ging ohne ein letztes Wort.

Beliar blieb am Ufer sitzen, wie lange, wusste er nicht. Er blieb sitzen, während das Begreifen in ihm zu wachsen begann, sich ausbreitete und ihn ausfüllte wie ein fest verschlossenes Gefäß aus dünnem Glas, in das immer mehr und mehr Wasser hineinfloss, bis es die eisigen Wände erreichte und gefror und sich dabei noch weiter ausdehnte, bis schließlich die fragile Hülle mit scharfem Knacken riss.

Beliar spürte es, aber er fühlte es nicht. Er hob nur den Kopf und sah sich selbst im Wasser. Sah das perfekte, glatte Gesicht mit den leuchtend blauen Augen, das so viele Jahre seine Maske gewesen war, sein Zwilling, den er für alle Ewigkeit sehen würde, wann immer er in einen Spiegel schaute. Keren, millionenfach. Es war unmöglich zu ertragen.

Beliar floh.

Wie mechanisch kam er auf die Füße und stolperte auf den Ausgang der Grotte zu, jenen Weg, den er sonst immer mit seinem Bruder gegangen war, wenn sie ein weiteres

Opfer verabschiedet hatten – er selbst jedes Mal schwer auf Keren gestützt, taumelnd unter dem Verlust.

Jetzt war da niemand mehr.

Niemand.

Niemals wieder.

Beliar strauchelte, fing sich mit Mühe, stützte sich an der Wand ab und fühlte Glas. Eine einsame Kerze flackerte.

Das Spiegelzimmer.

Er selbst. Und Keren. Unendlich.

Beliar ballte die Faust, so fest, dass sich seine Fingernägel tief ins Fleisch seines Handballens gruben. Als seine Knöchel das Glas trafen, teilte erst ein Riss sein Gesicht. Der zweite Schlag ließ es in Stücke fallen. Eine der fallenden Scherben traf ihn am Arm und ritzte seine Haut auf, aber er spürte es kaum. Schwer atmend starrte Beliar auf die kahle Wand, die hinter dem zerbrochenen Spiegel zum Vorschein kam, und für den Bruchteil eines Augenblicks fühlte er fast so etwas wie Erleichterung in die hohle Leere seiner Brust tröpfeln. Aber als er sich umwandte, waren da nur noch mehr Spiegel. Mehr Abbildungen seiner selbst, die er nicht kannte, mehr falsche Kopien von Keren, die ihn verhöhnten, weil sein Herz, sein eigenes, nach all der Zeit das einzige war, das noch schlug.

Oder die ganze Zeit das einzige gewesen war.

Beliar hörte sich nicht schreien, als er auf die Spiegelbilder zustürmte und eines nach dem anderen in Stücke schlug. Er hörte nicht das Klirren, mit dem die Scherben zu Boden prasselten, nicht das Krachen, mit dem die Rahmen umstürzten und die Scherben in noch kleinere Splitter zerbersten ließen, und auch nicht das Knacken und Knirschen des Glases unter seinen Füßen. Er sah nur, wie Kerens Gesicht zerbrach, wieder und wieder, nur um ihm aus noch so viel mehr kleineren Spiegeln entgegenzulächeln. Ein Lächeln, das Beliar auch dann nicht auslöschen konnte, als er mit bloßen Händen nach den Scherben griff und sie gegen die Wand schmetterte. Kerens Augen, überall. Und Blut. So viel Blut.

Beliar hörte sich nicht schreien. Es war die Stille, die in seinen Ohren dröhnte, als er endlich keuchend in einem Meer von Splittern stehen blieb. Sein eigener, röchelnder Atem, der seine Trommelfelle fast zerspringen ließ. Und die Blutstropfen, die – plit, plit – mit einem Klang wie leises Gelächter auf dem zerstörten Spiegelglas aufkamen und kleine rubinrote Pfützen bildeten. Es lief von seinen Armen, seinen Wangen. Vermischte sich mit den Tränen, die, zu viele für seine Augen, haltlos über sein Gesicht stürzten.

Die Kerze war umgefallen. Aber wie zum Hohn, als wolle sie ihre eigene Unsterblichkeit demonstrieren, brannte sie noch immer.

Beliar schwankte. Es war, als rinne langsam alles Gefühl, alle Empfindungen aus seinem Kopf und seinen Fingerspitzen, hin zur Körpermitte, wo noch immer sein Herz einen unregelmäßigen, stolpernden Takt schlug. Aber sie kamen nie dort an. Sie flossen aus den zahlreichen Wunden, tropften mit dem Blut zu Boden. Unwiederbringlich. Er war so müde. So unglaublich müde …

Beliars Beine trugen ihn nicht länger. Er sank auf die Knie und kroch zu der runden Steinplatte in der Mitte des Raums hinüber, dem einzigen Ort, wo keine Scherben waren. Dort kauerte er sich zusammen, legte seinen Kopf auf den rauen Stein, wie er ihn so oft auf Kerens Brust gelegt hatte, die sich nie mehr im vertrauten Rhythmus heben und senken würde. Ein grauer Schleier hatte sich über sein Sichtfeld gelegt. Er konnte die Zerstörung, die er angerichtet hatte, nur noch undeutlich erkennen. Selbst die Blutflecken auf seiner Haut waren nun grau. Besser so. Viel besser.

Mit einem Seufzer schloss Beliar die Augen und tastete nach Kerens Hand. In der Dunkelheit hinter seinen Lidern konnte er sie fühlen, auch wenn sie noch immer kalt war. Aber sie würde schon warm werden, dachte Beliar matt, wenn er sie nur lange genug hielt. Die Welt entglitt ihm, aber er hielt sie nicht auf. Was kümmerte ihn die Welt? Was kümmerte ihn das Leben? Hier war Keren. Hier waren sie endlich wieder eins. Und hier, genau hier, wollte er schlafen.

Kapitel 19
Heimkehr

Clara war den Gang entlang und die Treppe in den Garten hinaufgehetzt, ohne auch nur einen Blick zurückzuwerfen. Kein Gedanke mehr an die Dunkelheit, oder daran, vielleicht zu stürzen oder jemanden auf sich aufmerksam zu machen. Auch als sie in ihrer Hast auf den glatten Stufen stolperte und sich das Schienbein blau schlug, verschwendete sie keinen zweiten Gedanken daran. Zurück ins Haus, das war alles, woran sie denken konnte.

Auf dem Flur im Dienstbotentrakt lief sie Alicja in die Arme. Die Haushälterin kam aus der Küchentür gestürzt, als hätte sie dort nur darauf gelauert, dass etwas geschah.

»Clara!« Sie lief auf Clara zu und zog sie in ihre Arme. Clara ließ es geschehen. Alicjas Wärme und der fürsorgliche Druck ihrer Umarmung bewirkten, dass sich ihr rasendes Herz etwas beruhigte und sie zumindest halbwegs wieder zu Atem kam. »Clara, wie gut, Sie zu sehen! Was ist denn da unten nur passiert?«

Clara konnte nicht gleich antworten. Zu unwirklich schien ihr alles, was sie gesehen hatte, zu surreal, was gerade geschehen war. So schüttelte sie nur zitternd den Kopf und ließ sich von Alicja den Rücken streicheln. Die Brust der Haushälterin bebte. Weinte sie etwa?

»Keren«, flüsterte Clara endlich. »Er hat … er … Und Beliar …«

»Schon gut.« Alicjas Hand strich immer weiter sanft über ihren Rücken, auf und ab, auf und ab. Aber ihre Stimme klang weit weniger sicher, als ihre Bewegungen es glauben machen wollten. Belegt und ein wenig zittrig. »Kommen Sie. Wir sitzen alle in der Küche. Kommen Sie und erzählen Sie uns alles.«

Mit diesen Worten ließ sie Clara los, fasste sie am Ellbogen und führte sie sanft, aber bestimmt den Flur entlang.

In diesem Augenblick begann Beliar im Keller zu brüllen. Der Laut hallte hohl den finsteren Schacht hinauf, so erschütternd, dass das ganze Haus in seinen Grundfesten zu beben schien. Clara und Alicja zuckten beide zusammen. Das Klirren und Bersten von Glas drang an ihre Ohren. Es klang, als würde ein ganzer Kristallpalast in tausend Splitter fallen.

»Kommen Sie«, wiederholte Alicja und festigte ihren Griff um Claras Arm, und nun sah Clara deutlich, dass sie wirklich weinte. Stumm und ohne viel Aufhebens. Kein Schluchzen, kein Klagen. Nur Tränen, die lautlos über ihre Wangen rollten. Ihre nächsten Worte klangen endgültig. »Wir können nichts mehr für Keren tun.«

Widerspruchslos ließ Clara sich mitziehen. Ihr Kopf fühlte sich an, als hätte ihn jemand in mehrere Lagen wattige Tücher gewickelt, durch die alle Geräusche, alle Empfindungen nur gedämpft zu ihr durchdrangen. Benommen folgte sie Alicja das kurze Stück durch den Flur bis zur Küche. Und als Alicja die Tür öffnete, sah sie tatsächlich die ganze Belegschaft der Hausangestellten am Tisch sitzen. Heinrich, den Gärtner. Bernhard, den Butler. Britta, das Zimmermädchen, und Hilde, die Köchin. Sie saßen dort, vereint in ihrem Schweigen, vor sich leere Gläser und eine große Flasche klaren Schnaps, den Alicja bereitgestellt haben musste. Bei ihrem Eintreten hoben sie die Köpfe und sahen Clara und Alicja an, mit Augen, die ebenso hilflos und traurig aussahen wie die der Haushälterin.

Alicja ließ Clara los und zog einen weiteren Stuhl heran. »Setzen Sie sich.« Sie drückte Clara auf den Stuhl und stellte dann ein leeres Glas vor sie hin. »Setzen Sie sich und trinken Sie mit uns.« Und wie um ihre Worte zu bekräftigen, griff sie nach der Flasche und schenkte allen nach. Dann setzte sie sich ebenfalls und hob ihr Glas. »Auf uns. Und dass alles jetzt ein Ende hat.«

Clara schluckte mühsam. Die Worte der Haushälterin steckten ihr wie ein bitterer Klumpen in der Kehle. In der Tiefe des Kellers konnte sie noch immer das Krachen und Bersten von Spiegelglas hören. Es war nicht schwer, sich zusammenzureimen, was dort geschah. Beliar … Ja, Alicja hatte recht. Die Geschichte der Zwillinge würde heute enden.

Während die Bediensteten um sie herum sich schweigend zuprosteten, rührte Clara ihr Glas nicht an. Konnte sie wirklich einfach hier sitzen und nichts tun?

Es schien eine Ewigkeit zu dauern, bis der Lärm und das Brüllen im Keller verstummten. Und Clara spürte, wie ihr jetzt auch Tränen über die Wangen rannen.

Ohne mich hätte er nichts davon jemals getan.

Keren war fort. Sie spürte es tief in sich, eine schwere, endgültige Gewissheit. Es blieb nur Beliar, ganz allein mit sich und seinem Schmerz in diesem schrecklichen Raum.

Es war vorbei.

»Clara?« Alicja sah sie fragend an, als sie abrupt aufstand.

»Er braucht Hilfe.« Claras Stimme schwankte und brach. »Verdammt, wir können ihn doch nicht da unten alleinlassen!«

Die Bediensteten tauschten überraschte Blicke. Claras Worte schienen nur langsam zu ihnen durchzudringen. Aber darauf konnte Clara nicht warten. Sie hatte jetzt keine Angst mehr. Denn auch der Beliar, der Opfer bringen musste, war nun nicht mehr da.

Darum rannte sie einfach los.

Als sie zu dem schmalen Seitengang kam, der zu der Treppe in den Keller führte, wurde sie langsamer. Ein Luftzug drang aus der Tiefe herauf und griff mit kalten Fingern nach ihr, als wollte er sie hinunterziehen. Das ganze Haus war jetzt still, als läge es in ohnmächtigem Schock über das, was gerade geschehen war. Nur die Treppe knarrte unter Claras Füßen, als sie Schritt für Schritt erneut in die Tiefe stieg. Vor sich sah sie mattes, flackerndes Licht. Die Kerze.

Clara holte tief Luft und schob sich durch die Tür.

Der Boden war übersät mit glitzernden Scherben, die im Kerzenlicht funkelten. Und da lag er. Blutüberströmt und zusammengerollt wie ein erschöpftes Kind. Und das war er wohl auch. In diesem Augenblick war er der verzweifelte Junge, der nichts anderes zu tun gewusst hatte, als das Leben anderer Menschen zu verkaufen, um das seines Bruders zu retten.

Ohne weiter nachzudenken, stürzte Clara zu ihm hin und fiel neben ihm auf die Knie. Beliars Haare waren nass von Blut, Wasser und Tränen. Sein Shirt war zerrissen und seine Haut rötlich-braun gefleckt.

Aber er atmet. Oh danke. Danke, er atmet!

Clara strich Beliar über die Wange. Spürte den Hauch von Bartwuchs unter den Fingern, und die Wärme unter dem Film aus Kälte, den die Luft über seine Haut gelegt hatte.

Er muss dringend hier raus.

In diesem Moment hörte sie hinter sich endlich Schritte. Alicja und Heinrich betraten zögernd den Raum.

»Er lebt!« Clara wusste selbst nicht genau, woher sie in diesem Moment die Kraft und Entschlossenheit nahm. Aber sie sah plötzlich sehr klar vor sich, was getan werden musste. »Aber er braucht einen Arzt. Wir bringen ihn in die Stadt. Alicja, holen Sie seine Papiere.«

Alicja und Heinrich tauschten gleichermaßen verblüffte wie zweifelnde Blicke.

»Machen Sie schon«, beharrte Clara. »Heinrich, kannst du Beliar ins Auto bringen? Ich ... hole meine Sachen.«

»Clara.« Alicjas Stimme war leise, aber fest. »Woher wissen Sie so genau, dass das Beliar ist?«

Für einen kurzen, schrecklichen Moment erstarrte Clara. Aber er verflog so schnell wie er gekommen war. »Gibt es denn gültige Papiere für Keren?«

Dazu sagte Alicja nichts mehr.

Ihr Zimmer war noch genau so, wie sie es am Vormittag verlassen hatte. Es waren ja auch erst wenige Stunden seitdem vergangen, obwohl es Clara wie ein ganzes Leben vorkam.

Draußen hörte sie schon den Motor von Heinrichs rostigem Kombi, wo der Gärtner einen kleinen Reisekoffer mit dem Nötigsten für Beliar einlud. Das Tor zur Auffahrt stand weit offen. Überall waren die Vorhänge zurückgezogen und Sonnenlicht flutete die Villa.

Es ist vorbei. Wir haben es geschafft, Keren. Wir haben gewonnen.

Sie traf Alicja auf der Veranda. Die Haushälterin überreichte ihr mit einem erschöpften Lächeln eine schmale Mappe. In ihren Augenwinkeln sah Clara noch immer Tränen glitzern. »Machen Sie es gut, Clara. Und passen Sie auf sich auf.«

Clara nickte und drückte Alicjas Hand. »Ich danke Ihnen. Für alles.«

Alicja schüttelte den Kopf. »Es gab doch nicht viel, was ich hätte tun können.«

Clara seufzte leise. Etwas in ihr wollte widersprechen, aber sie brachte die Kraft dafür nicht auf. War es überhaupt wichtig? Wohl kaum. Am Ende blieben es doch nur Worte.

»Wollen Sie nicht mitkommen?«, fragte sie stattdessen.

Alicja schüttelte den Kopf. »Nicht heute. Wir alle hier werden unser Leben jetzt neu ausrichten müssen. Aber jetzt müssen Sie erst einmal tun, was getan werden muss. Für Beliar. Für uns andere wird sich ein Weg finden. Machen Sie sich keine Sorgen. Ich vertraue Ihnen, Clara.«

Clara nickte langsam. »Ich hoffe, ich enttäusche Sie nicht.«

Alicjas Lächeln wurde ein wenig deutlicher. »Keren hat an Sie geglaubt«, sagte sie nur.

Clara schloss kurz die Augen und griff nach ihrem Rucksack. Dann kletterte sie auf die Rückbank, wo Beliar lag und schlief, als wolle er niemals wieder aufwachen. Clara zögerte einen Moment. Dann bettete sie seinen Kopf in ihren Schoß.

»Leben Sie wohl«, sagte sie durchs Fenster zu Alicja. »Ich werde Sie nie vergessen.«

Alicjas Lächeln verlosch. »Ich Sie auch nicht«, erwiderte sie ernst. Sie griff in ihre Rocktasche und zog einen Schlüssel heraus, den sie Clara reichte. »Falls Sie jemals zurückkehren wollen. Gute Reise, Clara.«

Clara schloss die Finger um den Schlüssel. Ein Schlüssel zur Villa? Sie war sich nicht sicher, ob sie das für eine gute Idee hielt. Trotzdem nickte sie bloß und steckte die Hand mitsamt dem Schlüssel in die Tasche. Dann wandte sie sich nach vorn. »Auf geht's, Heinrich.«

Und ich überlege mir wohl besser, was ich beim Arzt erzähle.

Sie wusste, dass Alicja noch immer auf der Veranda stand und dem Auto mit den Augen folgte, wie sie langsam die Auffahrt hinunterrollten, das Tor passierten und das Dornendickicht, das die Mauer umschloss. Die Schneise, durch die sie in jenem verhängnisvollen Sturm gebrochen war, war noch deutlich zu sehen. Clara drehte sich in ihrem Sitz um so weit sie es wagte, ohne Beliar zu stören, und warf einen letzten Blick auf die Villa und die Veranda. Aber Alicja war verschwunden und das Grundstück wirkte so verlassen wie eh und je.

Clara atmete tief durch und sah hinunter auf den schlafenden Beliar. Behutsam strich sie ihm die zerzausten und verklebten Locken aus der Stirn. Sie würden nicht zurückkehren. Sie nicht, und auch er nicht.

Der Motor röhrte, als der Kombi über die alte Straße rumpelte. In der Tiefe von Claras Rucksack erklang ein vibrierendes Summen. Dann noch eins, und noch eins, sicher zehn oder zwanzig. Ihr Handy empfing Nachrichten. Die echte Welt. Da war sie wieder. Und Clara hätte fast geweint vor Glück.

Wind fuhr durch das offene Fenster und strich ihr durch die Haare. Heinrich hatte bisher nichts gesagt, aber Clara wusste, dass er sie im Rückspiegel beobachtete. Es kümmerte sie nicht. Ihre Finger schlossen sich in der Hosentasche um den Schlüssel. Ein letztes Mal schloss Clara die Augen.

Dann warf sie den Schlüssel aus dem Fenster ins Gebüsch.

In diesem Moment regte sich Beliar auf ihrem Schoß. Er seufzte und stöhnte und öffnete blinzelnd die Lider, um sie aus verwirrten blauen Augen anzusehen.

»Schscht«, flüsterte Clara und strich ihm über die blutverschmierte Wange. Das Lächeln kam von ganz allein. »Es wird alles gut.«

Auch in Beliars Augen leuchtete kurz ein mattes Lächeln auf. Dann schloss er sie wieder.

Wie du wohl bist, dachte Clara unwillkürlich. *So ganz allein?*

Sie würde es sehen, dachte sie und musste lächeln bei dem Gedanken. Es würde schön sein, ihn kennenzulernen.

Hoffentlich kamen sie gut miteinander aus.

Dank

Als ich ein Kind war, wollte ich immer eine Zwillingsschwester. Ein zweites Ich, eine zweite Hälfte – kurzum, einen Menschen, der mir so nah ist, dass er mich und meine Gedanken besser kennt als ich selbst, und der einfach immer bei mir ist. Die Vorstellung hatte für mich eine große Magie, und bis heute ist es kein Zufall, dass in sehr vielen meiner Romane ein Zwillingspaar zumindest am Rande eine Rolle spielt. Deshalb war auch die Geschichte um Beliar und Keren immer eines meiner Herzensprojekte. Doch sie zu erzählen war vielleicht gerade darum gar nicht so leicht. Deshalb danke ich an dieser Stelle ganz besonders meinem Verlag und meiner großartigen Lektorin Katrin Künzel, die mir sehr geholfen hat, nach mehreren gescheiterten Versuchen endlich die Form für die Geschichte zu finden, in der sie sich vom ersten bis zum letzten Wort gut und richtig für mich anfühlt.

In der Danksagung nicht unerwähnt bleiben dürfen wie immer natürlich meine Familie, Freunde und Lieblingsmenschen im Allgemeinen, und insbesondere bei diesem Projekt die weltbeste Joh – dieses Buch ist definitiv für dich! Du weißt sicher, warum. Außerdem Conny, die die Zwillinge vom ersten Versuch an geliebt hat. Meine Agentin Tanja Heitmann, die nicht nur in allen Schreib- und Veröffentlichungsfragen unersetzlich für mich ist, sondern mir auch immer hilft, das Leben und das große Ganze im Blick zu behalten. Und last but not least danke ich meiner Herzens-Sophie, die doch immer die Zwillingsschwester war, die ich mir gewünscht habe.

Anika Beer

Als die schwarzen Feen kamen

ISBN 978-3-641-06837-0

Völlig unerwartet wird die fünfzehnjährige Marie von Gabriel, dem Schwarm ihrer Mitschülerinnen, angesprochen. Gabriel vermag die Wesen zu sehen, die sich im Schatten der Menschen verbergen, und in Maries Schatten bemerkt er etwas Beunruhigendes: einen Schwarm gefährlich anmutender schwarzer Feen. Gabriels Angebot, ihr zu helfen, lehnt Marie zunächst ab, doch als es den Feen gelingt, in die Realität einzubrechen, geht sie erneut auf ihn zu. Gemeinsam versuchen sie, das Wesen der schwarzen Feen zu ergründen. Dabei stoßen sie auf eine düstere Stadt aus Obsidian, die Marie einst in ihrer Phantasie erschuf, die jetzt aber von den schwarzen Feen beherrscht wird. Mit Gabriels Hilfe will Marie es wagen, die Obsidianstadt zu betreten, um sich den Feen zu stellen ...

30377

cbt

www.cbj-verlag.de

Anika Beer

Kieselsommer

320 Seiten, ISBN 978-3-570-15773-2

Der erste Urlaub ohne Eltern! Tilda und ihre beste Freundin Ella können es kaum erwarten. Zwei Wochen gehört ihnen das Ferienhaus von Tildas Tante im Spreewald ganz allein. Mit Terrasse und eigenem Boot. Das wird der beste Sommer ihres Lebens! Doch dann fängt Ella ein Glühwürmchen und wünscht sich die große Liebe – und am nächsten Tag taucht Mats auf. Mats, der irgendwie ganz besonders ist. Ella glaubt an das Schicksal und dass Mats und sie füreinander bestimmt sind. Doch Tilda traut Mats nicht über den Weg und fühlt sich mehr und mehr wie das fünfte Rad am Wagen. Aber muss man seiner besten Freundin nicht alles Glück der Welt gönnen?

20265

cbj

www.cbj-verlag.de